W0371655

Einer von uns schläft

Josefine Klougart

EINER VON UNS SCHLÄFT

Aus dem Dänischen von
Peter Urban-Halle

Matthes & Seitz Berlin

Für Jakob – ich liebe dich

DAS LICHT KRIECHT HERAN

Über die gepflügten Felder kriecht das Licht heran. Schollen dunkler ineinandergeschobener lehmiger Erde, Bullenkälber, die sich in den Boxen kabbeln, ein Getöse von zu viel Körper auf zu wenig Raum. Und der Schnee, so sanft hat er sich nun auf die Kämme gelegt, auf die Landschaft, auf alles Lebende und Tote. Ein Fell aus Kälte, eine tiefe Stimme, der du vertrauen kannst. Die ganze Landschaft; nackt, unsentimental, das Gefühl eines *Ich vermisse dich* ist hier zu Hause, aber es gibt niemanden zu vermissen.

Eine Landschaft mit einem Spitzenbesatz aus Reif.

Die Landschaft ist die gleiche, aber nie dieselbe. Wo bin ich gewesen? Meine Unterlippe ist aufgesprungen wie die Haut einer reifen Pflaume. Auf der Terrasse hinschlagen, aufs Knie und der Geschmack nach Eisen; auf dem Betonboden hinterm Pfarrhaus liegen und darauf warten, dass der Traktor mit der ersten Ladung nach Hause kommt, wenn wir nicht rechtzeitig aufspringen und weg sind, ist es aus mit uns. Und wie sie dann einfahren; bucklige Wagen. An einem Nachmittag, an dem wir die Idee haben, miteinander zu spielen und zwischen den aufgestapelten Heuballen hin und her zu springen. Fällst du in die Zwischenräume hinunter, stirbst du vor Hunger. Wie die Katze, die wir da finden, aber erst irgendwann im Herbst. Dann hatte sie wenigstens ihren Wurf nicht allein gelassen.

Der Weg, der um die Felder des Pfarrhauspächters herumführt, endet an der Grenze zwischen den geschützten, den kultivierten und den brach liegenden Bereichen. So viel hängt davon ab. Ordnung. Ständig sammelt ein Mann die Steine von den Feldern, und ständig kommen neue hinzu, der Boden gebiert sie, und die Haufen wachsen an. An manchen Stellen sind größere Steine aufgetaucht, sie warten darauf, von einer Maschine geborgen zu werden. Wenn Zeit dazu ist. Vielleicht macht es einer der Jungs. Aber womöglich ist es für sie doch ein bisschen zu schwer. Die Sonne geht hinter dem Hünengrab unter, das älter ist als die Pyramiden. Sagt man. Wie alt die wohl sind, die Pyramiden, fragt man sich. Brüder haben kein Alter, abgesehen von den Jahren, die sie trennen. Meine Schwestern und ich, das ist ein Alter, wir werden nicht älter, als wir waren.

Die Eiszeitlandschaft, die Festeislöcher, wo das Eis die Landschaft in diverse Positionen gezwungen hat.

Ich weiß es nicht, ich habe in diesen Tagen das Gefühl, als fände mein Leben auf mehreren gegeneinander verschobenen Ebenen statt. Ich bin eben gestürzt und schon wieder aufgestanden und habe mir den Staub von den Ärmeln gewischt und den Passanten oder einfach nur der Natur zugelächelt. Erst, wenn ich an etwas zurückdenke, erhalte ich Zugang zu dem, das meins sein müsste. Du zum Beispiel.

Ich bin zurückgekommen. Etwas, das war, liegt über die Landschaft zerstreut. Ein Nadelteppich zu Füßen der Bäume. Eine Schneedecke und ein Wald von Fingern und ein Himmel. Kronen des Kronhirsches, die Gemeinde von Trehøje, die letzten zehn Fichten auf dem Hügel, vom Wind durchzaust bis auf die Knochen, einsam. Das ist es, womit wir zu tun haben.

Öl auf den Wassern.

Ein komisches Sommerkleid unter einem Pulli und dem Blaumann.

Es schneit wieder. Wie komme ich hier weg, die Wege sind blockiert, ich kann nirgendwo hin. Ich stehe am Fenster und beuge mich zur Scheibe, die Fenstereinfassung aus Marmor ist kalt, der Winter ist kalt. An einem Nachmittag im Sommer lege ich die Wange an den Rahmen, meine Lippen wirken zu groß, meine Hände. Ich weiß noch, ich schiebe eine Topfpflanze beiseite. Und setze mich auf die Fensterbank und lehne den Rücken an die Sonne und die Scheibe. Die Fenstereinfassung aus Marmor ist kalt; obwohl die Sonne seit Stunden hereinscheint, ist sie kalt. Feuchte Schenkel in der Wärme. Der Körper, der sich nach Kühle sehnt.

Oder der Körper, der sich nach Wärme sehnt.

Meine Hände werden, was soll ich sagen, violett; im Winter auch meine Füße. Eine Farbe, die mich an etwas wie: blau erinnert. Heute Nachmittag fuhr der Schneepflug einmal in der Stunde; mit einer Müdigkeit, die nichts mit Schnee oder Nicht-Schnee zu tun hatte, er fräste sich durch den Ort, der sich gutwillig teilen ließ. Zwei Bahnen weißen Stoffs. Durch eine dünne Schicht vernichteten Schnees schimmerte schwarzer Asphalt. Dieser vernichtete Schnee, finde ich, ist das Traurigste, das ich mir vorstellen kann. Und jetzt überlege ich mir wieder: Wann komme ich von hier weg.

Ich spare.

Für etwas Schönes, das ich verlasse. Etwas Schönes, das ich opfere. Trotzdem wird es immer als Schatten zurückbleiben, als Last in den Bildern. Das, was hätte sein können, eine Liebe, die annulliert wurde.

Sind wir eingeschneit, frage ich.

Meine Mutter kramt in der Abrechnung, einigen Quittungen. Beleg neunundvierzig, sagt sie, so weit erst mal, und schaut zu mir auf.

Wir sehen aus dem Fenster, unsere Blicke enden blind wie Gleise in der Landschaft, so kam man bis hierher, so bekamen sie frei, und die Arbeit geht ein andermal weiter, morgen oder nie. Es herrscht eine Stimmung wie: Der Weg endet blind. Die Eisenbahngleise, die in eine bestimmte Richtung zeigen, verwandeln die Landschaft in ein Becken oder ein Bild, das man: sieht.

Sie spekuliert. Dass derlei Gedanken aufkommen, kann ich verstehen. Was ich eigentlich will, wohin ich geh, wenn ich könnte; und sie fragt mich, ob das ein Problem ist. Wenn ich nirgendwo hin kann, wenn ich einfach hierbleiben muss, ist das dann ein – Problem.

Ich zucke mit den Achseln, wahrscheinlich nicht, sage ich. Dabei wissen wir beide genau: Natürlich ist das ein Problem.

Hier eingeschlossen.

Der Winter schließt einen ein oder aus, so ist das Gefühl, ein Gefühl, nicht vorwärtszukommen. Es hockt in uns beiden. Kein Weg vor und keiner zurück. Sie will wissen, ob ich hier nicht zur Ruhe kommen kann. Du kannst hier nicht richtig zur Ruhe kommen. Fragt sie mich. Dann entsteht eine Pause. Wir halten beide den Atem an. Wieder zucke ich mit den Achseln.

Doch, sage ich.

Aber es geht nicht um Ruhe. Ruhe oder nicht Ruhe, es bleibt sich gleich.

Ich bin verliebt, sage ich endlich und setze mich ihr

gegenüber an den Tisch. Ihr Blick flattert zwischen den Unterlagen und mir hin und her, sie fasst sich und schiebt sie beiseite.

Ja, sagt sie.

Deshalb kann ich im Augenblick nirgendwo sein, sage ich mit einer Stimme, die brüchig klingt, etwas trocken, leicht entflammbar. Ein Sonnenstrahl in einem Glas, das reicht schon, kann jeden Moment brechen. Feuer und Brand. Weil ich bereits zu viel gesehen habe. Eine sonderbare Willkür, die sich mitteilt. Jetzt ist es nicht mehr mein verstorbener Mann, der wichtig ist; jetzt ist es mit einem Mal ein anderer, der neue Mann, von dem mein Leben *abhängt*. Kann ich nicht einfach mal nur an einem einzigen Ort sein? Ohne diesen Magnetismus. Das kommt vom Schnee. Oder von der Krankheit, die der Schnee nicht zudeckt, nicht heilt, der Schnee als Salz, der auf verletzte wunde Gedanken, wunde Gefühle fällt. Wann geschah es. In der Nacht kommt der Schnee, steigt der Magnetismus in mir hoch, ich erwache magnetisch, und wie ein Magnet: zurückgehalten, festgezurrt, der ganze Raum zwischen mir und diesem neuen Mann vibriert auf diese Weise. Eine beunruhigende Gespanntheit. Bewegungen, in die Luft gezeichnet, Bewegungen, die sich zeigen – in der Sekunde, ehe es sie gibt: und aus denen vielleicht nie etwas wird. Welch Unglück, vor etwas zu stehen, das so schön – hätte sein *können*.

Das hier, denke ich, ist alles andere als schön.

Das ist unheilverkündend wie ein Haus, das man am späten Abend erreicht und in dem kein Licht brennt. Oder früh und: kein Licht brennt. Lieber will ich doch eine unglückliche Beziehung zu einem anderen Menschen als das hier: ohne einen anderen zu sein. Ohne diese Augen, um – ja, was eigentlich. Jemanden zur Welt bringen. Immer entstehen auf diese Art, in einem Blick. Lieber als Fremder entstehen, als ein anderer, als nicht zu entstehen.

Ich bin in den Falschen verliebt. Und bin ununterbrochen damit beschäftigt, jemanden zu verlassen, den ich liebe, es gibt genug, woran man sich schneiden kann, aber ich bin nicht nach Hause gefahren, um Trost zu finden.

Die Äpfel. Nur darum geht's.

Du hast ja alles verloren.

Nichts ist, wie du es in Erinnerung hast, und alles, worauf du triffst, widerspricht deinem Bild des *Wie*. Nichts ist übrig von der Welt, an die du dich erinnerst, obendrein ist sie unmöglich, sie kann nie so gewesen sein. Das ist was anderes als Liebe, was anderes als die Abwesenheit von Liebe. Es ist das Bild, das entsteht, wenn man die beiden Dinge aufeinanderlegt. Ein diffuses Bild, auf dem alle Gesichter seltsam offen und zerstört sind, durchzogen von – ja, von was eigentlich. Von Zeit, die nicht will, einem Zimmer, das nicht will.

Und der Trauer darüber.

Der Illusionist.

Ich falle und bleibe im Gras liegen. Ich bleibe liegen, wie ich gefallen bin. Später August, hinter mir auf dem Feld hält ein Traktor, im Leerlauf. Die Tür zum Führerhaus steht weit offen, wurde so hinterlassen, mitten im Satz.

In der ganzen Landschaft Bewegungslosigkeit.

Als wäre der Tag in Wirklichkeit ein Abend; als wäre die Sonne in Wirklichkeit die Reispapierlampe an der Decke, als wäre da jemand, der sich bloß eben vergewissern will, ob alle schlafen. Ob keiner liest oder redet oder den andern befummelt oder in Comics blättert. Mit anderen Worten: ob Unvernunft herrscht.

Aber dann existiert nichts anderes als Unvernunft, dann ist *Unvernunft* plötzlich das *Einzige*.

Schläfst du, flüstere ich meiner Mutter zu.

Keine Antwort. Die Wörter hängen in der Luft, ein Echo von früher, die Stimme meines verstorbenen Mannes, schläfst du, fragt er.

Und ich schlief.

Oder stellte mich tot.

Die Knorren in den Deckenbalken ähneln allen möglichen Dingen. Einem fünfbeinigen Hirsch. Einem tropfenden Halbmond. Etwas, das man nicht so schnell vergisst. Einem Apfelbaum, der mit seinen roten Früchten in einer Ecke des Gartens steht, derlei Reste; Sommer mitten im Winter. Es schneit nach wie vor.

Es schneit, wie es den ganzen Tag geschneit hat.

Als wollte der Schnee beweisen, dass die Ruhe, mit der er fallen kann, nichts mit Müdigkeit zu tun hat, der Schnee ist nicht besonnen, er ist schlicht und ergreifend *unmenschlich*. Wie der Winter in diesem Jahr, *unmenschlich* in allem. Macht unermüdlich weiter, wiederholt sich in Mustern, die keiner versteht. Die Dunkelheit ist bleich vom leuchtenden Schnee. Hin und wieder fällt ein roter Apfel durch das graue Dunkel in den Schnee, hier unter der Baumkrone, die wie ein Korb aussieht, aus schwarzer Rinde. Ein Klick, wenn der Apfel auf die Membran des harten Eises prallt, das durch den Wetterumschwung entstand, der nichts weiter als ein zögerliches Innehalten war, mitten im Winter ein Niederschlag von schlichtweg: Sommer. Auf der Stelle kam wimmernd der Frost. Es entsteht eine harte Eisdecke, fünfzig Millimeter dick, nun mit einem Fell aus Neuschnee. Das ist gut, sage ich meiner schlafenden Mutter, raune es im Dunkeln, schlaf nur.

So einfach ist es also auch.

Dass man still zu zweit liegen und woanders sein kann, allein.

Ja, sagt meine Mutter, mit einem Ruck ist sie wach geworden.

Wo bist du gewesen, geht mir durch den Kopf, womit solltest du fertig werden.

Kannst du nicht schlafen, fragt sie und dreht sich im Bett um. Was mach ich denn hier, denke ich, im Bett meiner Eltern. Ich bin zu alt, um hier zu liegen; bin es immer gewesen.

Alles ist auf den Kopf gestellt. Der Schnee stiebt in einer Wolke empor, die von Himmel nicht mehr zu unterscheiden ist. Ich flüstere meiner Mutter zu, doch, flüstere ich, schlaf ruhig weiter. Sie schläft sofort ein, übergangslos, sie räumt das Zimmer, liegt dann ganz still. Jahrelang ist man blind dafür, dann auf einmal sieht man es glasklar, den Tod in der eigenen Mutter, man sieht seine Großmutter in ihr, ihre Mutter in ihr. Und in Wirklichkeit auch ein weiteres Gesicht, man erkennt es und findet trotzdem, dass es unbekannt ist. Es ist unheimlich, dieses dritte Gesicht.

Dann dreht sie sich auf die Seite und schläft.

Dann dreht sie sich um und schläft wieder ein.

Man sieht es etliche Male. Ein Gesicht, das Gesicht meiner Mutter, das verschwindet. Und das dritte Gesicht, das nur mein eigenes sein kann, nur so kann es sein, meines.

Unmenschlich hohes Gras.

Unmenschliche Nächte. Was war ich verwöhnt, denke ich. Nie habe ich versucht, etwas haben zu wollen, das ich nicht bekommen konnte. Jetzt will ich nur eins, ihn, und jetzt kann ich einfach alles bekommen, was ich nicht haben will.

Ruhe und Frieden.

Ich hatte ständig das Gefühl, dass es nur noch eine Sache gab, die mich in dieser Welt festhielt. Aber dann nahmen wir eines Abends Abschied. Und am Morgen danach bin ich trotzdem noch am Leben. Ich wache nicht auf, weil ich nie eingeschlafen bin. Du bist nach Frederiksberg gegangen, wo du jetzt wohnst. Dort hast du ein Zimmer in einer großen Wohnung und schläfst im selben T-Shirt, das du trugst, als du bei mir schliefst. Du bist ein Verstorbener, aber dort gehst du quicklebendig umher.

Ohne mich. So gehst du.

Der Morgen schleicht sich mit Sonne herein, so stell ich's mir vor in Kopenhagen: dass der Morgen drüben hinter der Eisbude und den Anglern am äußersten Ende der Promenade, der Langen Linie, anfängt und dass er über Østerbro in die Stadt läuft. Der Himmel ist undicht, die Sonne fließt dünn. Füllt die Straßen von unten her, schiebt Autos und Menschen zum Rathausplatz, nach Amager raus, nach Islands Brygge.

Ich weiß nicht, was du an dem Abend getan haben willst, dein Herz erleichtern vermutlich, nur dass jetzt alles schwerer war als vorher, auch dein Herz, so muss es sein. Dann meint man, etwas dauert an, hält aus, erträgt.

Ich glaube, es gibt einen Freund, aber es gibt keinen Freund.

Ich dachte, ich wüsste, es gebe immer eine Mutter, aber das ist vielleicht auch abgesagt.

Ich klettre ins Bett, ziehe die Decke über die Beine und

lege den Arm um sie. Ich bin in die Landschaft zurückgekehrt, die, wie ich dachte, auf ewig Bestand hat.

Schneit es immer noch, fragt mich meine Mutter.

Ich nicke, ja, es schneit immer noch.

Hast du die Vögel gefüttert.

Ja, ich habe die Vögel gefüttert.

Ich sitze in einer Ecke des Zimmers und doch mittendrin. Ich kann hier sitzen, hier in dem weißen Sofa, und ständig bin ich an einem anderen Ort. Meine Mutter geht wieder vorbei, ein Schatten fällt in den Raum, es ist helllichter Nachmittag. Die Schatten überqueren die Wände, sie überqueren alles. Die Gärten schlummern, es herrscht Unruhe da draußen, weil alles in Schnee eingepackt ist und keine Luft kriegt. Der Schnee ist gefallen, auf alles Lebende und Tote, der Schnee macht alles gleich. Alles, was dort begraben ist, erstickt und fault, wächst und schwillt unter der Schneedecke an, unterm Schnee; eine Haut, immer dünner, wird ausgespannt. Der Schnee knackt, die Schraubzwinge, die die Pflanzen gepackt hält, die niedrigen Büsche, die Baumstümpfe. Meine Mutter schaut aus dem Fenster. Sie hat ein Gefühl, als hätte sie den Kontakt mit ihrem Körper verloren, einem Arm, der eingeschlafen ist. Sie betastet mich mit den Augen, zwickt mich, um Zugang zu finden. Dauernd das Gefühl: dass ihre Tochter in einer anderen Welt lebt. Das Unglück. Allein, jedenfalls außen vor zu sein.

Ausgeschlossen aus dem eigenen Haus.

Ein Raum in der Familie, ein Raum in der Geschichte, eine frühere Kolonie, die *plötzlich* ohne Hilfe dasteht, doch weiterhin dröhnt von etwas wie: Geschichte.

Sie kann nicht verstehen, dass ich das tun kann; aber dann weiß sie nicht recht, was ich eigentlich tue.

Sie beugt sich über das Sofa, legt ihre Hand auf mein Knie, zieht sie aber gleich wieder weg, als wäre es nass, als wäre es brandig. Unwirklicher Winter, Schimmer und Wimmern. Geputzte Landschaften. Der Schnee erinnert sich an alle Spaziergänge, man kann seine Spuren nicht verwischen, der Schnee erinnert sich, der Körper tut. Aber dieser Winter ist vielleicht doch anders. Diesen Winter stiebt es ununterbrochen; es schneite wieder und wieder schneite es. Es gab nichts zu erinnern, trotzdem gab es keinen Zweifel, dass unter dem Schnee etwas Vergessenes lag, etwas, das man im Frühling finden würde. Unter den Schichten erinnerter Fußspuren, vergessen liegen sie da, aber als Erinnerung, eine latente Krankheit, die jederzeit aufbrechen kann. Schief im Frühling, schief in einem zerstörten Gesicht.

Ich sehe zu meiner Mutter hoch.

Ja, sage ich mir, das hier ist ein zerstörtes Gesicht. Wenn man zu wild gräbt, wenn man wie ein Besessener gräbt oder nicht weiß, wann man aufhören soll. Und das Gesicht meiner Mutter, das Gesicht meiner Großmutter und dies fremde wohlbekannte dritte, das, was sonst, mein eigenes ist. Das Gefühl, zu spät zurückzukommen, die Klinke einer verschlossenen Tür herunterzudrücken und zu wissen, meine Tasche liegt drinnen. Das teilen wir also auch, das Rätsel der Ankunft, die stets aufgeschobene Ankunft bei jemandem und zu etwas – ja, was eigentlich; Ruhe vielleicht.

Wenn ich an die Tage im Sommerhaus denke, wirken sie seltsam architektonisch. Als hätten sie in der Erinnerung etwas mit Konstruktionen und präzisen Zeichnungen gemein. Sie dürfen nicht einfach Tage sein, in der Erinnerung werden sie: *die Tage als.*

Die Tage drum herum.

Das sind die Tage vorher, das die Tage nachher; wie dickes Haar fallen sie auf jeder Seite eines zerstörten Gesichts herab. Seit wann weißt du es, frage ich. Meine Mutter ruft an, ich liege immer noch im Bett, setze mich auf.

Ich halte den Atem an.

Seit wann ich es weiß, wiederholt sie – und gewinnt Zeit.

Ich fühle mich, als säße ich auf der Rückbank und befände mich in der Hand meiner Eltern. Planetenzwang. Der Himmel, der über den Äckern hängt, ist schmutzig. Wie Rehe stehen die Bäume in Grüppchen auf den Feldern.

Seit einer knappen Woche, sagt sie.

Ich nicke.

Entschuldige. Sie entschuldigt sich. Dass sie meine Arbeit nicht zerstören wollte. Dass sie dachte, es sei besser zu warten. Ich überlege, was für eine Arbeit sie meint. Wissen die andern es auch, murmele ich.

Bist du noch da, fragt sie. Ich räuspere mich. Wissen die Andern es auch, frage ich. Noch einmal. Ich denke an meine Schwestern.

Ja, sagt sie.

Dann bin ich also die Letzte, denke ich. Die andern wissen es also alle, sage ich.

Ich weiß, dass sie nickt, sehe vor mir, wie sie sich in die Lippen beißt, um nicht zu weinen. Ich beiße mir in die Lippen, um nicht zu weinen und: weine. Bist du gar nicht traurig, hast du keine Angst, wimmere ich.

Doch, sie wimmert auch, natürlich, aber ich habe so viel geweint, ich habe keine Tränen mehr, lügt sie. Vielleicht denkt sie, der Abstand macht mich blind, macht uns beide blind.

Wir haben so viel Zeit verschwendet, geht mir durch den Kopf. Und wir beide, sage ich, wir haben so viel Zeit gebraucht für … Ich halte inne.

Ja, wofür denn eigentlich. Findest du nicht, dass das hier die Sache … in einen größeren Zusammenhang stellt, frage ich sie.

Ich halte den Atem an.

Wieder keine Antwort; es lärmt und leuchtet.

Doch, sagt sie endlich, kann schon sein, aber ich bin einfach immer noch so … enttäuscht.

Ich wische mir die Nase im Bettbezug ab. Ist gut, sage ich.

Kommst du bald nach Hause, fragt sie. Sie steht in der Türöffnung in der Küche, beobachtet die Vögel, die die Luft in Bewegung halten, damit die Natur nicht einfriert.

Ja, natürlich komme ich nach Hause, antworte ich. Ich halte den Atem an.

Die Frage ist, ob die Mutter, die dir erzählt, sie sei krank, in Wahrheit nicht selber die Krankheit ist. Ob man so etwas überleben kann: den Tod, der auftritt, ein Einbruch in das Zuhause, welches das Leben ist, ein Diebstahl all dessen, was einem bekannt war. Wenn du deine Mutter verlierst, nicht weil sie stirbt, sondern weil sie der Tod, weil die Krankheit der Tod wird.

Das Gespräch hört nicht damit auf, dass wir auf Wiedersehn sagen und auflegen; es ist, als würden wir bloß stiller und stiller, als stünden wir auf einem offenen Feld und bewegten uns rückwärts voneinander fort, sprächen mit einem immer größeren physischen Abstand zwischen uns, und schließlich können wir uns gar nicht mehr hören, legen das Telefon weg, auf das Möbel, das jeder gerade da stehen hat. Das Geräusch des Telefons meiner Mutter auf der Anrichte und das Geräusch meines eigenen Telefons auf dem Esstisch.

Sie geht hinaus und füttert die Vögel. Ich blicke über das Meer. Ich halte den Atem an. Es ist ganz still, oder ich höre eine andere Musik, losgerissen vom Bild. Musik ist es nicht, das Geräusch von etwas Fremdem, etwas, was man nicht mehr kennt.

Als ich abends zu Bett gehe, gleiche ich einer Frau, die sich ins Gras legt und zu einem elenden Häufchen wird, einem toten Kalb. Ich lege mich hin und denke: bin ich aufgestanden, mir kommen Zweifel. Was vorausgeht. Die Tage. Diejenigen, die kommen. Ich schlafe und träume nicht, ich bin wach im Schlaf und erzähle mir selbst eine *andere* Geschichte, nur um etwas Frieden zu haben. Ich erzähle vom Gemüsegarten zu Hause, von meiner Mutter, die ihn mit einem Stolz vorzeigt, der sonst vielleicht den Bergen vorbehalten ist; sie erklärt die verschiedenen Sorten. Es gibt vier Reihen mit Kartoffeln: Secura, Sava, Folva, Nierenkartoffeln. Von Letzteren eine halbe Reihe. Sie erklärt sie eine nach der andern. Ich kann mich noch an den Gemüsegartenplan erinnern, den Zettel mit vier Linien, eine Reihe damit und eine Reihe damit:

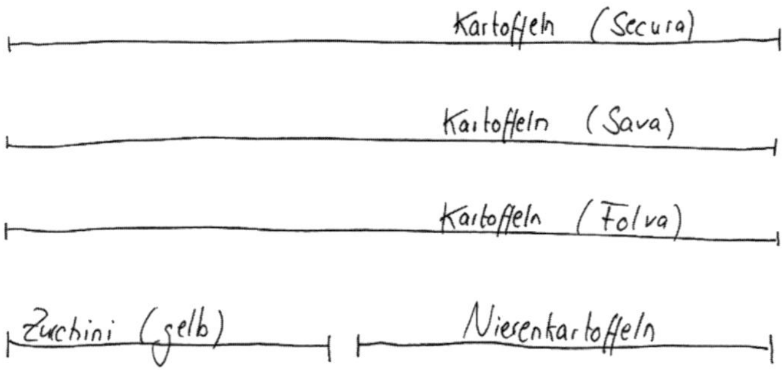
Kartoffeln (Secura)
Kartoffeln (Sava)
Kartoffeln (Folva)
Zuchini (gelb)
Riesenkartoffeln

Die Kartoffelreihen befinden sich mit der Dornenhecke auf einer Linie. Zur andern Seite hin steht die Weide, aus deren Zweigen sie eigentlich Körbe hätte flechten sollen, aber dann ist nie Zeit dafür gewesen. So wurde eine Art Weidenhecke daraus, auch nicht schlecht, aber halt was anderes. Ein anderer Traum, den sie nie hatte. Sträucher mit schwarzen und roten Johannisbeeren ergießen sich über den Pfad wie diese Leute, die in den Zügen auf den Gängen stehen. Kälber und Bäume. Enttäuschung. Sie hebt mit einem Spatenstich eine Kartoffelpflanze aus der Erde, geht in die Hocke und steckt einen breiten Silberlöffel zwischen die kleinen leuchtenden Klumpen. Der Löffel ist ein Erbstück, er ist oxidiert und überall schwarz, außer an der abgeschliffenen Stelle an der Unterseite der Laffe. Der Löffel erzeugt das gleiche Geräusch wie der Spaten – wenn er durch die steinige Erde schneidet, die zerteilte.

Du weinst, sagt mein verstorbener Mann, besorgt und zuversichtlich zugleich, er klingt wie einer, der zu Hause unerwartet einen gedeckten Tisch antrifft, mit Kerzen in hohen Ständern und festlichem Essen. Ich versuche zu lächeln.

Tu ich das, frage ich ihn mit einer Stimme, die von Menschlichkeit gleichsam gesäubert scheint. Oder das Gegenteil, eine Stimme, die zu menschlich ist, so als wäre zu viel Mensch in die Töne gepresst worden.

Mein Versuch zu lächeln lässt mein Gesicht grauenerregend aussehen.

Es ist Abend; seit ich mit meiner Mutter gesprochen habe, habe ich sonst mit keinem mehr gesprochen, ich weiß nicht, was ich meinen Schwestern sagen soll. Ich bin nicht sicher, ob wir dieselbe Mutter haben; ich bin nicht sicher, ob wir noch *eine* Familie sind. Seit wann ist es so, denke ich, aber vielleicht ist es immer so gewesen. Dass wir nicht *ein* Körper sind, auch nicht *eine* Familie, oder: dass vielleicht eine Familie nicht dasselbe ist wie eine *Familie*. Es ist eine Konstruktion, das *ist* so, weil wir nichts anderes ertragen können. Entschuldigen uns damit, dass manche Pflanzen einander ähneln, manche Tiere, wir sind ein von einer Kette zusammengehaltenes Bündel; eine Willkür, die sich meldet, wenn man es am wenigsten erwartet; die Stängel vertrocknen, die Kette löst sich, wenn es *klirrt*. Gedanken klirren, ein Heim, ein Zuhause, die Familie, die wankt. Ein Zuhause, das sich entpuppt als: etwas anderes als ein Zuhause. Klirrt. Ein Ort, der die ganze Zeit ein *anderer* Ort ist, ein andres Licht dort; und dann der Donnerschlag der Heimlosigkeit, der Körper, der damit droht, die Gedanken zu verlassen, was bleibt einem dann noch übrig, der gute Wille.

Dann steht man da.

Die Idee eines Zuhauses, Ideen überhaupt; was soll man damit. Manche begleiten uns hinüber, manche nicht. So einfach ist es auch. Kein Bus sammelt uns später auf, keine Brücke wird gebaut. Eine zufällige Verspätung oder eine Verspätung, die nicht gerade zufällig ist, das Fatale in einem bestimmten Zögern, da ist der Gedanke, der Körper oder Blut ausschaltet, die Möglichkeit, dass man sein Ziel nicht erreicht. Da sind die, die mitkommen, und die, die nicht mitkommen.

DIE LANDSCHAFT

Diskret wandert der Abend ein und lässt sich wortlos im Nachmittag nieder, atmen kann man ihn hören. Das Dunkel ist nur ein benachteiligtes Licht. Du bist den ganzen Weg von deinem Elternhaus in Risskov bis hierher gefahren, um mich wiederzusehen. Du kommst mit gleichsam federnden Knien, wohlwollend, vornübergebeugt in allem, was du tust, du verlierst deine Worte. Du begrüßt meine Eltern, du bückst dich, um unter den untersten Zweigen entlangzugehen, die über den Pfaden hängen, wie Lippen.

Ihr habt euch vermisst, sage ich.

Sollte ich ein schlechtes Gewissen haben.

Ich glaube schon.

Dass ich im Wege steh, ich weiß nicht, ich fühle nichts dabei. Nichts andres als Verlegenheit vielleicht.

Die Hände meiner Mutter sind grau. Ich werde dich später fragen, wenn wir allein sind. Ob du es bemerkt hast, ob du auch daran gedacht hast.

Aber sie überlebt, könntest du sagen. Oder: Wer spricht von grauen Händen, wenn sie tot sein könnte.

Die grauen Hände schenken Tee ein. Vor ein paar Jahren warst du hier noch nicht Gast. So war das damals. Acht Jahre in einer Familie reichen, um zum Inventar zu gehören. Man erregt kein Aufsehen mehr – und ist trotz allem fremd. Man hat einen irgendwie anderen Körper als die Familieneingeborenen. Du warst hier beinah öfter als ich; machtest dir Tee, ohne dass es weiter auffiel. Ohne dass jemand seine Hilfe anbot oder dir zeigte, wie und wo. Ich dagegen, ich bin hier immer Gast gewesen. Wie du, der außerhalb meines Körpers Gast war, heimatlos dort. Niemandsland da draußen. Ich bin sicher, du hast es gemerkt. Du hast nichts anderes gemerkt.

Ich sollte über meine Mutter schreiben.

Ich denke nach; ich sollte über sie schreiben können; sie beschreiben, ohne sie zu zerstören und etwas zu ändern. Einfach das Buch schreiben oder jenes Gedicht, welches das plausibelste ist, das richtigste Bild. Wie sie für mich existiert. Mir überlassen ist. Wie eine andere, aber auch wie sie. Wer auch immer das sein mag.

Aber all meine Texte, sie werden *etwas anderes*. Dein Porträt, das meines verstorbenen Mannes, das wage ich erst jetzt. Ich glaube immer, du habest die Hoffnung, ich würde es tun. Über dich schreiben; die Aufmerksamkeit für dich. Einen anderen Menschen zu seinem machen, ihn einnehmen. An ihnen ist etwas Wirklicheres: an den Menschen, die man nicht kennt und die man selber »Fremde« nennt. Je mehr man sich einem andern Menschen nähert, desto unwirklicher wird er.

Ein Wunsch, gesehen zu werden, ein Wunsch, im Blick eines anderen zu verschwinden.

Aber dann, nein, dann geschieht es nicht. Vielleicht ist man geradezu enttäuscht, wenn man herausfindet, dass man nicht aufhört, in seinem eigenen Körper zu leben, nur weil man von einem anderen Körper übernommen wird, einem anderen Blick, anderen Bewegungen. Erweckt zu werden im Blick eines anderen und in der Sprache, sich selbst dort zu begegnen und zu finden: einen anderen. Das, was ähnlich ist, und das, was ist: und etwas dazwischen, das erscheint. Ein dritter Ort. Schonungslos. Die Zeichnung in der Hand; einen Bleistift hochhalten und das eine Auge schließen. Dich auf diese Weise vermessen, die eigene Mutter vermessen. Etwas Wissenschaftliches fast, das dann doch als diametral Entgegengesetztes endet.

Meine Bilder vermischen sich mit dem Leben auf unvorhergesehene Weise.

Ich hinterlasse nichts unberührt, und gleichzeitig habe ich ständig das unangenehme Gefühl, dass zwischen der Wirklichkeit und dem Erschaffenen irgendetwas entsteht, etwas, das nicht geschichtslos, aber doch neugeboren ist. Und die Welt, die sich bewegt, du bewegst dich, wenn ich schaue. Ohne Berührung, ohne Hände.

Auf die Art kann man mich mit Naturkatastrophen vergleichen.

Du sitzt auf der Sofakante. Streichst mehrmals mit der Hand durchs Haar, lachst. Du hast ein schönes Gesicht, denke ich. Ich habe es lange nicht mehr gesehen. Ich habe es lange nicht mehr angesehen, und trotzdem hat es sich verändert. Schwer zu sagen, wie. Schwer, den Finger auf ein bestimmtes Detail zu legen. Aber es ist, als wäre alles markiert. Als ließe die Müdigkeit die Züge des Gesichts deutlicher hervortreten, tiefere Falten, dunklere Schatten unter den Augen, dunklere Lippen, der Kiefer, der eine Rasur nötig hat, du hebst den Blick, wie schön, hier zu sein, sagst du.

Ich nicke.

Die Tage nun.

Eine wunderliche Reise zwischen dem, das war, und dem, das vielleicht, vielleicht nicht, kommen wird. Es gibt Tage, an denen man glaubt: Wenn sich die Liebe als etwas anderes offenbart, dann wird auch das Leben sich als das Entgegengesetzte offenbaren. Es ist ein Übergang, eine Zeit zwischen zwei Zuständen, etwas, das war, und etwas andres, das kommt, aber eine Zeit, die nicht so recht ein Geschlecht haben will.

Ich wohne jetzt hier bei meinen Eltern, sage ich laut zu mir selbst. Er nickt. Ist doch gut, sagt er. Aber du hast ja die Wohnung in Kopenhagen. Wenn du zurückkommst.

Ich sitze ganz still, höre, wie meine Mutter erklärt, es sei nur für eine Weile. Dann könnte ich doch genauso gut hier sein, jetzt, da ich doch nicht so viel allein sein soll. Allein zu sein ist nicht gut, lügt sie.

Ich starre vor mich hin.

Dann kann sie genauso gut ein bisschen zu Hause wohnen.

Ja, sage ich: Da ich nun sowieso verlassen worden bin und glaube, sterben zu müssen. Sie lachen, ich lächle auch, es sind unmögliche Tage. Wenn man weder weg noch zu Hause ist. Bloß versucht, irgendwo zu wohnen, zurückzufinden. Die Nervosität, die ihn jetzt packt – wie traurig das ist. Erinnert einen daran, dass nichts bleibt, wie man es verlässt. Dass die Zeit tatsächlich die Dinge verrückt, während man weg ist. Die Blutbuche geht ein, Ulmenkrankheit, Eternitdach; Plastiktüten, die herumwirbeln und sich in der Hecke am Hang verfangen, der elektrische Zaun, der umknickt, weil der Draht gerissen ist und die verrotteten Pfähle nichts mehr hält; und nun, da der Schnee gekommen ist, nun, da alles Stiefel anhat, die Bäume mit Schneehaufen bis an die Knöchel, Häuser, die an allem hochklettern, Schnee, der die Sockel hinaufklettert. Über den Wolken ist ein Himmel, der unsichtbar ist. An einem Nachmittag reißt die Wolkendecke hier und da auf, aber das wird gleich wieder zurückgenommen. Ein neues Auto, das anhält und unten in der Kurve verschwindet, eine langhaarige Katze von den Vrinners unten, wie lange sie wohl überlebt, *hier oben bei uns*.

Mein Vater liegt auf dem Sofa gegenüber und ruht sich aus. Er hebt ein Bein an und wedelt mit dem Fuß, unmittelbar vor dem Gesicht meiner Mutter. Sie lacht, ich überlege, wo dieses Lachen herkommt. Möglichkeiten gibt's genug, denke ich. Meine Mutter schlägt den Fuß zur Seite. Also nein, was denkst du dir eigentlich, du mit deinen Käsefüßen. Und du; in dir steigt das Lachen hoch, kann nur von einer Stelle kommen, es gibt nicht viele Kammern in dir, die nur zur Zierde da sind. Es gibt eine Kammer für das Fatale, und es gibt eine Kammer für, wie soll man sagen, das Gefühl des Schlichten, dass alles auch so einfach sein kann, so schön. Und das klingt phantastisch leicht, mit den beiden Kammern, Angst und Freude, aber dann ist es völlig unmöglich, damit umzugehen. Ständig verwechselt man die beiden Signaturen, sie vermischen sich die ganze Zeit.

Aber dann verwechselt man sie plötzlich eben nicht mehr.

Der Tod und die Liebe; Tod und Krankheit und Narkose in einem Raum, die Liebe in einem anderen. Und dann, fortwährend, die Liebe, die über die Felder herankriecht, in Sätzen wie: Pass auf dich auf.

Jedenfalls: Es ist etwas Herzzerreißendes an Menschen, wenn sie sich dessen bewusst sind, es sitzt ihnen in den Augen – Augen, die groß werden von dem klaren Gedanken: dass es nichts anderes gibt, und rate mal, was letzten Endes den Sieg davonträgt.

Die amputierten Menschen.

Es gibt gleichsam zu wenig Schutz.

Pass auf dich auf, kann ich flüstern.

Und du weißt sehr gut, was ich mit deiner Hilfe auf die lange Bank schieben will. Du bist wieder fern, aber das ist nur natürlich. Es ist nichts Merkwürdiges daran, dass ein Herz ohne Vorhöfe nicht gut funktioniert; alles andere wäre unheimlich. Du bist eine Konstruktion, die nicht dazu gemacht ist, um zu halten, sondern um mit aller wünschenswerten Deutlichkeit zu beweisen, dass man auf diese Weise hier nicht überleben kann.

Dass du dann trotzdem überlebst, noch einen Tag und noch einen Tag.

Wenn ich dich überlebe, dachte ich, wirst du ein Monument. Wenn ich dich nicht überlebe, werde ich eines.

Im Dorf, in dem ich aufgewachsen bin, weinen morgens die Häuser. Rauch, von Nebel nicht zu unterscheiden, steigt wie eine Säule von den Dächern auf. Häuser mit Hohlrücken, ausgediente, schief stehende Gebäude, Dachrinnen, die wie schlaffe Augenlider hängen.

An diesen Häusern vorbeifahren, an einem Morgen im September. Eine frühe Ingrid-Marie, eine schorfige, auf einen schweren Rasen und einen hohlen Boden fallen hören. Der Wille stehen zu bleiben, ein Gefühl von *Ich will das hier haben*.

Die völlig unmögliche Verliebtheit meines verstorbenen Mannes muss als unmöglich enthüllt werden.

Und die Häuser stehen hier heute, sie stehen hier morgen. Dieses Dorf wird sich um nichts in der Welt bewegen.

Hofgebäude halten durch. Wohngebäude.

Die Menschen, die derlei trostlose Dörfer bewohnen,

haben Kraft, sie sind *Bewahrer*. Bei Sturm dichten sie die Fenster ab und binden Planen fester.

Von uns beiden hat immer einer seine Zweifel.

Ich wache auf. Das Zimmer ist nicht mehr kalt, aber das Bett ist feucht und klamm. Es hält die Kälte fest. Das Zimmer liegt zum Garten hinaus, es wird nur benutzt, wenn wir Mädchen zu Hause sind, was selten geworden ist.

Meine jüngere Schwester hat immer zu tun, aber das haben wir auch.

Diese Hast in allem, das liegt in der Familie. Jetzt setz dich mal kurz! Eine Arbeit, die nicht fertig wird. Die Kälte in der Bettwäsche ist ein Vorwurf. Ich weiß nicht recht, was es heißt, sich willkommen zu fühlen, ich weiß, was es heißt, sich zugehörig zu fühlen. Aber dann kommen mir trotzdem Zweifel.

Ich fühle mit Verspätung.

Bin immer einen Schritt voraus.

Ich treffe dich, und im selben Moment sehe ich alles. Eine Schere, die sich in einem Stück Stoff festbeißt, wenn die Klinge die Richtung im Gewebe findet, welches das Skelett des Stoffs ist, der Stoff reißt, wird zerlegt und wird zu einer Frucht mit weißem Fleisch. Das sind die Augenblicke, für die ich lebe und die ich immer erst später entdecke. Wenn man dasitzt und überlegt, dass es nun zu spät ist zu überlegen, ob man eine Sekunde länger bleiben soll.

Ob man zu lange blieb.

Ob man immer blieb, aber nie länger wegging, als dass man sich noch ein Taxi erlauben konnte.

Wenn einem solche Gedanken, verspätete Gedanken, durch den Kopf schießen und nicht mehr aus dem blassen

Leib gehen, aus meinem blassen Leib, der bebt vor lauter: Zweifel. Ich weiß nichts, aber ich habe alles gesehen. Die dem innewohnende Erkenntnis, dass es einen Blick gibt, der *sieht* – und der eben nicht *weiß*.

Der Wunsch, als jemand erkannt zu werden, so wie man ist, der Wunsch, solch einen menschlichen Blick zu finden.

Schielende Tage, wenn man hofft. Die meisten Tage sind so, die meisten Blicke.

Ich bin müde und will einfach klarsehen, mit einem Blick, der wie ein Messer, wie eine Schere ins Wirkliche dringt. So will ich sehen, und so will ich gesehen werden. Eine Schweinerei, die bleibt. Unordnung überall, ein Durcheinander, das Enttäuschung hinterlässt, so weit das Auge reicht. Aber du. Und ich, die dich sieht. Das ist vielleicht mehr als genug, das ist vielleicht alles, worum man bitten kann.

Der Apfelbaum steht in einer Ecke des Gartens, in diesem Winter wie zu anderen Zeiten. Seit ein paar Tagen bin ich bei meinen Eltern. Lautlos toste der Schnee heran. Alles war von Reif überzogen, weiße Sturmbrigaden, der Schnee verschluckte Landschaften, er fiel ununterbrochen. Er nahm sie an sich, geißelte sie nach Belieben. Winter überall, ein Gefühl von: Das ist alles meins. Ich erwache allein in meinem alten Zimmer. Ich kenne sämtliche Äste im Fichtenholz, meine Muttermale, und deine, die ich mal kannte. Seltsam, wie die Erinnerung des Körpers mal will, mal nicht will. Schwarze Johannisbeeren in Teigschüsseln sammeln, verschmierte Finger umschließen die Trauben, manche Beeren tropfen, manche vergessen von der Sonne und noch grün, meist bloß reif, diese schwarzen Perlen, die vom Zweig springen und in einer Hand landen, die greift und pflückt zugleich, alles kann und gleichzeitig: Ich hab vergessen, wie sich dein Körper anfühlt. Wie er einfach nur aussieht, ich weiß es nicht. Das Bild will sich nicht zusammenfügen. Wir sind uns fremd geworden, es gibt Kleidungsstücke, an die ich mich besser erinnere als an dich. Vielleicht hab ich nie gewusst, wie du aussiehst. Wenn man mitten im Strom steht. Das Kleinste und das Größte verschwimmt in der *Bewegung*. Ständig woanders, Richtungen, Pläne, der Blick über die Schulter. Es ist immer nur ein *Übergang*. Ankunft beim Eigentlichen – bald.

Dass ich immer dieses Ohrensausen hatte, das mir bedeutete: Kümmre du dich um deine eignen Sachen, und: Ich hatte echt gehofft.

Jetzt kenne ich dich nicht mehr. Wir haben beide das meiste vergessen, das haben wir alle. Das verbindet uns: dass wir eine Menge vergessen haben. In der Übertragung von damals auf heute geht etwas verloren. Es wird verwässert und schlaff, anderes wird laut und fängt gleichsam an zu torkeln – nach Hause – einem Zuhause entgegen, das nie existierte, wie eine Suche nach einem Fahrrad, das man hier irgendwo hingestellt hatte, todsicher, genau hier, dabei hat es das Rad nie gegeben, sondern war ein Pferd, eventuell, das schon in irgendeinem Stall auf einen wartete. In so einem Stall, wo die Tiere sich auf den Zementboden legen und der Durst ihre Körper auslöscht und die Glühbirnen ausgehen, eine nach der andern. An so einem Ort, der irgendwo auf der Welt auf die Ankunft wartet, die du ständig hinausschiebst mit deinem Suchen.

Das Zimmer ist eine zurückgelassene Ecke in mir. Das ist das Gefühl, mit dem ich aufwache. Und die Geräusche des Hauses sind bereits meine, immer die gleichen. Das Haus hat einen Geruch, der einem ins Gesicht schlägt, sobald man den Wirtschaftsraum betritt; noch ehe du dich mit den Schuhen abmühst; die Geräusche des Hauses. Die Räume, die sich mit ihren ganz eigenen Geräuschen um alle Bewegungen legen. Alle sieben oder acht Zimmer des Hauses, die sich um meine Gedanken legen.

Dass es dich für mich nicht mehr gibt, heißt nicht, dass es das Geräusch deiner Stiefel, das Rumoren an der Tür, im Aufgang am Marselis Boulevard, nicht gibt. Im Gesicht bleibt etwas zurück, der Körper erinnert sich, er verweigert sich, er fügt sich nicht, er am allerwenigsten. Ein Wunsch, den Körper zu verbarrikadieren, andere Hände auszuschließen, Hände, die überall sind; ein Zölibat, das in Wirklichkeit kein Geiz war, wenn es darum ging, sich hinzugeben, keine fehlende Lust zu dem, was du sagtest, keine Kälte, die vielleicht immer in erster Linie bloß Treue einem Mann gegenüber war, den ich noch nicht gefunden hatte. Einem Menschen, den ich fand, aber schließlich: doch nicht fand. Unruhe am Abend, die Liebe wie ein Übergriff, Unruhe am Morgen, der Schlaf wie eine Gewaltsamkeit. Ein Hohn. Und dein Blick, der Vorwurf, diese Vergeudung von – ja, was sonst als eine Verschwendung der Liebe.

Ich stehe auf, und es fühlt sich an, als faltete man einen zerknitterten Bogen Papier auseinander, den man ganz unten in einer Tasche vergraben und vergessen hatte und eines Tages am See wiederfindet, wenn man nach dem Apfel sucht, den man doch mitgenommen hatte. Wie kalt die Sonne scheint, es ist früher Tag oder späte Nacht. Mein Vater geht in der Küche umher, macht sich Schnitten und rührt im Haferbrei. Die Gasflamme fiept, das Deckenlicht fiept, hier ist einer auf dem Sprung. Die Finger meiner Mutter, die sich durch Stapel und Haufen blättern. Sie reden nicht, das Radio läuft. Der Brei kocht unter einer Haut, hebt sich wie eine geschwollene Lippe, ein geschwollener Finger, ein Furunkel, der die Haut ausbeult; dieser lebende Deckel, der reißt und seufzt, pfeift und fällt. Was mach ich hier, denke ich und weiß auf der Stelle: ist doch klar. Ich kam für den Apfelbaum und weil ich etwas im Kopf hatte wie: Wir sind immer für dich da. Und es ist mir sehr schnell aufgegangen, dass das nicht reicht.

Ich muss sehn, dass ich hier wegkomme.

Nur der Apfelbaum hält mich zurück, die Zweige, die zu Händen werden, die richtig zupacken, stürzend: Hier stehe ich.

Sein schmales Bett schlägt an das unverhältnismäßig große Fenster. Er bewegt sich in ihr, als müsste da drinnen etwas verrückt werden. Als sollten sie und das Bett durchs Fenster auf den Balkon geschoben werden, den zu kaufen sie ihm abgeraten hatte. Sie hatte tatsächlich geglaubt, sie sei immer die Vernünftigere gewesen; tatsächlich geglaubt, sie habe schon ungefähr hundertmal aus diesem Fenster geguckt.

Nein, denkt sie, das hab ich also ganz bestimmt nicht.

Sie geht übern Hügel in kohlblassem Licht, du solltest mich sehn. Sie denkt an einen Morgen in Schweden, als sie dort zusammen waren, sie trug einen Strohhut. Sie redeten über die Cafés, an denen sie vorbeikamen, immer stimmte irgendwas nicht. Sie hinkte und hatte Schmerzen, nachdem sie an einem Nachmittag auf den Steinen mit dem Fuß umgeknickt war. Schatten oder pralle Sonne oder die Preise oder einfach die Stimmung an sich. Irgendwas gab es immer auszusetzen, und sie mussten weitergehen. Das Gefühl verschwindender Zeit, wenn man auf dem Weg ist. Ewige Nichtankunft, Hinausschieben der Ankunft. Und die ganze Zeit auf dem Weg, immer weiter, Rätsel der Ankunft – dass sie niemals eintrifft, dass man immer nur auf dem Weg ist, auf dem Heimweg, auf jeden Fall woanders hin.

Eine Richtung in allem schlechterdings, Bewegungen auf etwas zu.

Aber dann verloren sie die Geduld, endeten doch in einem Café, *Selma* hieß es, und bestellten ein Frühstück auf der Terrasse. Die Art, wie das S geschrieben war, erinnerte sie an einen Zirkus. Etwas Verziertes, ein geschminktes Kuddelmuddel. Ihren Fuß hatte sie hochgelegt; auf einem Stuhl hatten sie ein Kissen und ihren Rucksack arrangiert. Nun lag da ihr verstauchter Fuß und pochte im Takt der an die Masten klatschenden Fahnenseile am Hafen. Unten vor den Booten machte eine Frau gerade einen Kiosk auf, sie kämpfte mit einem Schild, das nicht stehen bleiben wollte. Sie wurde immer gereizter, ihre Bewegungen wurden hektischer.

Er schenkte Milch in den Tee und sagte, er liebe es, so zu reisen, ganz ohne Plan. Sie nickte und nippte am Tee; ich denke immer nur an das *Wohnen*, sagte sie. Das, was ihr an diesem Ort gefalle, an der Reise, sei der Gedanke, hier wohnen und ein Leben führen zu können, an der Uni zu studieren, die mit Efeu berankt war. Schwer von Efeu. Sie machte eine nickende Bewegung in Richtung der Universität. In dieser Stadt hier aufzustehen und ins Bett zu gehen, den Feiertag aus dem Körper zu jagen, die Erwartung. Keine Erwartung mehr; Erwartungsverbannung. Unfreude. Er ging ins Café, um Salz zu holen. Das Schild wackelte, die Dame am Hafenkiosk war in dem achteckigen Häuschen verschwunden und kochte Kaffee. Sechs, sieben, acht Löffel gemahlenen Kaffee. Ist sie schön, dachte sie. Das Schild fiel um, die Dame bemerkte es nicht, wegen des Sturms hörte sie nichts. Da ist das, was im Haus geschieht, während der Arbeit dort; und das, was draußen geschieht.

Der Apfelbaum hat eine schwarze Borke; es ist das Einzige im Garten, das schwarz ist. Kalligraphisch schneidet er sich in den Winter. Der Winter malt weiße Hunde gelb und die Nacht leuchtend, gleichsam unwirklich, ein betäubter Schlaf, der durch die Straßen wirbelt wie eine Sturmflut aus stiller Stille.

Der Baum ist der Schatten einer anderen und wirklicheren Welt. So denke ich.

Und die Äpfel hängen noch da, zu rot und jedenfalls: zu spät. Tropfen an schwarzen Zweigen. Sie hängen da heute, sie hängen da die ganze Nacht; dass wir sie nicht in der Dunkelheit sehen können, heißt nicht, dass sie nicht leuchten.

Es gibt da eine Handvoll Bilder, mit denen ich noch nicht fertig bin. Eine Hierarchie von Bildern, Bildern des Körpers und des Denkens, Bildern der Gefühle; sie lassen einen nicht los. Immer wieder kehrt man zu ihnen zurück. Man will näher an sie heran. Hin und wieder gelingt es dann tatsächlich, dann schafft man es, man findet *Zugang*. Einen Augenblick lang: kann man sie erreichen und zeigen, sie der Welt zurückgeben. So erinnert man sich vielleicht noch. Alle haben diese Bilder, vier, fünf oder sechs. Und alles handelt davon, näher heranzukommen, sie sind die Bilder, auf die man zuschreibt, zumalt, sie sind das, was man gerne sagen und mit anderen Augen teilen möchte. Einem anderen Blick. Man spricht, man zeigt, aber vielleicht ist niemand da, der etwas sieht. Schau, sagt man vielleicht. Wie man es schafft, das Bild dann weiterzureichen, in den anderen zu versetzen, in dich. Das ist die Frage. Ob man es überhaupt verkraften kann, mit ihnen allein umherzugehen. Ob ich es kann; ich brauche einen anderen Blick, eine andere Stimme, mit denen ich es teilen kann, es ist zu schwer, und ich schreibe in der *Erwartung*.

Zuoberst in der Hierarchie meiner Bilder liegt das des Apfelbaums mit den leuchtenden Früchten.

Dann ist da noch ein Bild aus dem Schlafzimmerfenster im Gegenlicht an einem Sommermorgen, die Scheiben, die geputzt werden müssen, ein Spinngewebe, einige Blätter der Blutbuche. Und ein Bild mit einem Paar Espadrilles auf einem Badesteg; dahinter erstreckt sich das Meer, ein schlafender Körper, es ist Herbst, keine Menschen zu sehen. Und das Bild eines Stalls, nachdem die Tiere für den Sommer auf die Weide getrieben worden sind.

Die Katastrophen, denen man im Leben ausgesetzt ist, können unwirklich erscheinen, aber sie sind: wirklich. Die Fremdheit, die einen glauben macht, manche Menschen seien wirklicher als andere, ist eine Konstruktion; Menschen sind nicht mehr oder weniger fremd, nicht mehr oder weniger wirklich.

Sie sind eher *eigentliche* Menschen.

Und ständig diese Maulschelle in der Luft, die singt: und dann hat man schließlich doch nicht gekannt, dann war die Unwirklichkeit doch eine Frage von …

Ja, von was – sein Wissen von der Welt zu fressen, letztendlich: seine eigenen Vorstellungen davon zu fressen, dass man etwas weiß.

Was man weiß, ist so verschwindend wenig, man kann eigentlich gleich aufhören, damit zu rechnen, und maßlos überrascht sein, falls man wider Erwarten seine Annahme, nichts zu wissen, entkräftet sieht.

Dass man doch ein bisschen von der Welt kannte.

Eine ständige Bewegung, einstürzende Gebäude und eine mühsame Arbeit mit Stein. Das Fremde wie eine Mauer, die niedergerissen, weiterhin niedergerissen werden soll, damit man da seiner eigenen Menschlichkeit begegnen und vielleicht sogar lieben kann. Ein, zwei Bilder weitergeben, sie mit dem anderen teilen, einem Du. Diese Art Bewegungen in die Welt hinein. Ein umgekehrter Eskapismus, ein Turm, den ich baue, um besser zu sehen, was ist.

Dich zum Beispiel.

Ein Wunsch, dich zu sehen.

Die Schneedecke wimmert. Die Böden unter mir, Erinnerung der Füße. Auf einen Körper kann man zählen. Der Körper erinnert sich wie hundert Pferde.

Der Apfelbaum und eine Art Versöhnung.

Ich beschließe, nach Hause zu fahren, aber dann bleibe ich doch. Die Tage sind wie Tage nach dem Tod eines nahen Freundes. Ich habe die Nachricht erhalten und sofort wieder vergessen, ich trauere jetzt, der Körper trauert, aber ich habe keinerlei Erinnerung daran, was diese Trauer auslöst.

Wer.

Ich halte inne, stelle die Schubkarre hin; wer ist es, wer, der mir fehlt. Meine Nase läuft, sie hinterlässt eine Spur durch mein *ovales* Gesicht. Ihr Vater zeichnet ein Oval in die Luft, so ist dein Gesicht, oval, sagt er.

Über ihr Gesicht läuft der Rotz in Streifen.

Und das Licht fällt in Streifen.

Die Fenster sind mit Spitzen aus Schnee besetzt, alle Bewegungen in ihrem Elternhaus sind eingerahmt, tragen einen hohl genähten Kragen. Es gibt keine Toten. Aber Unmengen von Verwundeten.

Sie essen zusammen, es ist Sommer, und sie hat alle Fenster der Wohnung aufgestoßen, jetzt sind sie sperrangelweit offen, sie würde gern im Park essen, aber dann hat er keine Lust, das macht so viel Umstände, ist doch nur Essen, sagt er; das sind doch nur fünf Minuten mit dem Rad, sagt sie. Verloschen im Asphalt; die Färsen werfen ihre Köpfe hin und her, sie ertragen die Fliegen nicht mehr, sie schütteln ihr Hirn, bis es locker ist.

Kein Lüftchen zieht durch die Wohnung, es riecht nach Sommer im Glas, hinter dem Gebäude gegenüber verschwindet die Sonne. Die Wohnungen sind Einweckgläser, Augen, Pflaumen werden mürbe, Stimmen, ein Unterdruck bloß, hält alles an seinem Ort, zu Hause. Sie haben neue Balkone bekommen, aber noch kein Geländer, die Kinder können nach wie vor hinunterstürzen. Sie steht in der Nachmittagssonne und stellt sich wieder Katastrophen vor.

Bald ist das Abendessen die einzige Gemeinsamkeit, wenn sie aufsteht, legt er sich schlafen. Sie schmiegt sich an ihn und schläft ein, ein paar Stunden, bevor er aufsteht; du fehlst mir, lügt er, du fehlst mir, vertraut er sich an.

Ich bin hier schon mal gewesen, sagt sie.

Unmöglich, sagt er.

Sie denkt: Der Sommer ist fast vorbei. Sie denkt daran, womit sie eigentlich beschäftigt war, sie hat gar nicht gesehen, wie es ablief. Er denkt an die ewige Hast, jetzt und vorher schon. Sie scharren mit den Füßen im Sand auf dem Parkplatz vorm Haus ihrer Eltern. Oder: Er ist wach und starrt ihren Schlaf an. Ihre halb offenen Augen. Er streckt seine Hand aus, mit gestrecktem Zeige- und Mittelfinger. Sein Arm zittert. Es ist vier, kurz bevor seine Fingerspitzen ihre Augenlider erreichen. *Nicht aufwachen, nicht aufwachen, still, still, still, still.*

Sie hat den gleichen Einfluss auf ihn wie die Bäche, die über Gestein und durch Gegenden mit kleinen Seen murmeln. Vogelbrut. Er zieht ihre Lider mit seinen Fingern herunter, sie sollen den feuchten Rand erreichen, die Horizontlinie über den Wimpern. Er will sie für die Nacht stilllegen. Sie abzählen. Denn unsentimental, das ist der Tod.

Aber sie sind keine Kinder.

Sie sind es wohl nie gewesen.

Wenn sie in dieser Stimmung ist, dann denkt sie, das ist ein Hohn, diese Übersetzungsseuche, bei allem, jenseits von Kunst und Schrift. *Verstehen* zu wollen. Ein Hohn, so als bäte man Jesus, Mitarbeiter in einem Zirkus zu werden, der Assistent, der dem Zauberer die Requisiten für die bevorstehende Glanznummer zureicht: Wasser in Saft verwandeln ausschließlich mit Hilfe von Schwindel und Beeren. Zur Hand gehen.

Hoppla.

Das eigentlich Handwerkliche dabei.

Was nützt er uns schließlich, der Galgenhumor; Malkasten und Flucht, Verstellung das Ganze. Mit den Geiseln, die man nimmt, die man mit seinen Worten und Bildern einsperrt, mit seinen Referenzen und der ewiglichen Rätselraterei und Übersetzungsseuche der Welt.

Wo etwas herkommt.

Als gäbe es eine Agenda, als reichte es nicht, der Tatsache, diese Macht zu haben, ausgeliefert zu sein. Ausgeliefert der Tatsache, über etwas Macht zu haben, über das man keine Macht hat. Als ob Menschen allgemein, soweit ihr Gedanke, als ob Menschen überhaupt verstünden, was das heißen soll. Macht zu haben. Wort und Rede über die Welt zu haben, etwas hervorzumalen, das etwas anderes ist und zugleich genau dasselbe: ein auf sich selbst beruhendes Leben. Ob es etwas bedeutet, ob es einen Unterschied macht.

Aber dann ergibt es auf einmal Sinn, dann ist da auf einmal nichts anderes als: Unterschied. Dann ereignet sich plötzlich dieser Sprung, egal welcher Körper, egal wo, da ist einfach nur das Gefühl: Das hier ist *fatal*. Ein Abstand zwischen dem Atmen und der Kohlezeichnung eines Gesichts. Die Bereiche schraffieren, auf die kein Licht fällt. Einen Gemüsegarten planen, ein Gesicht planen – und beides aus deinen Händen wachsen sehen, dir über den Kopf wachsen sehen. Ein paar Worte aufs Papier bringen und nur darauf hoffen, dass es die Spannung beibehält. Eine Verschwendung, die plötzlich nötig wird.

Sie hält den Atem an.

Dann ist sie nicht mehr in dieser schlechten Laune, wo man einfach nur *auskotzt*. Wo man sich einfach nur wütend und hohl sieht.

Vielleicht kann man dann trotzdem zusammenhängen.

Vielleicht kann man dann trotzdem ein bisschen länger existieren und nicht nur eine Sekunde.

Das sind diese Art Sprünge, diese Art Wanderungen auf hohen schmalen Hofmauern in der Stadt, auf Deichen am Meer; genau, denkt sie. So muss es sein; ein wirklicher Körper, der schreibt, und alles andere ist ein Hohn, eine Verstellung, sich etwas anderes als *reiner* vorzustellen. Der Gedanke: Weißer. Purer. Wichtiger. Eine derartige Wahl gibt es nicht; zwischen dem einen und dem anderen. Sie ist sich nicht so sicher, was sie dann wäre; aber am schlimmsten ist, dass sie weiterhin keinen Augenblick daran zweifelt, dass sie leichter zu lieben wäre. So.

Ohne sich selber.

Reiner, purer, weiblicher. Mehr Frau. Mehr Mensch oder schlicht ein *eigentlicherer* Mensch. Ein weißer westeuropäischer Mann, vielleicht könnte sie sogar so einer werden, aber als Frau natürlich, auf dem Papier etwas weniger wert, aber am Gürtel dafür etwas mehr. Und dort könnte sie auch hängen. Erst an Mutters Schürze und dann am Gürtel eines Mannes, ein baumelnder Kopf mit leeren Lippen, roten Augen, nimm was du willst, hier hast du Mensch *genug*.

Du hältst jemanden an der Hand, sagt sie.

Stille im Telefon. Es ist, als würde der Raum um sie herum kleiner, sie merkt das; ein Raum mit Wänden aus Wolle, die einläuft, weil es mit kochendem Wasser zu regnen beginnt.

Weißt du, dass deine Stimme anders ist, wenn du in Schweden bist, fragt sie ihn.

Nein, weiß ich nicht.

Sie ist spät durch die Stadt gegangen, durch die Søndergade, die Bruunsgade, am Ingerslevs Boulevard vorbei und zum Marselis Boulevard runter. Die Lastwagen wummerten durch Aarhus, sie hat den Eindruck, sie müsse das Kleid über die Knie heben, wenn sie den Marselis Boulevard überquert. Als nähme der Verkehr kein Ende, ein Fluss, den man nur so überwinden könnte. Sie hat sich auf das Gespräch gefreut, oder sie hat daran gedacht, es vor sich her geschoben wie einen schweren Einkaufswagen.

Die Wohnung ist so leer ohne dich, sagt sie. Steckt einen Auflader ins Handy. Sie hätte gewünscht, sie würde lügen. Aber als sie es sagt, ist es wirklich. Dann steht sie wie gefesselt an der Wand, wegen des Kabels.

Komm zurück.

Komm zurück, ich brauche dich, sagt sie. Auch das wird wirklich. Auch das ist wirklich. So wie es wirklich ist, dass sie ihn jeden Tag vergessen will, sie hat ihn schon vergessen. Er ist in ihr, egal wie weit er wegreist mit ihrem Geld, mit seinem, so ist es eben. Kann man etwas vermissen, das einem im Fleisch sitzt. Kann man vielleicht, denkt sie. Oder vielleicht hat es gar keinen Sinn, von Sehnsucht oder Nicht-Sehnsucht zu sprechen, vielleicht geht es eher darum, nach Hause zu wollen. Was das auch heißt; ein Blick vor allem, sein Blick, der auf ihr ruht – auf ihr, die auf diese Weise hervorgerufen in seinen Augen ist.

Das sind ihre Gedanken.

Ist das ein Problem, fragt sie sich selbst. Mit derlei Verspätungen und Verschiebungen. Aus dem Körper und zurück, ein Blick, der zwei lebende Tote zusammenheftet. Dann kann das Herz genug Blut durch die Adern pumpen, dann ist da wieder das Bild einer Buche, die das Wasser in zehn Meter Höhe zieht, in eine hellgrüne Krone, die nicht an sich hält, sondern allen farblichen Richtlinien trotzt, allem, was man quasi für sein Geld erwarten kann, und seine blauen Augen. Sie hat ihn noch nicht getroffen, sie ist allein und geht auf dem Weg mit den Fliederbüschen zur Kirche hinüber. Dort sitzt sie dann und ist sieben Jahre alt, vielleicht acht. Friert an den Zehen, wie man in Kirchen immer an den Zehen friert und wie man immer jemanden findet, um den man trauern kann. Um all die Toten und all die Überlebenden. So ein Hünengrab, das mitten auf dem Feld steht, ein Trecker, der jedes Jahr mit seinem Pflug zehn Zentimeter näher an den Stein fährt. Trotzdem steht es immer noch da, und Schnee kann fallen. Man denkt an all die Jahre und den Schnee, der herantost, und die Landschaft, die sich dann aufspielt, mit einem Antlitz, das leuchtet. Und zum ersten Mal gesehen wird. Das macht der Schnee. Auf alles Lebende und Tote.

Er seufzt; ich bin müde, sagt er.

Sie nickt und starrt durchs Fenster. Im Gebäude gegenüber gehen in zwei verschiedenen Wohnungen gleichzeitig die Lichter aus. Es ist, als bekäme das Haus ein Gesicht. Als wäre ein Gesicht jemals symmetrisch. Links fehlt ihr ein Zahn, der ist nie gekommen, es entstand nur eine schiefe Lücke. Und ihre Nasenlöcher, verschieden. So eine Vorstellung von Symmetrie, wo keine ist, ein Auge, das hängt, dein Auge, das hängt, wenn du trinkst. Fürchterliche, schiefe Gesichter: Was anderes gibt es nicht.

Sie pustet gegen die Fensterscheibe, als könnte die Nacht weggeblasen werden, als ob sie wirklich weggeblasen werden *kann*.

Bist du noch da.

Ja, antwortet sie ihm, ich bin noch da.

Agri, vermisst du das Dorf, fragt ihre Mutter sie eines Tages, sie ist sieben, sie sind in den Ferien. Man hat die Szene gefilmt. Man sieht, wie das Gesicht des Kindes sich verändert. Ja, sagt sie, das Gesicht wie ein Mond aus bleichem Brot.

Auf jemandes Zunge eine Oblate, die sich auflöst, eines anderen Körper, eines anderen Vorstellung von Heimweh, die man allmählich in den eigenen Körper aufnimmt.

Ja, sagt sie.

Was vermisst du denn an Agri, fragt die Frau mit der Kamera.

Auf die Frage kommt nie eine richtige Antwort. Alles, sagt sie. Aber da war die Kamera abgeschaltet.

Sie teilen gerade die Rechnung im Restaurant, als ihr Freund sie fragt, mit wem sie aufgewachsen ist.

Mit keinem, antwortet sie.

Das steht so im Raum, sie lachen.

Das ist es, denkt sie. Ich bin allein aufgewachsen.

Die Augen ihres Freundes leuchten, was erst nach Mitgefühl aussieht, aber etwas anderes ist: Wiedererkennung. Wenn etwas Fremdes nicht länger fremd ist, weil es ausgesprochen wird, versteht man es. Eine Heimkehr, dann steht man in der Welt exponiert da, zu zweit.

Er ist stark, und sie wünschte, sie würden sich mehr gleichen. Nicht mehr dieses ständige: Entgegengesetzte. Umgekehrte. Dieses ewige: Das seh ich aber anders. Sie warten auf eine Nachricht, ihre Mutter ist krank. Sie haben sich lange nicht mehr gesehen, sie kann sich kaum noch an ihn erinnern. Diese Pausen gibt es immer wieder, zerbrochene Perlen zwischen anderen, ja, anderen zerbrochenen Perlen, zerbrochenen Zähnen. Mein verstorbener Mann, flüstert sie. So nennt sie ihn jetzt. Obwohl er doch dasteht. Seine Sachen vom Boden aufhebt, die genauso liegen, wie er sie hat liegen lassen, die Hose sieht aus, als wären noch die Beine drin, als fiele es ihm jeden Tag schwerer, sich anzuziehen, weil er den Platz mit sich selbst teilen muss, gestern und vorgestern und vorvorgestern. Man passt beinah nicht mehr in seine eigenen Sachen, weil von vornherein schon so viel Körper drinsteckt.

Er hört es nicht.

Sie beneidet ihn; seine Kraft, wenn sie die nur in sich hätte, das Verbissene nah am Zittern und das immer Müde.

Und gleichzeitig erschreckt seine Kraft sie zu Tode.

Welch eine Kraft! Welche Willkür. Sie ist da, und dann nicht mehr. Sie hat den Eindruck, denkt sie, seine Kraft ist gar nicht *seine*. Sie kommt und kann ihn verlassen, unvorhersehbar und unregelmäßig: vollkommen ungezähmt. Die Kraft, sie kommt mit dem Zorn und übernimmt etwas, kapert ihn. Und sonst: Kein Röntgenbild zeigt etwas. Die Kraft als Geschwulst, als Schatten, mit Adern, die in den Körper hinauslaufen und ihn im Körper wieder verlassen. Aus einer anderen Perspektive hat das mit Kraft nichts zu tun. Sie wünscht sich bloß die gleiche Möglichkeit, um zu *bleiben*. Irgendwo.

Immer musstest du rauchen.

Ich weiß nicht.

Es ist Pause, und in der Pause sieht man sie und die beiden Schwestern auf dem Parkplatz vor dem Krankenhaus, wo sie ihren Rundgang machen, mechanisch, wie von Magneten gezogen, die unter dem Asphalt hin und her bewegt werden. Sie gehen ohne Arme. Ein Hauch von Zigarettenrauch. Eine Tonspur wie Wellen in die Luft gezeichnet. Grüne und rote Wellen, die steigen und fallen. Ihre große Schwester, die ihren Ärger herunterschluckt, dass sie ihre Schwester rauchen sieht.

Sie teilen viel zu viel Geschichte miteinander, eine viel zu lange Geschichte. Miteinander und jede für sich. Er steigt aus dem Auto und nimmt sie an der Hand. Die anderen beiden Schwestern setzen ihren Rundgang fort, während sie stehen bleibt, mit ihrem verstorbenen Mann vor dem Auto stehen bleibt.

Das ist lieb von dir, dass du uns hergefahren hast. Dass du … hier bist.

Er sieht sie an, wie man etwas Zerstörtes ansieht.

Ein zerstörtes Gesicht.

Wir haben keine Geschichte zusammen, ich kenne dich nicht. Das denkt er. Das sagt er.

Sie sagt, sie verstehe nicht, was er meint.

Sie sucht den einen Zusammenhang. Das, was in der Sprache ist, und das, was ist.

Aber nun hängt es so schlecht zusammen. Es gibt keine *Übereinkunft*.

Ein verlassenes Haus fällt zusammen, ein verlassener Baum fällt im Wald, lautlos.

Eine zerstörte Landschaft, abgestorbene Gebiete, abgestorben insgesamt, Steinwälle unter Schnee. So ist es vielleicht auch. Ich verstehe nicht ganz, was du meinst, wiederholt sie.

Der Widder liegt auf der Erde und zuckt, ist ein Herz im Gras. Er hat den elektrischen Zaun durchquert, weil sie vergessen hatte, das Vieh zu tränken. Diese stahleingefassten Quadrate hier sind nicht mehr die alten Schafsgehege, die die Welt einteilen. Sie sitzen im hohen Gras am Feldrain und schauen auf die Weide. Die Schafe, die früher den Kopf durch die Metallaugen des Zauns stecken konnten, bleiben jetzt mit ihren Ohrmarken hängen oder mit den Hörnern, ein Schaf zieht den Kopf zurück, die Ohrmarke sitzt im Stahldraht fest, das Bild einer Ohrmarke, die das Schafsohr in zwei Lappen schneidet. Jetzt ist es ein Zaun mit Strom, der *Elephant*-Elektrozaun, der den Ton angibt, in festem Rhythmus, in vier gespannten Drähten, Notenzeilen in der Landschaft. Trotzdem versuchen die Schafe, das Gras auf der anderen Seite zu erreichen, und trotzdem stecken sie vielleicht fest, verheddert.

Also: wilde Augen, im Takt ein stechender Schmerz im Tier. Eine blaue Zunge. Fast nicht auszuhalten. Eine steife Zunge, die aus dem Maul starrt.

Ob sie weiß, was sie hier *ausgelöst* hat. Weißt du, was du gemacht hast, kannst du das sehen.

Es ist still. Noch gibt es keinen, der die Stille der Szene durch Fragen zerstört hat. Wie vorher wird es nicht mehr sein. Sie hält den Atem an. Es ist Sonntag, alle haben sich angezogen, wie es ihnen passt. Ihre Mutter schlägt Sahne für die Torte, ein Hauch von Erwartung liegt in der Luft, es ist: überall Staub gewischt. Das Klavier: abgestaubt. Die aufgeschichteten Haufen im Wohnzimmer, die Stapel von Bankbriefen und Katalogen und Quittungen und leeren Umschlägen mit ausgefranstem Rand, zusammengeschoben und an allen vier Seiten begradigt.

Mit den Augen ihrer Mutter: die Stapel, aufrechte Türme im Wohnzimmer.

Auf der Anrichte.

Auf dem Telefontischchen.

Eine Ordnung, die von Möglichkeiten handelt, von einer Freude auf das, was kommen wird. Auf das Kommende und auf das, was sein könnte. Es ist ein wildes Privileg, eine naive Erwartung dessen, was kommen wird.

Aber dann ist es vielleicht gar nicht so naiv, dann ist es

vielleicht einfach so: dass man nichts Besseres kriegt. Es geht nicht um die Freude der Erwartung, es geht vielleicht eher um ein Weltvertrauen, dieses Ziehen im Magen, sich im Denken voranzustürzen, im physischen Sinn fortzufahren, in die Zukunft. Wenn der Körper weitermacht.

Und jetzt dämpft er alles ab, so dass plötzlich alles »zum Trotz« geschieht, ein Fest, das zum Trotz abgehalten wird. Erntedankfest – wenn alle wissen, dass es nicht nur der gute Abschluss harter Arbeit ist, sondern auch der Anfang eines mühevollen kalten Winters mit Schultern, die mahlen, Gedanken, die mahlen und andere wichtige Gedanken pulverisieren, die Dinge und die Federn und die Staubkörner zerkleinern, die als Schnee oder im November als Regen zu Boden sinken. Um die Füße der Natur, um den Leib.

Vielleicht will sie gar nicht mehr herkommen, falls sie gezwungen ist zu wählen, will ich nicht hier sein. Dann können sie zu meinem Buchempfang kommen, die Besprechungen lesen und es dabei bewenden lassen; oder sie verzichten darauf, zum Empfang zu kommen, verzichten darauf, das Buch zu lesen und lassen es dabei bewenden. Eine Postkarte kaufen oder es sein lassen. Sie abschicken oder eben nicht.

Eben nicht.

Nie auch nur eine einzige Seite lesen, sich alles zusammenphantasieren, nicht-lesen, nicht-sehen.

Ich sitze am Tisch, und die hohe Kanne mit Schokolade macht ein zweites Mal die Runde; oder ich stehe im Stall mit dem Schaf, klemme es zwischen die Knie und drücke einen Lappen auf das eine Ohr. Es hat sich entzündet. Das ist nicht gut, es nässt, das zieht die Fliegen an. Ich beuge mich vor, ohne das Tier loszulassen, tauche den Lappen in einen Eimer mit Seifenwasser, das Blöken eines Schafs kann richtig laut sein, so laut, dass das Schwalbennest unterm Dach zu beben scheint. Alles rieselt auf meinen Kopf, das Bild eines Herzens im Gras, der Widder in meiner Hand, das Herz auf der Weide, ich schreibe einen Brief an meine Mutter, ein umgekehrtes Testament, zu allem, das mir nicht gehört, und allem, das mir gehört, und etwas, das ihr gehört. Ein Körper, den ich nicht mehr habe. Ich vermisse dich, schreibe ich zuletzt und streiche es wieder durch. Aber im Grunde ist es genau das, ich vermisse jemanden, sie zum Beispiel, jemanden, den ich kenne.

Nie zeigt er sein Inneres. Steht in den schwarzen Johannisbeeren und futtert, bis er nicht mehr kann. Bis seine Augen schwarzen Johannisbeeren gleichen. Sie ist durchsichtig, sie träumt davon, drall zu sein, ein Traum, der immer wiederkommt. Jemand soll sie berühren und dabei denken: Das ist ein Körper! Das ist ordentlich Fleisch!

Aber sie schwebt bloß umher.

Sie ist der Staub, der im Stall umherschwebt, in allen möglichen Lichtkegeln, sie ist die Spur von Insekten im Staub, der sich gelegt hat, oder sie ist unsichtbar auf wurmzerfressenen Querbalken, auf der wettergegerbten Rinde der Zaunpfähle, im Raureif auf den Bänken am See. Sie will verwundbar sein, gib mir:

Wunden.

Und die rissigen Katzenpfoten, alles, was blutet. Ja, reich's mir her.

Auf dem Heimweg vom Restaurant gehen wir durch die Stadt und schauen in alle Cafés, wo das Licht sanft liegt wie über einem See. Menschen, die im Licht auftauchen, im Dunkel versinken, hinter uns, vor uns. Die Kippe eines dünnen Mannes schneidet das Dunkel in zwei. Er lungert da an der Ecke herum, wie man nur an Ecken lungern kann. Die Wege laufen voraus, sie sind vor uns zu Hause. Ich fühle mich jünger denn je, als hätte ich alles gesehen und wieder vergessen und stünde nun endlich an einem Ort, von dem aus alles seinen Anfang nehmen kann. Warum bin ich hier nie gewesen, denke ich. Du sagst, heute Abend sei richtig Leben in der Stadt, ich dachte genau das Gegenteil im selben Augenblick: heute Abend sei richtig Tod in der Stadt. Eine Form von Schönheit liegt darin; dass wir uns dort begegnen, Rücken an Rücken; wenn man sich nicht weiter voneinander entfernen kann, stößt man wieder aufeinander. Ich bin eine Mauer, die durch dich hindurchgeht, und dein Körper ist es leid, wie schwer er wird.

Ihre Mutter erfüllt den Raum mit ihrem Summen. Sie gießt die Blumen, über alles streicht sie mit den Händen und ruft es dadurch hervor – als Ding. Als wollte sie alles überdecken, was ihre Tochter getan hat, damit nicht alles hinüber ist. Aus Trauer, dass sie *so ist*; ich steh in ihrer Schuld; das ist das Einzige, was sie sieht, die Augen ihrer älteren Schwester; sie versteht, dass sie in ihrer Schuld steht, jetzt, und jetzt soll sie diese Schuld bezahlen, Punktum. Und sie soll ihre Mutter betreuen, wenn sie alt wird. Wenn sie *darniederliegt*. Wenn sie nicht mehr selber essen kann.

Sie ist ein bösartiger Schmuck, so empfindet sie es. Behängt mit einer Liebe, die so wahnwitzig ist, beinah unmenschlich, das kann nur enttäuschend sein. Es ist eine Frage der Zeit, dann wird es so kommen – nur noch Enttäuschung und das Gefühl: ein Kind geliebt zu haben, das es gar nicht gab. Und die Vorwürfe werden zurückkehren, eine ganze Liste:

Der Widder.

Die Absage der Reise nach Kopenhagen mit der Tante. Die geplant war.

Die Halskette.

Porzellan jeder Art.

Das Buch.

Dass du das tun konntest.

Die Krankheit.

Die Krankheit Enttäuschung.

Späte Nachmittage, immer in diesem Graurot. Heide, das war der Sommer. Wieder vergisst sie, wie schön es hier ist, die Strecke zwischen Løgten und Rønde, wo die Bucht einem blauen Gürtel gleicht, schalenförmig gelegt, eine Hand unterm Sommer.

Eine Hand.

Der Asphalt ist unruhig vor Wärme.

Ihre Mutter, die sie in Aarhus oder Risskov abholt; dann fahren sie zusammen nach Mols. Mit den Fingernägeln der einen Hand pult sie an den Fingernägeln der andern, richtet den Blick auf die Straße. Sie ist eine Märtyrerin, ohne genau zu wissen, wofür sie kämpft.

Dann kämpft sie dafür.

Auf dieser Fahrt nach Hause unterhalten sie sich immer, aber worüber konkret, daran kann sie sich absolut nicht erinnern. Nichts, nur dass sie sich *unterhielten*. Sie erinnert sich an so wenig, fast an nichts. Ein Herz im Gras. Ein Himmel in Südfrankreich, ein hellroter Himmel und davor eine Landschaft in vier Schichten: Berge hinter Bergen hinter Bergen. Er drin, du drin, ein Bett am Morgen, an das ich nach einem langen Waldspaziergang trete, du schläfst, und ich stehe und bin Augen, dreitausend Augen.

Der Weg ist in schlechtem Zustand, sie sieht ihn nicht mehr. Die Schönheit, in der man wohnt, hat ihre eigene diskrete Fasson. Das kommt erst, wenn ein Fällungsplan oder ein Herbststurm die Ordnung stört; erst *dann* kann man irgendetwas sehen. Wenn sie den Greis in dem Mann sehen kann, der ihr, ja, was eigentlich – Leben geben sollte. Leben und das völlig Entgegengesetzte: allein zurückbleiben. Wenn sie sehen kann, wenn ich sehe, dass es ein fürchterlicher Mensch ist, ein fürchterliches Leben zu zweit – wenn wir den anderen verlassen, das Leben, das da anfängt: Das Leben nach dir fängt hier an. Du schreibst mir, die Talfahrt höre hier auf, aber wir wissen doch beide, dass hier der *Rest* anfängt. Das Kind in jemandes Mutter, die einsetzende Umkehrung; ein Gespräch, das einen Abschied hinausschiebt: was sonst. Ein Schweigen, das das hinausschiebt, das gesagt werden muss. Ich bin in schlechtem Zustand, ein Fällungsplan, mein Körper ist ein Herbststurm. Ich bin alt, ich stehle meiner Mutter die Jahre, eins nach dem andern, ich stehle das Alter aus der Sprache, alle Bücher, die ich lese, machen mich unnatürlich alt, die ich liebe, machen mich unnatürlich alt; es ist, als übergäbe man sich gegenseitig das Leben, als teilte man alles, jede Erfahrung; und Vermögensteilung ist eine wahnsinnige Geste, man zieht und reißt und zerrt die Ringe von den Fingern der verstorbenen Geliebten, während die Körper noch warm sind. Schneidet einen geschwollenen Finger mit der Schere ab, um an den Ring zu kommen, den man noch von damals kennt. Man glaubt, man besitze ihn wirklich, dabei sind es die Erinnerungen, die man besitzt, und die verändern sich pausenlos, man verliert sie pausenlos. Was soll man mit so einem Ring. Was fängt man mit so einem Finger an.

Wir fahren am See entlang, wenn es geht, nehmen sie diesen Weg. Durch die Waldanpflanzung. Und immer die Kurven, wo man denkt, jetzt sind wir da. Alle Lichtungen weiter vorn versprechen: Hier liegt der See, und locken auf diese Weise. Eine Verführung, die nichts mit Lüge zu tun hat. Der Wald, der nichts mit Verführung zu tun hat, nicht über die Sinnestäuschung hinaus. Alle möglichen Erwartungen auf das, was einen erwartet.

Ein italienischer Garten im Frühling: die Kanäle für das Regenwasser, die die Stadt durchziehen; ein Band der Trockenheit und magere Hunde, vereinzelt Ansätze von Pflanzen, die aber nur in der Sonne vollstauben, dürr, menschlich.

Der Wald ist unruhig, der Asphalt auch, so macht die Wärme keinen Unterschied.

Meine Mutter beginnt zu singen. Erst zögernd, dann geradezu heiter. Sie versucht, das Lied anzupassen, es soll ein Pfad an der Seite des Weges sein. So wie ich da neben ihr sitze und mich an die Scheibe lehne, verschiebt sich etwas in mir, von Müdigkeit über Ärger zu Trauer, die in erster Linie Kummer ist: der Kummer, als Mensch nicht *groß genug* zu sein.

Der Wald und die asphaltierten Straßen.

Der Rand aller Orte, von denen man kommt. Der Wald, das ist der Rand. So kann sie denken, dass sie immer am Rand ihres Lebens steht, auf dem Weg zu etwas Besserem, in etwas *anderes* jedenfalls. Dann kommen die Insekten dazu, und obwohl man sagt, eine Mohnblume oder Margerite könne durch den Asphalt brechen: Die Wälder ergeben sich;

während die Straßen, nicht direkt,

aber doch, sich ergeben.

Ich bitte meine Mutter um Ruhe, könntest du nicht eben. Und wir sehen uns an, meine Mutter wendet den Kopf, das Auto fährt mit derselben Geschwindigkeit durch den Wald. Die Geschwindigkeit des Waldes und die Geschwindigkeit des Autos und des Schweigens: *eine* Bewegung. Und sie bekommt ihr fürchterliches Gesicht, wenn es durchsichtig wird; wenn es ein einsames Blatt Papier ist, es hat gebrannt, ist aber erloschen. Das Dokumentengesicht. Ich halte den Atem an.

Sie ist so müde in ihrem Kopf. Oder einfach: Ich bin es.

Mir scheint, wir sehen uns den Rest des Weges über an, ihr Mund steht offen, ihr Körper atmet für sie, ein letzter Dienst, Geschenke dieser Art.

Im Wald sind so viele Schichten, man schneidet sich den Weg hindurch, immer dunklere Bäume; wie in Frankreich, als ich allein dasitze, mit den Brocken, den Überbleibseln von etwas Gewesenem, den Versuchen; und die Berge in so vielen Schichten liegen, eine hinter der anderen, eine heller als die andere, im Gegensatz zu allem, was man gelernt hat. Man sieht so wenige Lichter, denke ich einmal, später. Oder ich schließe die Tür, ich bin allein, und so soll es bleiben, ich schalte mein Telefon aus, ich muss da erst mit etwas fertig werden. Meine Augen blättern sich durch die Berge, ich weine. Über die Aussicht ist nicht viel zu schreiben. Aber so ist es, das Orange der Berge, ihr unterschiedliches Blau, bergblaues Blauschwarz, briefblau, blauende Briefe, blauende Berge, hinter den Augen hinter den Bergen, schotenschwarzer blassroter Morgen, blassrote Berge, Blut und blutrot und Brot, rotes Blauen der Blätter der Berge.

Der See, auf einmal der See. Meine Mutter hält an. Hier fällt das Licht fast unmittelbar herab, der See ist ein Auge im Wald. Das Auto knistert. Wir warten ein wenig, dann steigen wir aus in die Wärme.

Wir schwimmen, und ihre Körper fassen den Entschluss, sie zu retten, wieder einmal am heutigen Tag. Der See ist tief, gleichsam ein lichtdurchlässiger Plafond; wie in den großen Bahnhöfen vom Ende des 19. Jahrhunderts: Glas und Eisen und Licht. Gras. Licht. Laub. Der See als Halle, als Ankunft, ein Gefühl von: Neubeginn.

Vom Himmel senkt sich das Grau herab.

Die Wälder seufzen, die Bäume, die übrig bleiben.

Sie haben gefällt wie die Wilden hier draußen, sag ich dir. Und die Scheune drüben am Pfarrhaus ist weg, abgerissen.

Du schweigst am anderen Ende des Hörers. Wie schade, sagst du dann und verstehst selber nur wenig davon, was du sagst. Ich beiße mir in die Unterlippe, sie soll aufhören, so zu zittern.

Du musst dich mit dem Gedanken versöhnen, dass alles in einem Tempo passiert, das du nicht kontrollieren kannst. Eine unglückliche Liebe braucht drei Monate, dann ist das auch verdaut, hast du gehört.

Du weißt nicht, wovon du redest.

Aber du weißt es. Du redest von mir. Und du träumst davon, dass ich drei Monate brauche. Dabei wissen wir beide, dass ich irgendwas zwischen acht und zehn Jahren gebraucht habe.

Man leiht sich etwas, alles leiht man sich nur.

Seine Kindheit, seine Geliebte, alles geliehen, das ist ein grausames Fest, am nächsten Tag räumt man auf, man kennt sich gar nicht mehr. Bist du's. Das Mädchen, das du gefunden hast, oder sie, die du bereits gefunden hattest; du hast mit zehn Jahren bezahlt. Nun sollst du dich schuldig fühlen, wenn du mich erwähnst, ja, nur an mich denkst. Weil sie es nicht aushält, so einen Kram zu hören. Dann vergisst man auf Kommando, und ich bin vielleicht wieder acht Jahre alt, dann bist du dreiundzwanzig. Man zieht ein ganzes Leben ab, dann sind die Jahre vergessen, weg.

Du tröstest mich, streichst mir mit blasser Hand übers Haar, die Hand meiner Mutter, die mir über den Rücken streicht. In jener Nacht zieht sie ins Wohnzimmer hinunter, um zu lesen. Mein Kummer stört ihren Schlaf. Du hast so unruhig geatmet, sagt sie und schließt die Augen vor dem hellllichten Tag, dem hellllichten Abend, der hellllichten Nacht, immer gab es etwas, das ihr die Nachtruhe raubte.

Aber ich bin nach wie vor allein im Zimmer mit deiner Stimme. Wir reden von Antidepressiva und wie sie die Sinne in Watte packen und bewirken, dass man die Welt nicht so intensiv wie sonst aufnehmen kann.

Genau das brauche ich jetzt aber, sage ich.

Die Luft trägt Wasser, die Landschaft hinter Gardinen feuchter Luft, sie steht aufrecht. Ich sehne mich nach Kopenhagen zurück, und ich sehne mich gerade nicht zurück. Die Natur wirkt wie eine Feuerlöschdecke, sie erstickt etwas in mir. Was es ist, kann ich nicht genau benennen. Es wimmert in einem, wenn man da geht, ein Weinen, das nicht richtig zupackt, eine Flamme, erstickt unter einem dichten schweren Etwas, die aber weiter schwelt, bis in den Hals hinauf, beißt und brennt. Links des Wegs liegen hohe Schneewehen, rechts hat der Schnee kahle Stellen, in denen Gras zu sehen ist. Im Eisenbahnwaggon stehn die Schafe mit leeren Augen.

Sie wusste noch, dass sie es bereute. Dass das Bild doch zu brutal war, dass er vielleicht von ihr erschreckt sein könnte, sie sich vorzustellen ohne Haut.

Sie legt auf und fühlt sich wie eine Reisende in Schuhen. In einem Land, in dem man keine Schuhe kennt.

Ich quetsche mich unter einen fieberroten Himmel. Zwischen den Bergen ist Blut und Feuer, die Abendsonne zerfließt über alle blanken Flächen. Der See und deine Stirn und meine müden Lederstiefel auf der Zeitung vor dem Giebel. Nachmittag ist gerade gewesen, der Abend ist ein Sturz und dann die Nacht. Wellen, die brechen. Hier herrscht eine Dunkelheit wie ein weißes Tuch, das in die Luft geworfen und über die Möbel eines Strandhotels im Herbst gezogen wird; die Sehnsucht (du spürst vielleicht schon die Sehnsucht); wie sie in blinde Wut gerät; ein Tuch über der Skulptur, die auf ihre Enthüllung wartet. Ein Tuch über die Welt gezogen; ein Sack über dem Kopf der *Umstände*.

Ich fange an zu zweifeln, ob ich dich jemals gehen lassen kann. Dich verlassen. Vielleicht kann ich.

Du siehst wieder aus, als hättest du dich ausgesperrt und dächtest an den Schlüssel auf dem Küchentisch.

Wir sagen nichts, wir gehen nur miteinander spazieren. Das sieht uns eigentlich nicht ähnlich; dass wir wortlos spazieren gehen. Wer uns kannte, damals, als wir zusammen waren, den Sommer über, als wir uns pausenlos trennten, würde sagen: Ihr redet, ihr habt geredet, ihr habt eure Beziehung kaputt geredet – meine Schwester hat das gesagt.

Du gehst komisch, als wären deine Beine nicht fest, die Füße sind gewissermaßen falsch angebracht. Und gleichzeitig so ernst. Du hörst nicht auf, dir mit deiner Fausthandschuhhand die Haare aus dem Gesicht zu streichen. Ich weiß nicht, dein Haar ist irgendwie länger. Aber ich weiß, das ist meinetwegen. Wie die Geste der Hand, die durchs Haar streicht, für mich ist.

Die Verkleidung, ein neues, besseres Du.

Das ist es vielleicht. Komplizierter ist es bestimmt nicht, raffinierter sind wir doch nicht.

Ich habe Fisch geputzt, Porree und Mohrrüben geschnitten, die Küche glich einem umgekippten Garten. Während ich im Kleingarten war, hattest du an deiner Examensarbeit gesessen. Meine Abschlussarbeit für die Uni war abgegeben, aber du machst immer alles auf den letzten Drücker. Die Spur einer Schnecke auf dem Asphalt, an einem Sommermorgen, später, sie glänzt und glitzert im frühen Licht; dann ist man wieder bei dir, ach, so ein Bild mit dir teilen zu können. Die Sonne, die diese Spur aufleuchten lässt, ein Fest. Du kommst in die Küche, stellst dich hinter mich und willst mir einen Kuss auf den Hals geben. Ich weiß noch, ich lachte, ich steh hier grad mit den Händen voller –

Fisch, unterbrichst du mich.

Ich meine es ernst, sagte ich, später. Aber es wurde nicht später, so waren das auch ein paar Wörter, die etwas kaputt schnitten, eine Verhandlung, in einem Land, wo es keine richtig gültige Währung gibt. Alles läuft über stumme Deals, alles wird in einer Sprache verhandelt, die man nicht versteht. Ihr habt zu viel geredet, sagt meine Schwester eines Abends. Ich wische mir die Nase am Ärmel ab. Ich zuckte mit den Achseln, aber das konnte man nicht sehen vor nackten Körpern, ein Körper, der leicht hüpfte, stoßweise hickste. Nein, sagte ich dann, das glaube ich nicht.

Jetzt bin ich nicht mehr so sicher, weiß bald nicht, ob es nicht die Wahrheit ist. Auch. Die Sprache ist nie unschuldig. Ein Gespräch ist nicht immer von Vorteil, gemeinsames Verstehen wird jedes Mal entlarvt als Ausdruck eines gemeinsamen Entschlusses, die Faulheit des Geistes zu fördern. Darin steckt nichts, was gen Himmel weist.

Es muss wohl so sein, dass wir an die Jahre denken, in denen wir ein Paar waren, und es muss wohl so sein, dass es sentimental wird. Die Felder wollen es; die glänzenden Schüsseln aus Schnee, vom Wind gefegt, geputztem Silber gleich; denke ich zu klar? Ich empfinde sie stark, die Bewegung, die eingetreten ist. Eine Verschiebung: von Liebe über Abhängigkeit bis zu einer teuren Leihe und einer Belohnung, lebendig oder tot; und am Ende gehen wir hier durch eine Winterlandschaft: beide entzaubert, die tollen Ideen in sich zusammengestürzt. Alles besteht aus Folgerungen, aus Resultaten. Abgebranntes Feuerwerk im Schnee am 1. Januar ist ein Resultat. Die in der Landschaft verstreuten steinernen Hünengräber sind ein Resultat. Die Vögel, die trotz allem überleben. Der gefaltete Himmel über der Bucht von Aarhus ist es. Eiszapfen am Zaundraht – auch ein Resultat. Seufzer und Früchte in den Bambusschalen sind ein Resultat. Blutende Herzen und blutende Schrammen und blutende Reue sind es. Blut im Allgemeinen, graurot für alles Lebendige hier; die Körper hinter geschlossenen Fenstern, keine zehn Pferde bringen mich bei diesem Wetter vor die Tür – eine Folgerung, ein Resultat.

Nur dass wir hier trotz allem spazieren gehen, ist etwas anderes; das ist Wahnsinn.

Die ganze Nacht liege ich in einem Schlaf, der einer Wanderung im Schnee gleichkommt. Die Knie hochheben, wenn die vereiste Oberfläche nicht trägt. Schnee ist nur einmal neu und dann nie wieder. Man kann ihn nicht mehr glätten und wieder von vorn anfangen. Und es ist Winter geworden. Infolge des Kalenders kein Verbrechen, aber genau das ist es, ein Verbrechen. Meine Glieder knacken, einer Tiefkühltruhe entwunden, Kristallstaub bedeckt meine Knie. Ich lehne mich aus dem Fenster, die Bäume ragen aus dem Boden wie kalte schwarze Hände. Der Garten sieht verlassen aus. Die Vögel sind damit beschäftigt, sich gegenseitig zu berauben. Ich denke an das Sonderbare, das geschehen kann. Eines Morgens erwachst du ohne dieses Ziehen im Magen. Ohne das Gefühl der Leere, ohne das Gefühl, dass etwas gestürzt ist. Vielleicht stehst du auf, trinkst einen Tee, entdeckst, dass er anders duftet als *damals*. Und der Tag ist nicht mehr – unüberschaubar. Du bist nicht mehr halbiert. Nicht *nur*. Du entdeckst vielleicht, dass du gewachsen bist. Diese Tage, die sonst so karg wirkten, vereiste sandige Erde weit im Westen, öde Erde; man ist nicht mehr derselbe, ja, das wird dir bewusst: Du bist ein anderer, ein Größerer. Als wäre der Mensch, der einem im Körper wohnt, der Mensch in meinem Körper, älter und jünger zugleich geworden. Zerbrechlicher und widerstandsfähiger. Jedenfalls empfänglicher für die Welt, *die ist*.

Ich liebe wohl langsam etwas, das war.

Ich muss immer an die roten Äpfel denken, die in den Himmel hauen.

Ich habe die vage Idee, über sie schreiben zu können. Einen Zusammenstoß feuerroter Äpfel mit einem zerschmetterten Himmel. Dass sie hängen bleiben, widerspenstig, bis weit in den Winter, wo sie auf keinen Fall hingehören. Eine Unordnung innerhalb der Jahreszeiten darstellen. Eine Unordnung im Allgemeinen.

Ich bin nach Jütland gefahren, und du kommst hinterher. Es ist Weihnachten oder irgendwann im Januar, du willst deine Familie besuchen, das ist deine Entschuldigung, dass du bei mir vorbeischaust.

Ich nahm den Zug und kam spät an. Das ganze Haus roch nach Seifenflocken, Festlichkeit und so etwas wie hysterischer Erwartung. So roch es am Morgen vor einem Geburtstag.

Meine Mutter ist erschöpft, aber am Leben.

Das sind diese Einschätzungen, die man jetzt machen kann. Mein Vater ist eher erschöpft als am Leben. Aber zeitweilig geradezu entflammt vor Freude darüber, mich zu sehen. Er ist so stolz, dass man gleichsam nachgeben muss. Das Problem mit der Familie zeigt sich schnell: ein Gefühl der Irritation und dann das schlechte Gewissen, dass man irritiert ist. Dass man von Gefühlen erfüllt ist, die man sich auf Entfernung nicht so vorgestellt hatte. Man ärgert sich über sich selbst, dass man nicht einfach lieben kann; wie schwer kann es sein, einfach zu lieben. Diejenigen, die für dich da sind, diejenigen, die sagen: Wir sind immer bei dir.

Ein unheimlicher Verdacht kann einen beschleichen. Dass man als Kind vertauscht wurde, dass man hier gar nicht hingehört, wo man so offenkundig hingehört und wo man hinrennt, wenn einem die Welt gleichsam den Hals zudrückt. Der unmerkliche Abstand zwischen dem Gefühl, bedingungslos geliebt zu werden, und dem Gefühl, nur unter zahllosen undefinierbaren Bedingungen geliebt zu werden.

Dass jemand bereit ist, für dich ins Grab zu steigen, ist nicht das Gleiche wie ein Grab, das mit offenem Maul nur darauf wartet, dass einer kommt. Bei der erstbesten Gelegenheit. Unmöglich, seine Eltern zu begraben, in deinen Augen stehen sie turmhoch, sie sprechen aus deinem Mund, und einerlei, wie weit entfernt du bist, nach Hause findest du immer. Was dies Zuhause auch ist. Ein Ort in der Welt oder vielleicht gerade ein Ort außerhalb der Welt.

Eine Furcht davor, alles zu verspielen und zu einem Loch zurückzukehren, einem Ort, wo etwas *war*. Weil du selbst ein anderer geworden bist, hinter dem Rücken deiner Familie, hinter deinem eigenen Rücken.

Wer ist es, der im Dunkeln nach Hause findet, wer ist es, zu dem ich mich lege. Ich selbst als Mutter, später, meine Mutter als kleines Kind, das ich hüten soll und nun schüttle und schüttle, während ich wie eine Amme durch die Zimmer mit dem Kinderwagen durch die Stadt gehe, an einem frühen Morgen, an dem man nur den einen Wunsch hat: Schlaf.

Du liebst meine Familie, und sie haben dich vermisst. Ich finde, du fühlst dich bei uns heimischer als bei deinen eigenen Eltern. Ich spiele mit dem Gedanken, dir meine Familie zu überlassen. Zweifelhafte Geschenke, ein gekaufter Herkunftsort, wenn man das kann. Und ich glaube, wenn es jemand kann, dann du.

Die Sonne kriecht die Hauswände hinauf, mitten im Winter ist Frühling geworden. Die Bäume klettern in den blauen Himmel. Ich dränge die Monate aus meinen Texten. Sie sind nichts als Staffage und Verstellung.

Wer weiß, was schließlich der Oktober sagen wird.

Wer weiß, was November ist. Müdes Licht und müdes Dunkel können einsickern. Nasse Wolle kann durchkommen, aber Oktober, November, Dezember: können nirgendwohin.

Wir schlendern durch die Stadt. Du bist nicht dazu geeignet, spazieren zu gehen, das liegt nicht nur an deinem Körper. Es ist grundsätzlicher, es ist ein allgemeiner Mangel an Beharrlichkeit. Schon als wir die Stadtgrenze erreichen, denkst du nur noch daran, nach Hause zu kommen und die Schuhe ausziehen zu können; kaum erahnen wir Agri Bavnehøj, den Hügel, geht's schon los: Alle deine Bewegungen orientieren sich nach links. Die Drehung ist dir angeboren. Heimwärts, stets in die Richtung einer Ruhe, die sich nicht einstellt. Ich versteh schon, dich ergreift ein unheimliches Gefühl amputierten Erkennens. Alles kennen wir hautnah und nichts. Fremd. Verliebt in etwas, das *war*.

Die Häuser weinen, wenn es Winter ist.

Die Pferde weinen.

Die Sockel frieren, und Wasserrohre platzen wie Blutgefäße am laufenden Band. Es rieselt vor Leben und Frühjahr, aber die Zerstörungen in den Wänden des Gehirns, im Innern der Mauern gibt es.

Ich habe meine Fäustlinge vergessen. Halte die Hände vor den Mund und hauche sie an; du ziehst deine Handschuhe aus und gibst sie mir. Keine Diskussion, nicht mal ein Wort; ich gebe dir den einen Handschuh wieder, ergreife deine Hand und ziehe sie mit in meine Jackentasche. Kein Wort. Es ist wie ein Gemälde, das noch feucht ist und das man faltet; zwei Menschen, die in der Mitte zusammenfließen und im Takt der Schritte Farbe voneinander abziehen. Der Puls schlägt. Wir sind. Wir wachen jeden Morgen auf, alle beide, wir haben etwas auf den Lippen, das Gefühl von etwas Wichtigem, das man gern loswerden will. Das man dem andern erzählen möchte. Ich versuche, es zu sagen, vielleicht nicht dir. Aber zumindest. Etwas tun.

Du. Ich weiß gar nicht mehr, ob du's überhaupt – versuchst. Versucht hast. Jemals.

Am Abend bin ich leer, du bist mehr als voll, du schleuderst die Schuhe von dir vor lauter Trunkenheit.

Wo warst du, schaffst du noch zu sagen.

Oder du sagst: Du bist ständig unterwegs. Sieh mich an. Diese Unruhe in dir, was musst du denn erreichen. Ich zucke mit den Achseln.

Ja, was muss ich. Aber es ist Abend, und ich weiß es nicht. Es ist gesagt, aber nicht dem Richtigen, jedenfalls nicht dir.

Es riecht nach Feuer, Ölfässer in Gärten, der Witwer, der Geschenkpapier und Plastik verbrennt, es ist die Zeit im Jahr und die Zeit am Tage. Wir sind den ganzen Tag draußen gewesen, Väter im Wirtschaftsraum oder so was Ähnlichem. Der Wintertag ein Ausatmen und ein Einatmen, er dauert nicht länger als ein Atemzug. Der Tag ist wie Wasser trinken, im Mund bleibt nichts anderes mehr als natürliche Ordnung.

Kein Durst, nur Ordnung.

Ich bin müde, sage ich. Du nickst. Wir haben zu wenig geschlafen, stellst du fest. Aber meine Müdigkeit hat nichts mit Schlafen oder Nicht-Schlafen zu tun. Aber dann sagst du auf einmal: Ich bin müde.

Es gab einen Winter, der lag mittlerweile fast drei Jahre zurück, o Gott, drei Jahre, sagst du und schüttelst nicht mit dem Kopf, nein, dein ganzer Körper schüttelt sich. Derlei Erkenntnisse hast du in diesen Jahren; Erkenntnisse, die dich wegzublasen drohen. Du bist ein Spinngewebe – jedes deiner Enden haftet an der Wirklichkeit, ist aber völlig unsichtbar. Viel Wirklichkeit ist in deinem Körper nicht mehr übrig. Es ist, als hätten deine Vorstellungen von der Welt das Steuer übernommen. Frei schwebend auf der Reise in deinem eigenen Gewebe; bis du auf so eine Verbindung triffst, wie dann die Wirklichkeit zustößt! Ein Bug rammt die Kaimauer, Schiffe, deren Seiten aufgeschlitzt werden, Vorstellungen, die mit Wasser volllaufen: Das bist du in diesen Jahren.

Ich habe immer noch Lust, dich zu retten, aber ich weiß, du wirst mich dafür hassen, also lass ich's lieber. Ich gehe eine Runde in mich und sammle für dich; ich klirre, wenn man mich anhebt. Aber dann hebt man mich nicht an; mich anzuheben hat man keine Lust, schlichtweg zu schwer.

EIN BEGRÄBNIS

Als er sie verließ, war es Winter. Sie lagen auf dem Bett in ihrer neuen Wohnung. Mitten in der Stadt, halbwegs schlafend, Winter, eine apathische Ruhe, die einen erfasst, so dass man plötzlich alles Mögliche sagen kann, ohne selber schockiert zu sein.

Hör auf, dir in die Lippe zu beißen, bat er. Sie las weiter. Hör auf, wiederholte er. Und schlug auf ihre Hand. Sie hob den Kopf, sie konnte nicht anders.

Ja, sagte sie.

Aus der Küche kam ein surrendes Geräusch, die Waschmaschine schleuderte Laken, Geschirrtücher und Waschlappen, ein Singen, als saugte man Luft zwischen den Zähnen ein. Sie hatten ein halbes Jahr in Kopenhagen gewohnt, jeder in seiner Wohnung. Um das auch mal probiert zu haben. In Aarhus hatten sie alles stehen und liegen lassen, so war ihr Gefühl gewesen; es war ja nur vorübergehend, Kopenhagen war: *vorübergehend*, sie wollten zurück. An der Uni waren sie fertig, fertig wozu. Zum Scheitern, zur Absage.

Zwei seiner Freunde halfen ihr beim Umzug. Nur das Nötigste, sagte er und küsste sie auf die Wange, aber wahrscheinlich um zu entschuldigen, dass es so viel war, so empfand sie es jedenfalls. Aber vielleicht war es ein Vorwurf. Der Kommentar und dann der Kuss, der sich wie eine kalte Schnecke anfühlte, seine Finger, und dann der Ausdruck in seinen Augen, die es tatsächlich genossen, sie so zu sehen: auf einem Weg, der sie wegführte.

Ich nehme sie, sagte sie zum Vermieter, und im selben Moment rasselte eine Jalousie herunter. Sie musste lachen, es konnte auch ein Weinen sein, das war schwer zu sagen, wahrscheinlich von beidem etwas. So kann es also auch anfangen. Wenn die Wirklichkeit inszeniert wirkt, auf den Punkt genau; oder wenn das, was man inszeniert, sich als, na ja, Wirklichkeit entpuppt. Man muss aufpassen bei dem, was man sich vorstellt, was man schreibt, das kann ohne Weiteres Wirklichkeit werden. Es wird nie etwas anderes.

August und rasch ein Herbst, ein Winter, der heulende Wind, er bläht sich, er wellt sich, ihr Rock ist ein Segel auf dem Meer, tosende Böen, ein Brand, der sich festgefressen hat. Es wird so kalt, dass man nicht sagen kann, ob es in Wirklichkeit nicht warm ist.

Es gab zwei Zimmer, außer der Küche und der Dusche im Hof, zwei Zimmer. Sie stellte einen blauen Ikea-Beutel in die äußerste Ecke, sie hörte sie auf der Treppe. Mit den Umzugskartons. Dem Bett. Stand still in der Ecke mit offenem Mund, die Arme hingen an beiden Seiten herunter. Dann geschieht also auch: dies. Das kann einem durch den Kopf gehen, wenn man da plötzlich steht, wenn man ganz woanders aufwacht als dort, wo man sich schlafen gelegt hat.

Sie setzte sich auf die Fensterbank, stand wieder auf. Sie fühlte sich glücklich, erfüllt von wilder Unruhe. Wieder einer dieser Augenblicke, in denen man alles empfindet, was auf einen zukommt, und alles, was einem vorangeht; man spürt unverkennbar, dass etwas aufhört mit einem Anfang.

Nicht alles überlebt, oder eher nichts.

Und dies Fenster, zum Garten hin geöffnet, gerade und gellend. Linden. Im Herbst, wenn sie beschnitten werden: Kronen, die Äste wie kurze Schwänzchen, halbe Blicke, sie blinzeln zu einem trübe werdenden, andauernd trübe werdenden Himmel empor. Der Winter einem verwachsenen Unwetter gleich, das schon noch vorüberziehen wird. Im Herbst ziehen die Wolken ohne Ende, und sie steht vom Tisch auf, setzt sich an den Tisch, steht auf, schreibt und schreibt nicht in einer fortgesetzten Bewegung, setzt Wasser auf, trinkt aus einer Tasse mit braunen Ringen auf dem Boden, holt ein paar Zweige herein, die Zweige bluten, der Himmel blutet, sie vergisst das Wasser, sie schreibt einige Seiten, alles in einer Bewegung, einer Bewegung, die nicht zu ihr gehört.

Das schlechte Gewissen zieht wie ein Sturm in ihr auf; eine Krankheit, die nur auf eine Gelegenheit wartet. Ein kurzer Moment der Müdigkeit, der Schwäche, des Unmuts. Dann ist das Fieber über ihr. Dann muss sie laufen, dann muss sie ihren Körper glauben lassen, dass es schon gut so ist, in Ruhe, bei dieser Arbeit. Das Schreiben: Sie ist ständig im Zweifel, ob das wirklich eine *richtige* Arbeit ist.

Wenn das, was als notwendig empfunden wird, nicht notwendigerweise *richtig* ist. Was hat man dann noch als Aufbewahrungsort. Einen Körper, der betrügt.

Sie schlief schlecht, so war's.

Das Gefühl, über das sie gelacht hatte, als die Jalousie herunterrasselte, als sie zu der Wohnung Ja sagte; dasselbe Gefühl hatte sie nun, da sie wieder keinen Schlaf finden konnte.

Wie fatal, dass man immer wieder glauben muss, die Welt werde von etwas *bestimmt*. Etwas, das sich außerhalb der Welt befindet. *Bestimmt* im Ganzen. Auf den Punkt.

Der Glaube, man könne in der Welt Muster sehen, ist das Gleiche wie die Vorstellung, man könne die Hand aus dem Fenster halten, sie öffnen und ein paar Sekunden warten, bis ein Blatt, ein armseliges löchriges Blatt, sanft und entschieden darauf landet. Das Gleiche wie die Erwartung, man könne Schlaf finden in so einer Welt.

Und trotzdem geschieht es pausenlos: Man findet Schlaf. Man sieht Zusammenhänge. Oder glaubt, Zusammenhänge zu sehen; und einen kurzen Moment hat man vielleicht das Gefühl, dazuzugehören.

Das Gefühl, es gebe so etwas wie ein Zuhause.

Aber so einfach ist es nicht; es gibt Augenblicke des Zusammenbruchs, das Leben besteht aus fast nichts anderem.

Ein verdrehtes Gesicht, das sich als das eigene entpuppt.

Das Gefühl unter den Füßen, wenn der Sandboden vorm Strandhotel in Svinkløv mit der Welle zurückgezogen wird. Der Strom, von dem man spricht und den der Körper vor den Gedanken wiedererkennt; der Wunsch, nachzugeben.

Dass es eben so ist.

Was so ein Wunsch bedeuten soll.

Sie sehnt sich nach einem Zuhause, ständig.

Endlich schläft sie ein und träumt von einem Mann, der sagt: *My hands are dirty, you don't want to meet me.*

Dann lacht einem die Welt ins Gesicht. Der Text lacht mit, auch die Erwiderung. Alles verheddert sich ineinander, wenn man schreibt. Das Vergangene und das Gegenwärtige oder vielleicht Kommende. Sätze und Erwiderungen.

Der Wunsch, älter zu werden, erweist sich als Wunsch, seine Kindheit nicht zu verlieren. Überhaupt nichts zu verlieren, all das Strömende festzuhalten, solide dazustehen und: zu bewahren. In irgendeiner Form alles mitzunehmen, nichts im brennenden Haus zurückzulassen. Man zieht eine

Spur von Katastrophen durch die Welt, egal was, das ist so. Eine Spur des Zusammenbruchs, von etwas außerhalb der Erinnerung, was einer nicht mehr weiß und was die Welt vergessen hat. Sie weiß nicht, sie spürt es nur immer stärker, sieht es in ihm; eine Form von umgekehrtem Willen zum Leben; ein nostalgischer Unwille dagegen, sich der Welt, wie sie ist, auszuliefern. Eine Panik im Gewebe, eine Angst, überhaupt etwas zu vergessen. Sie schreibt, um nichts zu vergessen, oder sie schreibt, um etwas zu vergessen und etwas anderes zu erfinden, das der Erinnerung wert ist. Vielleicht ist es so, das Schreiben: Man fängt an, sich in der Welt zu bewegen wie ein Schlafwandler in der Nacht. Dort sucht man nach Wirklicherem, einer Wahrheit; und dann, dann opfert man plötzlich den Schlaf, die Familie, alles, was einem etwas bedeutet. Wachträume, schlicht Ideen, die alles wie Wellen mit sich reißen, zurück zurück, Gesichter, die weggewaschen werden, von aller Menschlichkeit gesäubert. Oder im Gegenteil: eine Menschlichkeit hervorrufen, die total übertrieben ist: zu viel Mensch auf zu wenig Platz, so ein Tosen der Wirklichkeit, wenn jede Faser des Körpers den anderen *will.*

Vielleicht wäre es richtig, dachte sie, erst einmal ein Leben zu finden – und dann erst die Arbeit, die zu diesem Leben passt. Vielleicht wäre es richtiger, als einfach weiterzumachen wie gewohnt, nämlich ein Leben zu finden, das zur Arbeit passt.

Es sieht ihm nicht sehr ähnlich und doch: Er ist es, sie weiß es. Lebendig wie ein Feuer im Frühjahr, Anfang März, derselbe Ausdruck in seinem Gesicht, einfach: zuversichtlich. Sie besuchen ihre Eltern, sie sind nach wie vor ein Paar, sie gehen durch die Hügellandschaft, und sie kann nicht vergessen, dass er ihr von einer früheren Freundin erzählt. Jeden Monat ist sie abgebrannt gewesen. Und dann, erzählt er, wenn sie fast nichts mehr hatte, sammelte sie die letzten Münzen zusammen, fand fünf Kronen in einer Handtasche und zwanzig in einer Jacke und ging zum Floristen in der Bruunsgade und kaufte Blumen. Schnittblumen. Für ihr allerletztes Geld; wie viele krieg ich dafür, fragte sie dann. Wie viele Narzissen krieg ich für 42 Kronen.

Dann lacht er und verstummt wieder.

Die Sonne brennt, sie reißt einen Fuchsschwanz ab und etwas Glockenkraut. Das will ich auch, denkt sie. Allein in der Stadt wohnen, kein Geld haben und Schnittblumen kaufen. Diese Sorte Unvernunft, das will ich auch.

Er war zu zart für diese Welt; aber sie musste das Symbol dafür sein; du bist zu zart für diese Welt, konnte er sagen und sie an sich drücken. Oder wütend:

Du bist *nie* hier.

Du bist nie hier. Nie präsent.

Man konnte seine Zweifel haben, wer eigentlich nicht da war: jedenfalls einer von ihnen; immer war einer von beiden woanders.

Du bist dauernd in Eile, das hast du von deiner Familie, sagt er.

Sie blickt von ihrem Buch auf. Ja, sagt sie bloß. Siehst du, sagt er und hebt die Hände, und sein Gesicht ist offen und zugleich verschlossener denn je, genau wie sein Hemd.

Was willst du damit sagen.

Du hörst nichts, du bist woanders.

Sie legt das Buch in ihren Schoß, ich bin hier, flüstert sie.

Wir führen ein Parallelleben, sagt er, du joggst jeden Morgen, wir wachen nicht mal zusammen auf, wir gehen nicht mal zusammen schlafen. Jeder isst für sich, jeder lebt ohne den andern.

Sie zuckt mit den Achseln.

Stimmt doch nicht, sagt sie manchmal. Aber es hat auch was Wahres, so ist es meistens, wahr und gleichzeitig nur ein Stück vom Bild.

So ziehst du dich selber runter; du findest, es ist doch seltsam, dass du Probleme hast, dich selber zusammenzuhalten.

Ich habe eine Depression, sagt sie. Das sagst du selbst. Du redest davon, wie es ist, mit einer Depressiven zu leben, oder?

Du findest, es ist seltsam, dass du dich in deine Einzelteile auflöst, sagt er. Dass unsere Beziehung sich in ihre Einzelteile auflöst.

Nichts kann trocknen und heilen, sie sind wie eine Wunde, die wieder aufgerissen wird. Es war immer: Liebe wie eine Wunde. Sie setzt sich in den Sessel gegenüber, stellt die nackten Füße auf den Couchtisch, der zwischen ihnen steht.

Und er hatte recht, aber es war ebenso wahr, denke ich jetzt, diesen Winter, wo der Schnee alles in klaren Umrissen erscheinen oder auch alles verschwinden lässt; aber es war eben auch wahr, dass dir dieser Zug, dieser Antrieb fehlte, den ich immer verspürte. Dieses eine Gefühl: dass etwas wichtig ist, wirklich notwendig; rote Äpfel leuchten, das hebt den Alltag über die Frage »Aufstehen oder nicht« hinaus, über die Frage der Arbeitsmoral oder meinetwegen der Fleißbeharrlichkeit. Du wolltest mich ständig davon überzeugen, dass mich die Dinge zerstörten. Innerlich. Mir eine Hektik einpflanzen. Aber das stimmt nicht, denke ich jetzt, nicht *nur* jedenfalls. Ich habe an dich geglaubt, obwohl ich die ganze Zeit etwas anderes wusste.

Dass etwas anderes auch wahr war.

Denn es gibt ja auch: den Willen des Fleisches, in Bewegung zu bleiben, die Arbeit, die mich trotz allem zusammenhielt. Die meinem Leben den Rhythmus verlieh, der deinem Körper immer fehlte. Den Takt, der mich befähigte, all das Strömende festzuhalten. Einen Pinsel ins Waschbecken zu drücken, die Haare behutsam mit den Fingern zu spreizen, die Farbe auslaufen zu sehen, immer dünner. Das weiße Becken gründlich zu säubern, die Pinsel zu trocknen. Den Stapel Zeitungen zusammenzuknüllen und die Steifheit zu spüren, die von der schnell trocknenden Acrylfarbe stammte, die heruntergelaufen war, trockene Zeitungen, runzlig wie alte Äpfel, ein Geruch des Fixativs, den man erst bemerkt, wenn man draußen gewesen ist und wieder hereinkommt. Du hast Farbe an der Wange, sagtest du manchmal, und ich, ich war in etwas vertieft. Sicher riss und zerrte so einiges in dir, in dem Augenblick sah ich es; aber nichts ließ dich morgens aus dem Bett aufstehen, ohne erst einmal zu zaudern, ohne erst einmal zu denken: *warum*. Wenn vom Erwachen bis zum Aufstehen zu viel Zeit vergeht, darf man das wohl als schlechtes Zeichen deuten. Zu viele Fragen, wenn man erst einmal anfängt, sich selbst Fragen zu stellen; diese Zeitverschwendung. Überhaupt: dass man darüber nachdenken muss – ein Zeichen der Verzweiflung.

Mit dem Leben eine offene Rechnung haben oder nicht. Überhaupt interessiert zu sein. Irgendwas mit einer ziellosen Begeisterung. Das muss es sein. Oder eine Begeisterung in alle Richtungen, besser gesagt, die Tatsache, dass man sich selber die richtigen Fragen stellt, und dass es willentlich ist, wenn man dann liegen bleibt, und nicht aus Unentschlossenheit, der Unterschied, der dadurch entsteht.

Er erklärte seinen Abschied mit einer Art Zweifel, er habe gewissermaßen erstmals, wie er sagte – andere Möglichkeiten gesehen.

Andre gesehn, wiederholte sie.

Er ließ sie die dreckige Arbeit machen. Konsequenzen waren nie so richtig seine Sache gewesen. Entscheidungen auch nicht. Als ob sie ihm Angst einjagten.

In Kopenhagen, jeder in seiner Wohnung: ein halbes Jahr hatte das gedauert. Sie zählte die Tage. In so einer Lage macht man das wahrscheinlich.

Acht Jahre.

Sie waren bei ihr und lagen im Schlafzimmer auf dem Bett, aber sie blieb nicht liegen. Sie erhob sich, er setzte sich auf, hielt die Hand vor den Mund, folgte ihr mit den Augen, ein Blick wie eine Ölleitung, die von der Tür abgeklemmt wurde, die Tür fiel zu, sie schloss sich im Badezimmer ein.

Das Bad war schmal und kurz, sie musste ihre Beine rechts und links vom Toilettenbecken platzieren, sie saß auf dem Boden und lehnte ihren Kopf an die Tür. Schlug ihn rhythmisch dagegen, am Rande des Waschbeckens bebte die Seife wie ein Herz.

So was also tut man nach acht Jahren. Nach acht Jahren. Man steht vom Bett auf und geht gefasst und gleichzeitig alles andere als gefasst, ganz ohne Form, durch einen Raum, noch einen Raum, schließt sich im Bad ein und bricht dort zusammen. Ja, ein gebrochener Mensch sitzt so da, erstarrt; und schlägt mit dem Kopf gegen eine Tür. Vielleicht das Einzige, was man noch tun kann. Acht Jahre, die Tage zählen und allmählich das Gespräch in Gang bringen, das flüsternd durch eine Tür beginnt. Das braucht es vielleicht, so fängt es vielleicht an. Augenblicke, welche die gesamte Zeit in sich eingeschrieben haben, das, was gewesen ist, das, was kommen wird, das, was nie kommen wird, und, ach ja, das, was nie gewesen ist.

Acht Jahre, was ist das?

Wenn man auf dem Boden sitzt und durch eine Tür flüstert. Derlei Gedanken, ein Abzählen an den Fingern den Zähnen den Rippen und allen Knochen. Ein Rhythmus durch Gewebe, Mark und Bein.

~~– Ich vermisse dich, willst du nicht doch zurückkommen. –~~

Immer ist er enttäuscht vom Wald, sagt sie sich, von der Natur überhaupt.

Um halb neun kommt sie zu ihrer gemeinsamen Wohnung am Marselis Boulevard zurück, nachdem sie ihre Kilometer durch den Wald gelaufen ist, er ächzt im Bett wie ein Baum. Zieht sie zu sich herunter oder hasst sie. Du bist kalt, sagt er manchmal und hasst sie fast. Du bist kalt, sagt er manchmal und greift nach ihrem Handgelenk und zieht sie unter die Bettdecke; ein Wunsch, sie von innen heraus aufzuwärmen; du bist kalt, sagt er manchmal.

Mit der Zeit ist sie ziemlich berechnend; wenn wir jetzt Sex haben, haben wir's hinter uns, dann freue ich mich womöglich über sein schlechtes Gewissen in den restlichen Stunden des Tages, eine Fürsorge wie Tieren gegenüber, die man bestraft hat; dabei findet man schließlich heraus, dass sie kein Wasser hatten: Sie rennen den Zaun nicht vor Übermut ein, sondern vor Durst. Sie bildete sich ein, sie könnte ihn mit ihrem Körper täuschen. Könnte auch ihren Körper täuschen.

Lange glaubte sie, Letzteres sei gelungen.

Noch länger hatte sie geglaubt, Ersteres sei ihr tatsächlich geglückt. Aber eines Abends im Winter versteht sie, dass sie seinen Körper anscheinend nie hatte täuschen können. Er hat es immer gewusst; er sagte sie langsam ab wie eine Vorstellung und war wütend, dass sie es akzeptierte. Nicht, dass sie ihn dazu verleitet hatte, das ist so eine Idee, die einem kommt, und vielleicht ist es in manchen Fällen wahr, aber hier nicht, dachte sie. Er war nicht auf sie wütend, weil sie ihn dazu gebracht hatte, ein schlechterer Mensch zu sein. Nein, er war wütend, dass sie ihn – unter Berücksichtigung ihrer Zerbrechlichkeit oder ihres Rückgrats, vielleicht von beidem – nicht *aufgehalten* hatte. Sie war ja zu zerbrechlich, um sich eine solche Behandlung gefallen zu lassen. Und sie war zu stark dazu, warum hast du es dir gefallen lassen.

Seine Enttäuschung über sie, auch über die Natur. Die blasse, dadurch sich selbst umschließende Stimme der Natur. Darüber, dass sie sich an niemanden richtet, niemanden aufrüttelt. Oder auch bloß, dass er sich etwas anderes vorgestellt hatte, jedenfalls dass es etwas anderes und *mehr* mit ihm machen würde. Die Erschütterung als etwas Entscheidendes.

Eine Erschütterung, die nie eintrat, weil man eigentlich ständig ausgeschlossen wird. Ausgesetzt in den Bergen; in der teilnahmslosen Obhut der Berge.

Der Morgen bedeutet Wildheit, der Sonnenaufgang ist ein Hohn wider die Kunst, zu viel, diese neuen Schuhe, die glänzen, und Heimreisen im Zug, wenn's vorbei ist. Das Publikum ist nach Hause gegangen. Dann ist da nur der ewige Bummelzug, alternativ ein furchtbares Hotelzimmer. Ihn in den Küchenschränken wühlen und nach Flaschen suchen zu sehen, die es nicht gibt, die aber zu finden sein müssen, wie er sagt. Ich bin todsicher. Ich weiß es.

Sie schließt die Tür mit Bewegungen auf, die sie sorgfältig von jeglichem Geräusch befreit hat. Sie zieht sich aus, der Haufen, gleich einem Hund, liegt in einem fieberkalten Haushaltsraum; flach wie ein leeres Fell im Korb unter Mänteln, Kästen mit Limonade in der Ecke, Kästen mit leeren Bierflaschen. Sie kann ihren Körper wie graues Porzellan aussehen lassen, ihre Handknochen können mit einem Händedruck zerquetscht werden, bei jeder Umarmung können ihre Lungen eingedrückt werden wie ein mürber Weidenkorb.

Sie stößt den Kleiderhaufen mit dem Fuß an, bloß weg damit, falls er aufwachen und herunterkommen sollte, bevor sie sich drum kümmern kann. Schon da kommt ihr ein Gedanke, der in eine ganz andere Richtung geht: dass nämlich die Nachlässigkeit, mit der die Sachen auf den Boden geworfen wurden, seinen Ärger besänftigen könnten, Angst schlichtweg verkleidet als Gereiztheit oder Zorn.

Wahrscheinlich ging es darum.

Ein beinah körperlicher Schmerz beim Erwachen und beim Anblick eines neuen Tages, der gleichsam *dem Meer entsteigt*, und sie nach Hause kommen zu sehen, nachdem sie durch den Wald bis zum Badesteg gelaufen war, nachdem sie geschwommen war, nachdem sie somit im Bunde mit der Sonne: dem Meer entstiegen war – genau so sah er es. Dass sie gleichsam die Inkarnation der Frische, des Lebens war, ganz einfach. Diese Ruhe, die ihrem Körper dadurch zuteil wurde. Alles, was man nicht erreichen, sondern bloß sehen kann; an dem man nie Anteil haben wird, das man sich nur jedes Jahr aufs Neue wünscht. Sie bückt sich und wühlt ein wenig im Kleiderhaufen, alles liegt jetzt wieder zerstreut herum. Ein Zeugnis ihrer Nachlässigkeit, ihrer Schlamperei in der Welt.

Durchleuchtet sind die Zimmer an solch einem Morgen.

Du bist ein Detektor, sagt er und meint: Ich habe gelesen, was du geschrieben hast, und wenn du nun alles so klar erkannt hast, wieso hast du, haben wir alles so *angeordnet*, unsere ganze Vorstellung, wie es gewesen ist. Wie *ich* gewesen bin. Und du, auch du.

Ja, denkt sie vielleicht, ja, denke ich, so ist es wohl, wenn man jemanden liebt. Ständig stirbt man fast vor Schreck. Bei einer solchen Aussicht. Und fortwährend eine Bewegung zwischen: alles sehen und überhaupt nichts sehen. Nie zurückkehren und sich ein erstes Mal sehen. Nebenrechnungen überall, überall Haufen von – ja, was eigentlich. Haufen halt.

Es gibt zwei Räume.

Es gibt ihn, der dasitzt und langsam aufhört zu leben; und sie, die dasitzt und ihren Hinterkopf gegen eine verschlossene Tür schlägt. Sie ist mit dem Versuch beschäftigt, mit dem Leben anzufangen. Später dachte sie, das war eine ganz richtige Entscheidung. Dass einer von ihnen etwas sagen sollte, und dass es niemals sie hätte sein können.

Er sitzt auf der anderen Seite der Tür. Was er fühlt, kann man nicht sagen. Vielleicht hört er gerade auf zu leben. Auf der anderen Seite der Tür ist der Tod. Vielleicht sehn wir alles von oben. Die Tür zwischen den beiden Körpern ist nur eine dünne Linie, die jemand aufs Bild gezeichnet hat. Später, so erzählte er ihr, später habe er gedacht, es sei das Verkehrteste, das er jemals getan habe.

So einfach ist es vielleicht auch.

Zwei Räume.

Vielleicht hat sie ihn nie intensiver geliebt als an jenem Abend, als sie dachte, sie habe keine Liebe mehr für ihn übrig. Als sie dachte, *das war's*.

Das Geräusch ihres Kopfes, der gegen die Tür schlägt.

Das Geräusch von Fleisch, das verrottet. Und das Bild einer Türstufe am Morgen. Und das Bild eines Frühstückstischs mit Orangensaft. Bilder eines verlassenen Zirkus. Solche Tage werden kommen.

Sie wohnten zusammen, sie waren fast ohne Haut, meistens herrschte Verwirrung rund um ihre Körper, wo beginnt der eine, wo endet der andre, wenn der eine Körper ausgeknipst wird, pumpt der andere so lange Leben in den bewusstlosen Leib. Ich weiß nichts von dir, geht ihr durch den Kopf; sie wusste nichts von ihm, aber vielleicht stimmte das gar nicht. Das Gegenteil ist immer *auch* ein Teil des Bildes.

Die Durchleuchtung.

Die Liebe als Durchleuchtung.

Alles ist sehr klar. Ein Wald, wenn es allmählich dunkel wird. Die Silhouetten, die mehr als deutlich werden. Der Himmel, der bei der Aussicht auf so etwas wie Nacht blass und weiß wird. Und die Baumkronen, die den Himmel mit gekrümmten Fingern melken, oder die Menschen, die den Himmel mit den Augen melken, mit den Gedanken, drängeln sich durch die Landschaft und *versuchen* – ja, was eigentlich. Dort ein *Zuhause* zu finden. Inmitten der widerspenstigsten Sache der Welt: der Natur, die ihre Jungen von sich stößt, aus dem Nest, über die Felsen. So sucht man und tut sein Bestes und versucht gewissermaßen *sich einzufügen*.

Sie hatte jahrelang gedacht, das sei ihr gelungen.

Und ihm nicht. Teil von etwas zu sein. Zu einer Landschaft, einer Familie, einem Ort zu gehören. Aber vielleicht stimmt das alles gar nicht. Vielleicht hatte *er* ja recht. Und ihre Ruhe war nichts anderes als die zynische Annahme des Umstands: nie nach Hause zu finden. Schon gar nicht in der Natur. Schon gar nicht in der Liebe, wo man die ganze Zeit – ja, was eigentlich. Ausgesetzt in der Liebe; in der teilnahmslosen Obhut der Liebe. Auf dem Weg an einen anderen Ort und immer: zu einem anderen.

Und manchmal fährt ihr durch den Sinn: Seit wann weiß ich das eigentlich?

Einige Wochen später. Sie steht auf der Straße, versucht eine Zigarette zu rauchen, versucht von etwas abhängig zu werden. Sie hustet, ihre Nase läuft, schwer zu sagen, ob es an der Kälte liegt oder an der Tatsache, verlassen worden zu sein, an der Tatsache, dass sie eigentlich eine große Ruhe verspürt, weil sie vollkommen einsam und alleine ist. Aber alles wirbelt um sie herum, ein Fall ist es, ein Sturz, der alles seitlich herunterzieht, ein Schnitt in die Kopfhaut, sie wird gleichsam geschält, der Himmel senkt sich auf sie nieder; die Haut, entblößt: *ausgeliefert*. Ihr Kopf ist schwer, sie beugt sich zurück und denkt daran, dass nichts auf ihr lastet.

Es ist jedenfalls nichts zu sehen.

Sie legt sich auf die Steinplatten, legt die Zigarette hin und lässt eine Rauchsäule in die Luft steigen. Sie will hier liegen bleiben, bis die Zigarette ausgeht. Oder ausbrennt. Eins von beidem, dann will sie wieder in ihre Wohnung, sie schließt die Tür auf, drinnen ist ihr wieder warm; sie schließt die Tür auf, dann erhebt sie sich, sie entzündet die erste Zigarette, dann sagt sie, ich habe noch nie geraucht, dann sagt sie ihren Namen, und ein anderer Mann sagt seinen Namen. Derlei Bewegungen finden die ganze Zeit statt, derlei Bewegungen, die irgendwann rückwärts verlaufen können. Hinter dem Rücken. Dann ist man wieder hier, dann ist man hier vorher nie gewesen. Stehst du hier; vom verdächtigen Lichtkegel eines Laternenpfahls aufrecht gehalten.

Der Wind dringt durch die offenen Fenster, er riecht wie das Geräusch von Briefumschlägen, die aufgeschnitten werden. In diesen Tagen – Tagen wie nach dem Tod eines Freundes – gibt es keine Jahreszeiten. In Gedanken klaubt sie die

Scherben aus dem Waschbecken. Die Tage sind ununterscheidbar. Morgen ist schon gestern. Sie begegnet ihm zum ersten Mal, es ist Sommer; endlich bin ich gekommen, um mich zu verabschieden.

Die Schlüssel zu deiner Wohnung leuchten wie Augen, die zu jung sind für das Gesicht, in dem sie hängen. Ich habe in dir gewohnt, seit ich achtzehn war.

Dein Gesicht, wenn ich nicht da bin, um es zu sehen.

Ich glaube nicht daran.

Ein Licht, das einem Dunkel gleicht, das dich umgibt.

Ich schließe die Wohnung auf. Ich lege mich zu dir ins Bett. Oder ich lege mich ins Bett zwischen zwei schlafende Körper. Schubse die andere Frau hinaus. Entschuldige.

Wir sind ja nicht glücklich, sagte er zu ihr. Sie widersprach ihm unwillkürlich, doch, sind wir wohl.

Du hörst nicht zu.

Doch, ich höre alles, was du sagst. Aber du sagst ja nie was.

Es war Winter, er lag an der kalten Wand in ihrer Wohnung in Kopenhagen. Sie befand sich in der Løngangsstræde, im zweiten Stock, Rücken an Rücken mit der Vartov-Kirche, sie teilte praktisch das Rückgrat mit ihr. Am Sonntagvormittag erbebte das ganze Zimmer, im Fenster klirrten die kleinen Glasbehälter mit den Blumen und den Teelichtern. Das Blumenwasser bewegte sich in Kreisen von den Stängeln nach außen und vom runden Auge der Vase zur Mitte hin. Es war wie ein Neujahrshimmel – geometrische Bewegungen, geräuschlose Explosionen. Die Orgel grollte unterseeisch im Zimmer. Der Gesang rann die Wände herab, das Kirchenlied »Osterglock', was machst du hier«, die Kälte, die darin steckt. Ihr kam in den Sinn, ihn durch die Wand zu stoßen. Wie ein Tier würde er durchs Kirchenschiff plumpsen. Ein Vogel, dem man die Flügel gestutzt hätte. Dumpf auf den alten Steinen landen. Nur der Geruch von Vanille und Holz würde seinen Körper bemerken.

Beträchtliche Bereiche der Einsamkeit und des *hier alleine*. Der Ortsrand, wo die letzten Häuser tuscheln und schwatzen, erdrückend, mit Blick in den Abgrund, rechtzeitig gebremst vor: den Feldern, den geräumten, gepflügten – wofür bloß? Offenes Land. Ein Ruf, der weit schallt und wie ein Dolchstoß in den Rücken … Dann fällt man vielleicht doch, dann geschieht es vielleicht doch, dass die Häuser einstürzen.

Aber sie bleiben stehen.

Und zittern am Rande des Dorfes. Allein. Ein Gleiten ist eingetreten, sie verlassen ein Fest, sie gehen durch den Ort, mir ist kalt, sagt sie. Wie er sofort auf der Brücke innehält. Ihre Hände ergreift, ihr die Handschuhe abzieht, ihre Hände an seine, an deine breiten Lippen legt, breit und aufgesprungen, meine Finger anhaucht, um sie zu wärmen. Hinter dir sieht man die Schienen, die unter der Brücke verlaufen, dein Atem ist feucht und warm und legt sich wie Wasser um meine weißen Finger.

Wir sagen nichts.

Ein Auto fährt vorbei. Ein Zug unterquert uns, auf den Schienen unter der Brücke, ein Kreuz entsteht, wir stehen in der Mitte. Dein fürchterliches Gesicht ist ein fürsorgliches Gesicht. Was hat es zerstört.

Wann findet man heraus, was derlei Zeichen bedeuten, ein Kreuz, das unter einem entsteht. Meine Augen tränen, das ist die Kälte. Du denkst, ich weine, und küsst mich. Ein

Moment der Vereinigung. Wir gehen nach Hause, die beiden gehen nach Hause, ein Mann und eine Frau, ohne ein Wort. Bevor sie die Wohnungstür aufschließen, nimmt er ihren Kopf in seine Hände. Sie hört sich atmen. Der Schnee ist dazu imstande: dass die Geräusche zunehmen. Er kommt ihrem Gesicht ganz nah und küsst sie unter dem einen Auge. Erst spürt man die Lippen, dann öffnet er den Mund und leckt die Haut unterm Auge, leckt ihr die Tränen weg, auf der einen Wange, auf der andern; ein solcher Moment, dass es das gibt. Und dies Gleiten: auf etwas wie Worte zu. Wir haben sie leer gemacht, sagt sie sich. Geräusch eines Eimers, der an die Seite eines ausgetrockneten Brunnens schlägt. Ein Pferd, das im Sand scharrt, senkt das Maul zum Boden und schnaubt, diese Staubwolke, diese Hand in einer dunklen Schachtel, wenn jemand die letzten Münzen entnommen hat: Da ist nicht mehr viel zu holen. Und eines Tages gibt es: eine Menge Wörter, Landschaften aus Wörtern; das Gesicht, in Silben aufgelöst: Hier vor deiner Nase steht der Apfelbaum aus dem Garten in Agri, hier ist Svinkløv, der Badeort, hier sind die warmen Steinplatten, wenn alles deutlich markiert und bloßgelegt ist, die Zahlen verbunden sind und das Gesicht einer Karte gleicht: eine Brieftasche, in der etwas zum Vorschein kommt. Ein Mensch. Aber alle Linien sind gleichsam: steif wie Bügel, du bewegst dich, als läge deine Kleidung noch im Schrank, fein gestapelt; ein Gleiten oder ein Sturz vielleicht, ein Körper, der kann – und dann: ein Körper, der nicht einmal weiß, ob er will, was er will, anderes als drüber zu reden – ja, worüber denn bloß. Nichts. Fast alles, was sie ihm erzählt, löst sich auf, wenn es erst einmal vom Körper weggetrieben ist.

Und dann.

Wo bist du geblieben.

Sie, die auf dem Boden unterm Waschbecken hockt, schließt die Tür auf und lässt ihn herein, und er fällt auf sie herab wie ein weites Kleid, dem die Träger durchgeschnitten werden.

Sie weiß noch, dass sie an dem Abend getrunken hat. Als sie ihn gebeten hatte, zu gehen. Bist du sicher, dass ich nicht bleiben soll; ganz sicher, geh. Sie weiß noch, dass sie ein Glas nach dem andern leerte. So allein, aber nichts war, wie man es sich vorstellen könnte: *richtig*. Nichts war wirklich. Oder – zu wirklich. Sie fühlte eigentlich keinen Kummer, tat aber so. Sie trank bloß. Weil man das kann. Und der Kummer ständig aufgeschoben wird. Wovon. Abgesagt. Von diesem Gefühl der Unwirklichkeit.

Ich verlass dich nicht, so ist es nicht, hatte er immer wieder versichert.

So ahnungslos war er also.

So jung.

Ich sage dir nur, wie es ist, sagte er und strich mir mit der ewigen Hand durch das ewige Haar. Und offenbarte sich als unglücklicher Mensch. Völlig unfähig zu leben.

Ständig verlässt man jemanden.

Ständig verlässt man die Wirklichkeit.

Sie war wütend wie nach einem ungerechten Urteil, einem ungerecht beurteilten Kampf, ungerechtem Wetter und ungerechter Müdigkeit.

Die Sonne hängt an einer Schnur.

Ständig wird die Wirklichkeit von Sätzen durchlöchert wie:

Ich verlasse dich nicht.

Es ist nicht zu spät.

Man weiß nie, was passiert. Dabei weiß man es doch. Man hat es die ganze Zeit gewusst.

Weißt du noch, wie wir uns kennenlernten, fragte er sie später.

Nein. Du?

Ja, antwortete er.

Glaube ich nicht. Aber ich glaube, du weißt noch, wie wir uns trennten. Das war zur selben Zeit.

Es entsteht das Gefühl eines umgekehrten Anlaufs. Ein Körper, der rückwärts läuft. Ein Körper, der essend ein Stück helles Brot auf einem leeren Teller erscheinen lässt, ein Glas Rotwein bis zum Rand trinkt, Kastanien über den Boden zurückzieht, oder Perlen, eine umgedrehte Explosion; die Streifen eines Bonbons, die unter der Zunge sichtbar werden. Zusammensacken wie ein Kuchen im Ofen, wie die Gedanken, Gerüstbauer, die wie Regen vor dem Fenster herniederprasseln. Dergleichen Katastrophen. Die nicht unwirklich sind, wie du immer sagst. Das ging so schnell, wir haben ihn begraben. Und das Auto, au weia, du hättest hinterher das Auto sehen sollen.

Unwirklich.

Aber es ist nicht Unwirklichkeit, über die er spricht. Sondern schlicht die Welt, wenn sie *zu* wirklich ist. Wie ich, denkt sie, ich war wahrscheinlich einfach ein bisschen zu wirklich für dich.

Du hast dir in die Lippe gebissen, sagt er. Hör auf damit.

Dabei hat er sich selber in die Lippe gebissen. Verwechslungen in diesem Stil.

Es ist schon Frühling, es ist schon Sommer, es ist schon Herbst, und der Winter hat eben erst angefangen. Er hat eben angefangen, du hast. Sie fährt nach Hause und denkt an ein Kind, das es nie gegeben hat. Es könnte sie selbst sein.

Immer trabt sie der Zeit hinterher.

Er begleitet sie zum Zug und erzählt ihr von einem Film. Sicher hat er gleich viel zu tun, sie zählt an den Fingern ab, wie viele Jahre, er ist sechs Jahre älter, einen Augenblick lang ist sie im Zweifel, wie alt sie selbst ist, aber doch, achtundzwanzig, das muss es sein. Man denkt an Kinder, man träumt von Kindern des Nachts und träumt von ihnen am Tag. Ihr ist klar, er denkt jetzt, der ganze Plan ist hin. Und dann erzählt er ihr von diesem Bergman-Film, in dem eine junge Frau erkennt, dass sie eine Zeit lang als Kind ihre Mutter gehasst hat.

Herbstsonate.

Aber für derlei Gefühle war kein Platz, sagt er. Sie schaut ihn an, die Falten an den Augen.

Er zuckt mit den Achseln. Einfach kein Platz, nicht zu dieser Zeit. Und später, fährt er begeistert fort, findet die junge Frau gleichsam aus ihrem Dilemma. Dass sich die Angst, die sie ständig empfindet, von dem, wie soll man's nennen – verdrängten Hass ableitet.

Sie lächelt. Und du meinst nun also, sagt sie, ich müsse mir endlich zugestehen, meine Mutter zu hassen.

Ja.

Sie lächelt. Er lächelt.

Nein, das will ich ja damit nicht sagen, sagt er, das ging mir nur so durch den Kopf.

Ich glaube, das ist für uns allesamt das Gleiche. Alle Bergman-Filme treffen auf uns alle zu.

Ja, so ist es vielleicht, sagt er. Freust du dich, nach Mols zurückzukommen?

Sie denkt nach. Ich freue mich zu erfahren, ob ich's *kann*. Dort zu sein. Ich fühle mich nirgends so richtig wohl.

Das ist bestimmt eine Befreiung für dich, sagt er dann. Ein bisschen aus der Stadt wegzukommen. Von ihm da.

Sie nickt. Vielleicht. Sie küsst ihn flüchtig auf den Mund. Nur, damit du mich nicht vergisst, denkt sie. Ui, sagt er und lächelt. Ui, sagt sie. Das wollte ich nicht, lügt sie.

Aber dann küsste er sie und drückte sie fest an sich. Da sagte sie dann ui, und er log dann auch und redete was von Reue.

Nichts ist mehr oder weniger wirklich.

Ein außergewöhnliches Licht, an das sie sich aus Kindheitszeiten erinnert. Ein *wirklicheres* Licht, das alles *wirklich* aussehen lässt, solange es währt, und hinterher, wenn man daran zurückdenkt: *unwirklicher*.

Fährst du mit, fragt sie ihn.

Nein, sagt er, ohne nur eine Sekunde zu zögern.

Dabei ist sie es, die Nein sagt. Und er, der fragt, ob er mitfahren dürfe. Es gibt darauf keine Antwort.

Nein, ist die Frage. Nein, fährst du mit. Fährst du mit, nein.

Sie ist eine Hungerkünstlerin, und eine einzige Eintrittskarte wurde verkauft. Nun ist der einzige Zuschauer eingeschlummert. Von seinem Handgelenk erhebt sich ein Faden und endet an einem Luftballon, der in drei Meter Höhe schwebt. In einem Zelt, dessen Streifen geradezu lärmen.

Für das Rätsel gibt es keine Lösung.

Sieh mich an, sagt er und nimmt ihre Hand. Ein Monat ist nichts, du hast jetzt endlich Ruhe zum Schreiben. Oder er nimmt sie nicht.

Ruhe und Frieden.
Ruhe und Frieden.

Ich bin ein Mensch, der alles sieht, das *fast* ist. Es ist eine Art und Weise, unglücklich zu bleiben, unfähig in allem. Nicht das, was ist, sondern das, was sein *könnte*, sehen zu können. Das, was kommt, aber nie kommt, ein permanentes Absagen und Aufschieben, ist auf dem Weg, kann sich höchstens noch … und so weiter. Aber dann zeigt sich ab und zu, dass das, was da verborgen liegt, gar nicht existiert. Dass es etwas anderes ist, dass ich eine andere bin. *Fast* ist das gleiche wie *nicht*, im schlimmsten Fall *nie*. Nicht-Geburten, Unwünsche, die Unmöglichkeit von etwas wie Umständen. *Unter anderen Umständen* – das ist nicht zum Aushalten! Ich bin ein Gast auf dem Weg nach Hause, schlingernd, von einer Fete, die nicht stattfand. Woher dieser Rausch, dieser Kater, diese Reue nach einer Party, aus der nie etwas wurde. Nicht-Orte. Was das auch immer sein mag. Alles beginnt und endet in einer Vorstellung, am Ende muss man sie schlucken. Seine Ideen und guten Absichten, die Geduld, die Fähigkeit, seine Augen zum Sehen zu überreden: unsichtbar. Und ein, grundlegend gesehen, in der Welt unsichtbarer Mensch werden. Für einen anderen, der dich nicht sehen kann, mich nicht sehen kann. Weil er ohnehin ständig verschwindet, weil er nicht den richtigen Abstand hält: ganz nah. Weil er es vielleicht nicht kann.

Es gibt Menschen, die dich nicht lieben *können*. Was nichts mit Wille zu tun hat. Oder mit Lust. Es wird zu einer wirtschaftlichen Frage: einer Verhandlung. Zahlenreihen, Listen über das eine und das andere. Ein Dienstverhältnis. Gehalt. Oder kein Gehalt, eine freiwillige Arbeit mit

Erwartungen und Bildern. Es ist wie ein Negativ, ich sehe alles wie auf einem Negativfilm, alles Dunkle leuchtet, das Helle verschwindet im Schwarz. Aber man glaubt, man sehe: einen Menschen. Es sieht ihm ähnlich. Ich sehe die Konturen.

Aber dann ist es auf jeden Fall kein Mensch, den ich sehe, dann ist es plötzlich kein Mensch, den ich erwarte. Zu wem komme ich nach Hause, wer findet mich in meinem Bett. Ein umgekehrter Mensch, der nicht *kann*. Unfähig. Unfähig für die Liebe. Und das hat nichts mit Gerechtigkeit oder schlechtem Willen oder bester Absicht zu tun. Liebe kann ein wirtschaftliches Gespenst werden, das dich durch Bilder reitet, die nie etwas anderes werden. Als Bilder, ein schöner Traum zum Schlafen, zum gelben und grünen Erwachen, worüber hast du zu meckern; du bist fast am Ziel. Und die Entschuldigungen, die man am Wege erntet. Ein Köder für dich, ausgelegt von einem korrumpierten Tierpfleger.

Ich vergebe dir alles; mein Körper kann sich an alles erinnern. Es ist unmöglich weiterzumachen und anscheinend unmöglich zu entkommen. Schon zu spät; als wir uns kennenlernten, hielten wir uns in den Armen und starben, wir starben bei diesem Blick.

Tranken einander aus wie halb giftige Drinks. Undurstig. Das heißt, ich bewahrte dich für später auf. Das nie kam; es hatte immer etwas Fatales. Die Wahrheit ist: Vielleicht gab es auch noch was anderes, aber beides ist nicht so leicht voneinander zu trennen. Das Fatale und eine Art, wie soll ich sagen, Liebe vielleicht, Ruhe vielleicht, ein Zuhause. Zusammen brennt es in breiten Zonen, knallend peitscht es durch die Landschaft: die Liebe und etwas, das nicht gerade Liebe genannt werden kann.

Das Fatale dabei.

Dass das, was man sah, nicht das ist, was man überhaupt sieht, die ganz kleinen Enttäuschungen, ein Durst, dem ein Hals fehlt und der wie ein streunender Hund hinter uns her ist. Und die ganze Zeit die Vorstellung von dem, das hätte gewesen sein können: bettelnde Hunde, wenn man sich von einem Tisch erheben und durch eine Gartenpforte gehen will, wartet dort die Vergangenheit. Untot, und nicht einmal Vergangenheit.

Wie war ich doch, geht mir durch den Kopf, wie war ich doch, ja, was – naiv. Nein: einsam. Wie gründlich ich es *überprüft*, wie deutlich ich es vor mir gesehen habe – all das, was fast war. Den Menschen, der lieben konnte, fast; diese Fast-Liebe, die ständig abgesagt wurde von. Ja, wovon eigentlich. Der Wirklichkeit. Was immer das sein mag. Deiner Wirklichkeit wohl.

DIE LANDSCHAFT

Winter. Weiter tost lautlos der Schnee heran. Irgendwann nach Weihnachten, ich weiß nicht genau.

Der Schnee legt sich auf alles, das mehr als einige Sekunden stillzustehen wagt, auf alles Tote und Lebende; alle Lebenden und Toten; schief stehen die violetten Stängel des Rosenkohls und balancieren in den löchrigen Reihen des Gemüsegartens, eingepackt in Schnee wie alte Weinflaschen in Kerzenwachs, das heruntergelaufen und schnell erstarrt ist, und mit der dösigen Entschlossenheit dieses Bildes fällt der Schnee.

Starrsinn überall. Wir können nirgendwo hin. Wir sind in einem Haus, das ein großer Kadaver ist. Es wartet unter der Kadaverhaut. Bewegungen finden hinter den Türen statt, unruhig. Und draußen, wenn etwas Unaufschiebbares einen von uns antreibt, Brennholz holen, Vögel füttern, Weg freischaufeln. Draußen sind nur der Schnee und die Fliegen. Tatsächlich Fliegen, die fettesten, die Überleber.

Die Bratpfannen sind abwechselnd warm und kalt. Wir Mädchen gaffen und machen den Hals lang unter den Zimmerdecken. Vogeljunge. Unsere Mutter, die dabei ist, Brot zu rösten. Das kann man in dem alten Herd also immer noch. Ihr Mund ist schmal, sie stöhnt mit der Stimme des feuchten Lappens, der das Einzige ist, was sie gerade noch zwischen ihre Finger und die Pfanne kriegen kann. Sie verbrennt sich, das gibt eine Blase. Was ich nicht alles für euch tu, sagt sie und lächelt ironisch. Das Wasser läuft, ich bin entsetzt. Die eine Schwester versteht mehr, die andre weniger als ich; ich verstehe genau das, was nötig ist, um das Fatale in diesem Satz zu erkennen. Brandblasen.

Du brauchst keine Angst zu haben, sagt sie und tröstet mich so. Sie meint es ernst, aber die Worte sind schwer wieder an Bord zu holen, das Zeug der Männer ist schwer vom Wasser, man muss weitersegeln. Das war wieder so eine Umkehrung; immer trösten wir uns gegenseitig und *umgekehrt*, wenn ich Trost brauche, und wenn sie ihn braucht.

Ich muss wirklich sehr unglücklich ausgesehen haben.

Und dann die Fastnachtswecken, aus denen die warme Füllung aus Butter, Marzipan und Zucker läuft, die Remonce. *Karolines Køkken* aus der Kochbuchreihe der Molkereivereinigungen liegt aufgeschlagen auf dem Küchentisch. Remonce, Vanille und diese fetten Eidotter. Ich kann ihn auf dem Umschlag entziffern, den komischen Titel des Kochbuchs, *Oh, Freiheit* – jemand muss dabei an den Himmel gedacht haben.

Thorups Meierei am Sonntag. Meine Augen tränen beim Anblick des Schleiers über dem Käse, den die Molkereiarbeiter mit Stahldrähten in Blöcke schneiden. Du wirst mal in der Meierei arbeiten, sagt mein Vater zu mir. Vielleicht kommt daher die Idee, dass einen die Eltern trotz allem nicht besser kennen. Die Enttäuschung über derlei Dinge; dass sie den Ernst nicht erkennen. Er reicht mir ein Scheibchen Käse, das zwischen seinen Fingern hängt, und ich weiß noch, dass ich an ein Hundeohr dachte, das Käsestück hatte die gleiche Körperlichkeit wie ein Hundeohr.

Ich hasste den Geruch von Sauermilch und wimmelndem Käse. Ein Meer von Löchern. Und ich wollte mit, und um alles in der Welt wollte ich nicht mit. Der Wind vom

Meer auf der andern Seite der Straße fällt über den Parkplatz und mich her und einen wütenden Hund, der an seiner Kette zerrt, und ich schüttle das Haar und ziehe ihm die gespreizten Finger wie einen Kamm durch die Rippen, ehe ich wieder auf den Rücksitz klettere.

Das Brot hat sich wild gehoben. Die Kruste ist aufgesprungen wie eine Wunde. Es hat einen Kamm bekommen.

Ein alter Freund, den sie vergessen hatte, meine Mutter. Jetzt denkt sie an ihn, sie vermisst ihn immer wieder. Ich weiß nicht.

Meine Lippen sind rissig. Die Gedanken auch.

Mit ihrem Blick bindet meine Mutter uns die Hände auf den Rücken. Verlässt den Herd, ohne die Klappe zu schließen, so dass seine Hitze in die Küche strömt. Wir versuchen, uns *nicht* gegenseitig in die Augen zu sehen. Unsere Blicke schweifen durch den Raum, die Blicke zischeln um die Brote und die Remonce, die auf der Eisenplatte siedet.

Unsere Mutter kommt zu ihren Kleinen in der Küche zurück und unterbricht sie mit ihrem Beispiel: Seht nur, meine kaputten Hände, sagt sie. Und hält uns ihre schönen Hände hin. Damit die Vogeljungen ihre Mutter besichtigen können. Die Vögelchen setzen sich auf die Fingerzweige. Sie nicken.

Ihre Fingerspitzen sind in Pflaster eingepackt, eine nach der andern. Zehn hellbraune Kästchen am Ende einer mit Leder bezogenen Knochenkette. Mindestens ein Glied zu viel für Mutters Hände und mindestens ein Glied zu viel an jedem Arm und jedem Bein, Schien-Schienbein, Unter-Unterarm. Und ihre Unterlippe ist doppelt so groß, ja, die Mutter hat sich insgesamt verdoppelt.

Das Haar ist dick und glänzend, nasse Platten aus geknetetem Blaulehm. Ihr Perlenarmband klackert, als die Kleinen wieder wegsehen. Sie ist drei Tage lang voll Wehmut, und dann ist sie drei Tage lang beschäftigt, aber ihre Liebe ist die gleiche jeden Tag, und sie ist völlig verrückt und viel ausdauernder als alles, was man auf dieser Welt gesehen hat. Dass sie *bleibt*. Wie selten, diese Wahl: Hierzubleiben bis –

Ja, was eigentlich. Bis zum Schluss. Bis es keinen Sinn mehr hat, bis sie verlassen wird – von uns oder meinem Vater oder dem Gefühl, dass Wahnsinn, dass Opfer trotz allem sinnvoll sind.

Brot und Wecken friert sie für die Geburtstage im Frühling ein. Alle ihre Kinder sind im März, April oder Mai geboren. Wenn man ihr glauben darf.

Manchmal kommen mir Zweifel, sie kann so *beschäftigt* sein.

Menschen, die ständig zu tun haben, haben etwas grundlegend Unglaubwürdiges an sich. Wenn sie darauf bestehen, Daten und Tage und halbe Nächte zu belagern, und auf diese Weise die Welt annektieren. Mit ihren eigenen Körpern, Kolonialzeit. Komm Weihnachten nach Hause. Komm rechtzeitig nach Hause.

Später bin ich selber so, dazu sind wir alle erzogen worden, alle drei, teilweise jedenfalls. Bestenfalls ist an dieser Art Betriebsamkeit etwas naiv Verlogenes. Schlimmstenfalls etwas verdeckt Kalkuliertes. Viele wichtige Daten. Viele Kinder und noch mehr Münder zu stopfen und Bäuche, denen der Nabel sauber gemacht werden muss. Hop, hop, hop, alle meine Pferdchen!

Immer haben wir den Wunsch, genauso beschäftigt zu sein. Genauso ordentlich wie unsere Mutter, wir haben das gleiche Wasserzeichen. Vielleicht einmal so wie sie, nur ohne diese schwarzen Ränder unterm Fingernagel, die man auf dem Dorf hat.

Aber unsre Nagelfalze *wollen* nicht. Meine Nägel sind Drecksammler. Sie wollen Erde.

Ich hole Brennholz herein, das ist eine ziemliche Hetzerei. Nur wenige Sekunden draußen und man ist zur Salzsäule erstarrt.

Das goldverbrämte Haar eines Kadavers ragt in die Luft und fegt im Wind über die Schneedecke. Rau, von Reif eingefasst jedes einzelne, einsam im Inlandeis.

Ein langsames Begräbnis im Schnee. Das meiste hat aufgegeben und liegt still. Nur das wenigste bewegt sich alle zehn Sekunden. Die Welt veranstaltet einen Ball, und in jeder Runde wird ein Tier oder ein Baum oder ein Mensch ausgewählt, der die Bühne verlassen und sich mit roten Ohren in die Kulissen stellen muss. Diejenigen, die sich nicht bewegt haben. Mit Bisonfell bezogen. Die Vögel sind in Panik. Keine Blätter schenken ihrem Flügelschlag einen Widerhall. Keine Socken, um an Leinen zu trocknen, die metallenen Herzen der Wäscheklammern sind von wimmerndem Eis glasiert, Reif blüht in abwechselnd blauem und rotem Plastik. Die Kristallarme posieren. Nicht das geringste Echo in einer solchen Welt.

Ich erwache mit einem Ruck, mit einem Satz, der schallt so laut, als ginge er über eine Mauer. Es hat einige Stunden nach Mitternacht angefangen, mit einem Zaudern. Der Wind im Osten. Die Bewegung ist eine genaue Spiegelung der Bewegungen der Kontinentalplatten beim Erdbeben. Das eine Schneefederbett schiebt sich fegend unter das andere. Die oberste Schicht der Schneedecke erhält eine weitere Schicht, sie ist markmatt, marktrüb.

Es seufzt von den Blattregalen des Grünkohls.

Federbetten fallen von den Pflanzenbetten.

Stürze hört man. Der Geruch von rutschendem Etwas. Anderes versinkt ein wenig.

Kristallarme gehen Vereinbarungen auf Fensterscheiben ein, und etwas zieht hinzu und sammelt sich in diesem Tropfen. Ein Tropfen fällt von der Dachtraufe und landet auf einer welken Rose, die den Kopf hängen lässt. Der Busch nickt. Mein Kopfkissen ist mir ins Hirn gewachsen. Wer sich einmal an diese Art von Daunenknoten gewöhnt hat, kann mit dem Kopf auf jedem ausgebreiteten Schoß einschlafen.

Mit diesem Geräusch des Tropfens, der beim Aufprall in Stücke zerspringt, erwache ich müder, als ich beim Einschlafen war.

Am Neujahrstag schlägt meine Mutter die Hände vor der Brust zusammen, ihre Augen verwandeln sich in diese schmerzerfüllten Muscheln, die Augäpfel sind zwischen den Kalklippen eingeklemmt. Sie flüstert von den Beeren, Sorte Léon Millot, die sie in Trauben vom Wein schneidet, im Gewächshaus.

Dass das geht. Im Dezember.

Wenn überall Winter herrscht. Wenn das kein Wunder ist; wenn das ein Wunder ist.

So hatte ich es mir vorgestellt. Das hatte ich mir gewünscht, hierher zurückzukehren und selbst eine Familie zu gründen, im Dorf, in dem wir wohnten. So ein Gesicht, das man jedes Mal sieht, wenn man sich abends in einem alten Haus plötzlich umwendet, in Häusern mit dieser Art von *Geräuschen.*

Es gibt einige Bilder, mit denen ich nie fertig werde, ich bin gekommen, um sie wiederzusehen und mit ihnen fertig zu werden oder eben nicht, eben nicht mit ihnen fertig zu werden. Weiterhin nicht fertig zu werden. Weiterhin irgendwo zu *bleiben* und dann zu gehen.

Du schälst Zwiebeln, schlägst die Zwiebel kräftig aufs Schneidebrett und hebst mit einem großen Messer die äußersten Schichten ab. Auf dem Hofplatz wird geschlachtet. Ich werde gebeten, noch kochendes Wasser zum Brühen der Hühner zu holen, oder ich werde gebeten, ein paar Styroporbehälter zu holen, damit wir alles aufteilen können. Eine Kuh, eine halbe Kuh. Ich übergebe mich über einen Schafszaun, es hängt zwischen den Sprossen der Metalldrähte, zäher Schleim, bleibt da und verschwindet in den Quecken. Bring sie rein, sagt einer, und meine Mutter lächelt und tröstet mich. Die Zwiebeln im Topf werden zart und weich. Du ähnelst meinem Vater, geht mir durch den Kopf. Du ähnelst meinem Vater, flüstere ich. In der Dunkelheit drehst du dich um, gleichsam betäubt von Müdigkeit.

Was sagst du.

Du ähnelst meinem Vater, wiederhole ich.

Du rollst dich wieder in den Schlaf zurück. Die Küche glänzt, die Sterne erhellen das Schlafzimmer. Kann ein Raum dunkel sein und so unversehens hell, ohne dass sich etwas anderes verändert hat. Es ist derselbe Sternenhimmel, derselbe Abend.

Du seufzt; später winselt dein Hals. Was ist das für ein Exil, in das du mich gebracht hast, faucht dein schlafender schlafender Körper.

Was meinst du denn selber. Was hättest du gern. Doch

gleichzeitig bereue ich alles, Übelkeit steigt langsam in mir hoch, die daran erinnert, dass man es natürlich von Anfang an wusste und die Katastrophe genussvoll abspielen ließ. Ich liebe Katastrophen. Es liegt ein Trost darin, dass die Sonne immer untergeht. Dass es auf die Art keine Hoffnung gibt, man weiß genau, so wird es kommen, wir können es nicht verhindern. Tod. Ich sammle ein paar Decken vom Rasen ein, Tau ist gefallen, denke ich, ich hab's wieder nicht geschafft, bevor der Tau fiel (so was lässt mich immer daran zweifeln, ob ich erwachsen bin, ob ich es jemals sein werde).

Wir fahren durch den Wald nach Svinklovene. Die Straßen sind uneben, der Betonbelag ist aufgerissen wie ein umgepflügter lehmiger Acker nach dem ersten Nachtfrost. Leg dich her. Und der Bezug am nächsten Morgen: die Welt, die schweigt, nur der Takt der Fahnenseile und einige Glocken sind zu hören, aber dann sind wir im Hafen; ein paar Eimer, die in irgendeinen Keller gestellt werden, wo die Waschmaschinen schlummern – draußen ist alles stumm wie ein einsamer Schuh am Wege.

Dein Körper ist eine einzige Anklage, dass ich dich hergebracht habe. Es ist dein Traum.

Aber du träumst von nichts anderem als Frieden, warum also der Vorwurf. Einfach so. Leicht.

Ich hatte mich wohl dran gewöhnt, dass du hier warst; das Geräusch meines Herzens, das Geräusch eines Busches, der die ganze Nacht ans Fenster schlägt, den ganzen Tag.

Aber dann warst du das gar nicht, der eingeschlafen ist, und nicht ich, die schlaflos dalag; dann ist da nur das Geräusch von mir allein in einem Bett und dir, der sich im Schlaf neben einem Körper umdreht, der nicht zur Ruhe kommt, *eine* Bewegung, die uns allesamt verbindet, mich, die aufwacht, wenn du dich im Bett umdrehst, und eine andere Frau, die aufsteht. Das hat nichts mit dir zu tun, kannst du sagen; ich steh nur im Moment nicht so auf diese Kinkerlitzchen. Ich brauch jetzt …

Platz, sage ich.

Nie verlässt ein Mensch einen anderen; man verlässt sich gegenseitig, sage ich mir. Es geschieht, und zwar in *einer* Bewegung; man ist zu *einem* Körper geworden, und dieser Körper fällt auseinander. Es ist keine Schuld zu vergeben, es sind eine Menge Rechnungen zu bezahlen, aber es gibt keinen, dem sie geschickt werden können. Alles, was ich habe, ist deins. So ein Gefühl ungefähr.

Man verschuldet sich, dazu führt die Liebe. In einer einzigen Bewegung verliert man alles und leiht sich alles. So muss man das alles mit sich herumschleppen: alles, was man besitzt, und alles, was man sich geliehen hat. So ein Körper ungefähr.

Sie kann sich nicht daran erinnern, dass sie anfing, ihn zu lieben, sie kann sich nicht daran erinnern, dass sie aufhörte, ihn zu lieben. Es gibt eine Liebe, die sich nicht auf diese Weise bewegt, vor und zurück. So eine Liebe gibt es, so eine Liebe ist eine Finsternis um die Menschen herum, um mich herum. Sie ist ein Wunsch nach Licht, Tag und Nacht, immer.

Über den Hügel in Richtung Stabelhøjen hinauf.

Der Himmel wird immer größer, ein immer größeres Segel über einem, je weiter man in die Landschaft hineinkommt. Die Kühe auf dem Heimweg, aus der Landschaft heraus, es ist die Zeit, wenn ihre Euter schwer sind und schmerzen; sie wiegen sich zwischen ihren Beinen und werden zusammengedrückt, sie nässen von Milch, Fliegenschwärme und Bremsen krabbeln an ihnen hoch, wimmeln in der Luft, lassen sich in ihrem Augenwinkel nieder, an der Leiste. Kuhkälber, die nicht brüllen, Knie beugen sich, steife Hinterbeine, die an den prallen Eutern vorbeigezwungen werden. Milchstrahlen, wenn ein Hinterbein dagegenstößt, weiße Perlen auf den Quecken, weiße Perlen auf dem Boden, die langsam in der lehmigen Erde versickern und eine feuchte Spur hinterlassen, irgendwo unterm Klee mit nur drei Blättern. Die Blutadern auf den gefleckten Eutern: blau. Ein Wald, in dem man sich verirren kann, der nicht finster ist, nicht nur. Man kann sagen: Alle Pfade leuchten. Man kann sehen: ein geflochtenes Spalier, das verschiedene Wünsche bereithält. Du schiebst mich weg, damit ich mich auf die Seite lege.

So, sagst du dann manchmal.

Es ist, als wären unsre Körper in der Stellung zusammengewachsen, alle andern Körper, die später hinzukommen, sind unvollkommene Abgüsse von: der Stellung hier. Zu viel oder zu wenig Körper. Ich weiß nicht mehr, wann wir mehr als zwei im Bett wurden. Aber wir wurden mehr, und ich wurde eine andere. Schläfst du, sage ich.

Es regnet, als müsste ein Feuer gelöscht werden, Dauerregen, ein widerspenstiges Feuer, das nicht aufgeben will. Ist Dauerregen jemals die Lösung irgendeines Problems gewesen.

Die Fliegen sind beschäftigt. Sie laufen über die Wände in der Küche. Sie laufen über die Hand meiner Schwester. Sie schüttet heißes Wasser über die leeren Bügelflaschen im Spülbecken.

Die Hand, der Fußboden der Fliegen, ruht auf dem Tisch.

Die andere Hand wird im Dampf verbrüht. Sie hält ihre Hände vors Licht, wie Rotweinflaschen, wenn man untersuchen will, ob noch was übrig ist. Sie seufzt, rührt im Kessel. Unsere dritte Schwester hat ihren Fuß auf den Küchentisch gestellt und hält eine Laufmasche mit hysterischem Nagellack auf. Von einer kleinen Stelle hinten an ihrer Fußballerwade stürzt die Masche in Richtung Ferse. Regentropfen ziehen grüne Bahnen über die grauen Fensterscheiben. Nach dem Schauer emsiges Drippeln von den Spitzen der Farnwedel. Sie schließt die Augen und rührt energisch weiter, damit die Schwester nicht entdeckt, dass sie der Auftritt mit der Fußballerwade und dem Nagellack anwidert. Unter ihren morschen Rippen trägt sie ein Gewissen herum. Sie hat einen Topf mit Mädchenbeinen aufgesetzt und einen mit Holunderblüten. Wegen irgendeiner Sache hat sie immer ein schlechtes Gewissen.

Überall ist es kürzer geworden, nicht mehr so lang von einem Punkt zum andern, seitdem sie gefällt haben. Ich geh nach links hinunter, durch den Wald, der nicht mehr da ist. Ich denke an dich, dass ich anrufen will, aber ich will warten. Ich schiebe dich auf später auf. Das Gefühl hab ich; ich habe dich immer aufgeschoben. Ich bin im Zweifel, ob man den Satz umdrehen kann. Ob du mich immer aufgeschoben hast. Und ich; ob ich schon auf etwas vorgegriffen habe, das dann abgesagt wurde. Durchs Tal, es schneit. Ich kann nicht mehr allein sein, und ich habe eben erst angefangen. Das hat nichts mit Stärke oder Nicht-Stärke zu tun. Es geht darum, was überhaupt sinnvoll ist. Ein Freund schreibt mir einen Brief, ausgerechnet heute schreibt er, dass man niemanden lieben soll, der nicht lieben *kann*. Ich weiß, er denkt: weil es dich zerstört. Ich bin unsicher, an wen ich eigentlich denke. Den verstorbenen Mann. Den neuen.

Ein Ernst, der einem Ernst begegnet, das geschieht hier. Dass man dann zu Hause ist – ohne irgendwo zu sein. Dann ist man plötzlich an einem Ort, den man kennt, aber ohne etwas zu erkennen. Ich gehe den Pfad hinunter und in den Wald. Die Hügel sind älter, die Waldgrenze ist bis auf den Scheitel gerückt, kahler sandiger Boden.

Bedeutet es etwas, dass ich hier entlanggehe.

Vielleicht bedeutet es: Du gehst hier entlang. Nichts andres. Ich will dich anrufen, aber ich will nie wieder anrufen. Ein abgesagtes Fest, mit dem Gefühl laufe ich durch die Gegend. Es gibt eine ganze Schar von Leuten, die mich gern lieben würden, es aber nicht dürfen. Es gibt eine ganze Schar von Leuten, die es nicht können oder nicht wagen, das tut nichts zur Sache. Es ist schlicht ein akuter Mangel an Zuhause hier. Die Bäume sind nackt, Eiche, glaub ich. Eine Decke wild gewachsener niedriger Nadelbäumchen klettert zwischen den Stämmen empor. Sie sehen verschreckt aus, als wären sie auf frischer Tat ertappt worden und hätten in der Panik ihre Kronen verloren. Du benutzt mich, um zu denken. Ich weiß nicht, wozu ich dich benutze, außer vielleicht zum Überleben. Niemand sieht in der Dämmerung die Füchse; niemand bemerkt in der Dämmerung hier, dass Bäume und Kronen nicht zusammenpassen. Da liegen Nadeln, da liegt Laub; das ist ein Unterschied. Trotzdem bin ich mir sicher, dass genau das eingetreten ist:

Panik unter den Bäumen und dann mit einem Male Herbst. Das Laub fiel, um die Bäume herum, um die Füße der Eichen ein Nadelteppich.

Weil die Sprache nicht unschuldig ist, sondern Feuer und Schwert. Man führt einen Krieg mit Worten und riskiert ständig, mit dem Feind ins Bett zu gehen. Ich weiß ja auch nicht, aber das ging mir durch den Kopf, als ich ein Boot den Kanal heraufkommen sah, das den Vormittag wie an einer Leine hinter sich herzog – ich weiß auch nicht, ob ein außerordentlicher Genuss damit verbunden ist, nichts tun zu *müssen*. Überhaupt: Genuss hat wohl nur wenig mit so etwas wie Freiheit zu tun.

Sie erwacht zu seinen Füßen, sie sind direkt vor ihr. Sie liegt auf der Seite, und seine Füße sind zerstörte Türme vor ihren verdrehten Augen.

Ihr Gesicht ist schief, aus getrocknetem Lehm.

Ihr Gesicht ist verdreht.

So groß waren seine Füße also. So kalt war das Zimmer. Er muss in der Nacht ein Fenster geöffnet haben. Sie kann sich an nichts erinnern. Sie erinnert sich nur daran: dass sie nicht hinaufreichten, nicht er, nicht sie. Und: dass er sie einmal hochgehoben hat, so dass sie die Fensterrahmen mit Glasscherben auskleiden konnte. Um jemanden wegzuhalten, jemanden auszusperren.

Es sind noch Luftballons da, aber seit dem Fest sind sie ganz schlaff geworden.

Wie lang es her ist, dieses Fest. Und wie merkwürdig in diesem ehrlichen Licht.

Jetzt hält er seinen Fuß vor die Sonne. Er hat immer große Füße gehabt, so kommt es ihr vor. Er würde sicher was anderes sagen. Sie haben einen so unterschiedlichen Blick auf die Dinge, obwohl sie meistens *ein* Körper sind, *ein* Gedanke.

Guck mal, sagt sie.

Er dreht ihr seinen schweren Kopf zu. Die Mechanik knarzt, und sie sieht ihn im Gegenlicht, seine Mähne lodert an den Rändern.

Sein Hals ist ein Brunnen, an der Winde hängt ein Seil, das einen wehmütigen Zinkeimer umklammert. Auch morgen wird er wieder an die Seiten seines entzündeten Halses schlagen.

Es weht im Brunnen.

Ihr Mund ist voller Füße und Eifersucht.

Wenn das hier Mut ist; das hier ist Mut.

Sie macht ein Zeichen, soweit es geht. Zeigt auf etwas vor ihnen. Und es ist, als wollte er ihr nicht glauben, kaum merklich zuckt ihre Hand.

Hier draußen am See wird es bald dunkel. Es gibt so viele gute Gründe, dass man nur einen zu nennen braucht. Die Dunkelheit zum Beispiel. Die andern stehen im Hirn in der Warteschlange und sind von Anfang an zu viele, wie auf dem Bahnsteig in Berlin, wenn die Masse an Menschen geteilt und in die Wagen gestopft werden muss. Seine Mütze, die sich auf dem Kopf nach oben zieht, und er, der sie immer wieder über die Ohren zieht, ohne es selber zu merken.

Er steckt die Hände wieder in den Brunnen und taut sie auf.

Komm, versucht er, und sieht die Karpfen nicht. Sie hängen unter ihnen im gefrorenen Wasser des Sees.

Karpfenmäuler, ein Karpfenteppich und der silberne Glanz in den Schuppen.

Sie ist schöner als ich, denkt sie. Sie sammelt Speichel im Mund und spuckt auf das Eis, dann gehen sie endlich. Sie wurde den Gedanken nie wieder los. Dass der Speichel seitdem auf dem Weg durchs Eis gewesen ist, wie ein Bohrer, der sich durchs Eis windet, Strohhalm der Fische, ein schlaksiger Mann, der nach Perlen taucht, für ein bisschen Unterhaltung, für ein bisschen Spiel.

Ich steige aus dem Bett und stehe nackt im blauen Licht. Meine Füße wirken unnatürlich flach. Sie scheinen vertauscht, das Ursprüngliche und das Angelernte. Die hohen Sandalen unter mir fehlen, meine Fußsohlen sind im Boden eingelegt.

Der Apfelbaum drängt durchs Fenster und läuft den Flur entlang. Die Zweige sind Flammen im Flur. Die Äpfel schlagen an die Wände.

Der Sturm hat mich geweckt.

Die verschiedenen Laute der Äpfel. Die gefrorenen roten. Die nachgiebigen, die verfaulten.

Die Zweige zerren an den Möbeln und vergreifen sich an den Bildern. Die blauen Lithographien, die wie Straßenlaternen im Flur hängen, schwanken und flattern gegen die Wand wie Vögel mit gestutzten Flügeln. Unbeholfen.

Wenn ich die Augenblicke, für die ich lebe, nicht angeben kann, kann ich doch die Augenblicke angeben, trotz denen ich lebe.

Die Natur ist vom Winter gestört. Ich bin es auch.

Der Morgen kam jäh, es ist Frühling geworden, ohne dass sie es bemerkt haben. Wieder mal überrumpelt. Sie kommt nach Hause, wie immer sehr vorsichtig mit der Tür. Sie weiß, was lautlos bedeutet. Mund und Hals stehen offen, die Luft kann sich in und aus ihrem Körper frei bewegen. Geräuschlos. Ihr Körper ist eine Trennwand in der Wohnung. Sie zieht die Tür an und dreht den Schlüssel leise um. Sie muss mit einem gewissen Schubs geöffnet werden, dann knarrt sie nicht. Sie kommt in den Flur, ehe sie ihn sieht. Aber dann steht er da auch und ist wach. Will in den Wald.

Guten Morgen. Wo das Lächeln bloß herkommt. Er geht neben ihr auf dem Pfad, der grün jubelt oder röchelt. Sie gehen um den Freizeitpark in Aarhus herum, wo alles noch nachtkalt tropft. Erwartung und Mattigkeit zu gleichen Teilen. Und die Blätter im Wind: ein Geräusch wie von Kies, der geharkt wird.

Er lächelt, sie sieht ihn im Gegenlicht. Er steht in der Küche, hinter ihm pocht die Morgensonne. Jemand hat die Wolken aufgezogen. Der Verkehr klingt anders, das Geräusch der Autoreifen hört sich nach hellerem Frühjahr und hellerem Sommer an. Im Sommer erzeugt der Asphalt ein warmes Knistern.

Sie zieht ihre Joggingsachen aus und geht ins Bad. Widerwillig legt sie eine Extraschicht Wimperntusche auf. Sie gehen in den Wald, die Windröschen sind da. Noch sind sie nicht aufgesprungen, tragen aber drohende Knospen und ein leuchtendes Grün. Das ganze Licht ist unwirklich und macht alles andere: unwirklich. Er plaudert begeistert. Seine Hände, seine Begeisterung erfüllen die ganze Lichtung am See. Sie fragt sich, ob er den Wald überhaupt *sieht*. Und falls ja, ob er von ihm enttäuscht ist; falls er ihn sieht, ob er enttäuscht sein wird. Eine Begeisterung, die alles unwirklich macht.

Jemand hat ihm von der Natur erzählt, und nun gehen sie also durch die Natur.

Die Blätter haben vom Licht erfahren und legen es ihnen zu Füßen. Sie wartet darauf, dass jemand kommt und es abschaltet. Sie werden nie ein Teil der Natur, aber was soll's, jetzt gehen sie halt hier. Es ist, als könnte der Wald in Vorzeichen und Vorhersagen übersetzt werden.

Aber das kann er nun doch nicht.

Er besteht aus mindestens drei verschiedenen Männern, und sie besteht aus mindestens drei verschiedenen Frauen.

Du lächelst, sagt er besorgt. Als käme er unerwartet nach Hause und sähe einen gedeckten Tisch, mit Kerzen in hohen Ständern und Essen.

Tu ich das, frage ich.

Sie sitzt ganz still wie unter einem Himmel über herbstlichen Feldern, einer rauchblauen Decke über dem Korn, das sich für die wütende Arbeit der Maschinen zurechtlegt.

Nach allem, was passiert ist, kommt er zu Besuch.

Ein Nachmittag, das Wetter ist unglaublich. Wir sollten rausgehen, sagt sie sich. Schöne Stühle. Lauter Sachen, die du kennst. Auf ihrem Bett liegt Kleidung, einige Schubläden stehen offen, und all diese aufgeschlagenen Bücher. Wie sieht denn das hier aus, sagt er lachend. Er sagt, er freue sich zu sehen, dass sie jetzt besser relaxen kann. Mit so was.

Aber du redest von meinem Gesicht, geht ihr durch den Kopf.

Er redet von ihrem Gesicht.

Sie steht in der Küche und schaut in den Garten. Oder sie steht in der Küche ihrer Eltern, die Wellensittiche rumoren in ihrem Bauer. Der Frühling sitzt in allen Hecken, in den Füßen und Schnäbeln der Meisen und Amseln, der Kohlmeisen. Sie geht in den Keller und sucht die Gartenliege. Sie findet Decken und nimmt ihr Federbett mit raus.

Eigentlich ist es immer noch zu kalt für irgendwas. Aber in der Sonne geht's, eingepackt in Wolldecken und Federbetten kann man sich lang machen. Und dann die Wolken, und die geputzten Fenster, nichts steht im Weg. Die Wolken ziehen über einen blauen Himmel, aber sie treiben aufwärts, der Abstand zu ihnen ist jetzt größer, man atmet neue Luft ein. Die Rippen durchrieselt auf diese Weise ein Gefühl von – Demaskierung, ein Versprechen von Klarheit in allem. Kein Geschwätz mehr. Alle hören auf zu reden, es wird gearbeitet, man vernimmt Geräusche eines Ortes, der arbeitet. Pfosten, die eingeschlagen, Federbetten, die geschüttelt, Decken, die ausgeschlagen werden, Dinge, die von Balkons fallen, Zungenschnalzen, Kinder, die zum Abendessen nicht reinkommen wollen. Und morgen kann wieder Schnee liegen. Und morgen kann der Regen kommen und auf die Landstraße vorm Haus Fischgrätmuster zeichnen. Und die Kanalgitter gurgeln. Und er steht vielleicht unter den Bäumen. Wartet darauf, sozusagen *übernommen* zu werden. Von der Natur. Weil er etwas vermisst, das er nicht exakt benennen kann.

Er sagt:
Setz dich mal eben hin, und er meint:
Der Sommer ist vorbei, und das ist unerträglich. Die Äpfel leuchten wie Augen in den Bäumen, die Köpfe baumeln am Gürtel. Der Sommer drückt sich vor der Rechnung.

Sie fegt den Rasen mit den Augen. Sammelt etwas auf. Ein Etui. Eine Tüte verzehrfertige Johannisbeeren. Das Treibhaus schwitzt in einer Ecke des Gartens. Die Zweige der Tomatenpflanzen hängen nach einem langen Winter schlapp herunter. Du sagst, nichts geht über dunkelrot und reif gepflückte Tomaten. Überhaupt kein Vergleich mit den Tomaten, die man kauft. Sie borgt sich ein Auto und fährt zum Kleingartenverein. Hier ist schon lange keiner mehr gewesen. Die Stauden liegen am Boden. Im Küchengarten ist noch eine Sonnenblume übrig. Der Stiel ist unter dem Gewicht des schweren schwarzen Kopfs gebrochen. Vier schrumplige Tomaten hängen und leuchten. Japanische Papierlaternen. Einige Dinge, die unter ihnen verteilt werden müssen. Alles Mögliche, das *nicht* wurde. Alles Mögliche, das hier *nicht* geschah.

Ich glaube nicht, dass ich Lust habe umzuziehen, sagte sie. Sie weiß noch, wie er von einem Buch aufblickte, erst die Wand anstarrte und dann den Bürostuhl drehte und sie ansah.
Nein, sagte er nur.
Dann müsste ich den Schrebergarten verkaufen.
Er nickte nur.
Sie weiß noch, dass sie an einen Zug dachte, einen geräuschlosen Zug durch so ein Zimmer, einen Zug wie Licht.

Dann bleib hier, sagte er. Aber ich zieh aus.

Er packte beinahe nichts ein. Sie packte etwas mehr, aber nicht viel. Sie trennen sich, ohne es zu können. Ein Übergang zu etwas anderem. Kein Türenknallen. Sie taten es hinter ihrem eigenen Rücken und entdecken erst allmählich, dass etwas Unmögliches geschehen ist. Aber das tut es immer.

Sie erwacht mit dem Gefühl, unbedingt nach Hause gehen zu müssen. Sie versucht, sich vorsichtig unter ihm wegzuziehen und aufzustehen, ohne dass er es merkt. Schiebt seinen linken Arm weg, der auf ihr liegt. Wieder ist sie hier geendet, es ist wie bei den Gezeiten, nach Flut kommt Ebbe. Dann versuchen sie es wieder, dann gibt es wieder eine Art Hoffnung. Aber eine triste Hoffnung, weil man nur zu gut weiß, dass es sich nie ändert. Sein Arm: als ob man den schweren Holzriegel einer Stalltür öffnete, um an die Sonne zu gelangen. Er wacht nicht auf. Es ist, als hätte er sich die Wohnung von jemandem geliehen, sie hat etwas Provisorisches an sich.

Und sein Gesicht.

Ach, das ist jetzt also dein Gesicht. Wie es sich ständig ändert. Vorher mochte ich's wahrscheinlich lieber. Immer fand sie das Gesicht besser, wie es vorher gewesen war. Mit offenem Mund zieht sie sich an, damit ihr Körper lautlos Atem holen kann. Sie zieht die Tür zu, obwohl sie keinen Schlüssel hat. Ich komme nie wieder, denkt sie. Sie, wie sie den Kopf schüttelt, als er ihr eines Nachmittags im Café ein Extrabund Schlüssel hinhält. Nimm die hier, sagt er. Er, der sagt: Nimm die hier, und sie ihr hinhält, die Schlüssel, die wie schmächtige Konfirmanden, die man am Kragen gepackt hat, mit ihren Beinchen zappeln. Und ihr Gesicht und das Gefühl, dass sie die Schlüssel nicht haben soll, dass sie jetzt einer anderen gehören. Dass sich eben doch alles verändert hat. Und diese Sehnsucht; wie leicht es ist, sich zu sehnen, und wie stark. Dieser Wunsch, etwas zu erhalten.

Wir können Freunde bleiben.

Aber man kann wahrscheinlich nicht Freunde bleiben, ohne sich gegenseitig zu kastrieren, das spürt sie. Er nimmt ihr die Fähigkeit, andere zu lieben, sie macht das Gleiche mit ihm. Sie schüttelt den Kopf.

Gib sie einer anderen.

Hat deine neue Freundin auch ein Bund. Sie fragt ihn.

Er schüttelt den Kopf. Schaut auf den Boden.

Gib sie ihr. Dann.

Sie steht auf, durchquert das Café und geht hinaus; sie denkt an ihre eigene Wohnung. An die Extraschlüssel, die es dafür gibt.

Wo die jetzt sind. Berlin. In der Tasche des neuen Mannes, der schon begraben wurde, lebendig. In den Armen seiner eigenen Vergangenheit, begraben in der Frau, die er verließ, um mit ihr zusammen zu sein.

Sie will ihn bitten, sie ihr zurückzugeben. Vielleicht kann er sie schicken.

Aber dann traut sie sich nicht, ihm zu schreiben. Aus Angst, sie tatsächlich zurückzubekommen. Sie geht die Treppe hinunter, ihre Schritte stempeln die Stufen, sie sinken durch den Aufgang und ziehen alle Luft mit auf die Straße. Die Sonne sticht. Sie bückt sich und schließt ihr Fahrrad auf, morgens hat Frederiksberg eine ganz eigene Kälte. Sie schiebt ihr Rad auf den Gammel Kongevej; sie besinnt sich anders und dreht um. Geht zum Bäcker an der Ecke, wo das Licht der Sonne und das Licht der

Seen sich wie Balken treffen, die alle Gesichter schief schlagen.

Wieder steht sie vor seiner Haustür. Mit Brötchen in einer Papiertüte. Die Tüte fühlt sich schwer an, die Brötchen sind warme Nierchen oder Herzen. Sie scheinen zu zucken. Der Körper teilt eine rhythmische Ruhe mit allem Toten. Mit Brot. Als sie sich in der Küche gegenübersitzen, sieht er traurig aus. Und verbraucht. Langsam bereut sie, zurückgekommen zu sein. Oder gekommen zu sein, um zu gehen, um wiederzukommen. Nein, sie weiß nicht, was sie bereut. Nein, sie weiß nicht, wodurch sie so verbraucht ist. Dazu hat sie Gedanken im Überfluss, aber mal gehen sie in die eine Richtung, mal in die andere. Sie kann ihren Gefühlen nicht vertrauen. Mit diktatorischer Willkür kommen und gehen sie. Man kann es wirklich satt haben, nie zu verstehen, *wie* es geschieht. Oder man kann es satt haben, es zu gut zu wissen, zu gut zu verstehen, was das Fass zum Überlaufen bringt. Es wissen, aber gleichzeitig wissen, dass es nicht geschehen wird. Dass es nicht zu kriegen ist. Wenn sie es richtig verstanden hat, besteht sein Kopf aus Kellergeschossen. Ganz konkret. Und da dröhnt es, wenn nachts die Krankenträger morphinberauscht durch die Flure rennen. Vielleicht weiß er es nicht, aber er hofft, ich komme zurück. Das denkt sie. Siegesmarsch.

Das glaubt sie.

Dass er sie vermisst. Er steht auf und geht zum Kühlschrank, holt irgendwas oder holt nichts, setzt sich ihr wieder gegenüber. Er legt seine Hand auf ihre, die auf dem Tisch liegt, und sie sehen sich in die Augen. Oder schauen auf die Tischplatte.

Seltsam, lügt er, ich vermisse dich nie, wenn du nicht da bist. Ich habe so eine Angst, dich zu vergessen, erklärt er ihr. Er kann sie zu einem Treffen überreden. Ich vergesse dich langsam, sagt er. Das war auch der Sinn, hört sie böse Stimmen sagen, aber dann merkt sie, dass es ihre eigenen Gedanken sind, dass sie ihre Signatur tragen. Denn darauf hofft er sicher, oder davon träumt man sicher des Nachts; träumt davon am Tage, was man seinem ärgsten Feind nicht wünschen würde. Sie gehen durch den Park des Staatlichen Kunstmuseums, es ist Sommer, und sie sind permanent auf der Flucht vor jemandem. Sie haben jetzt beide einen andern, und ständig will einer der beiden einen neuen Versuch starten. Aber immer nur einer.

Er will ihr erklären, dass sie an einer Art Schnittpunkt stehen. Er streckt seine Finger aus und macht seine Hände zu steifen Werkzeugen, er legt sie über Kreuz, ein Kreuzweg, sagt er. Sie sehen beide seine Hände an, er nimmt sie wieder herunter. Sie gehen stundenlang durch die Stadt, treiben davon wie ein Pflug durch die endlosen Felder Amerikas, an den Fernstraßen entlang oder quer über Land. Ziehen eine Spur feuchter Erde hinter sich her, die Schnecken, Schattengärten, zerschnittene Landschaften, gestreifter Wirrwarr.

Ich glaube dir nicht, sagt sie.

Er sieht sie an und fragt, was sie damit sagen will. Und dann sprechen sie nicht mehr miteinander und gehen einfach durch die Landschaft, die Kopenhagen auch sein kann.

Ein wirklich schöner Tag heute, denkt sie.

So einfach kann es also auch sein.

Der Morgen kommt von unten, es ist Sommer, die Luft steht still und umarmt alles warm und hell. Sie erinnert sich an einen Morgen in Agri, als sie ausgeruht aufwacht, mit dem Gefühl, *genug* geschlafen zu haben. Im selben Moment weiß sie, dass alle weggegangen sind, sie ist allein. Die Geräusche des Hauses sind unbehelligt. Keiner, den man anrempeln kann, keine Schwestern, die das Leben der Dinge stören, ein Leben, das auf seine eigene stumme Art summt und lärmt, etwa wie Worte, die unter einer Tür hindurch geflüstert werden, durch ein Schlüsselloch, willst du nicht aufmachen, rauskommen, wir können doch drüber reden, die ganze Palette. Sie steht auf, und das blaue Nachthemd fällt um sie herum auf den Boden, mit Bleifüßen geht sie den Flur entlang, wo die Türen zu den andern Zimmern weit offen stehen wie Gräber nach dem Besuch von Räubern, die Betten wie leere Schachteln, die Treppe. Unten auf dem Küchentisch liegt eine halbe Salatgurke in einem Sonnenkegel, Wasserkristalle bilden einen Kreis um die Kerne. Oder sind es Zuckerkristalle, so ein Auge, das durchgeschnitten stiert, wasserblass glänzt. Der Teebeutel hängt unterm Kannendeckel, er hat getropft und Spuren auf dem Esstisch hinterlassen. Sie nimmt den Baumwolllappen, der schon auf dem Tisch liegt, noch feucht; wischt damit über den Fleck. Dann kann er so liegen bleiben und sich auflösen. Sie geht zur Glastür, die Sonne erreicht nur ihr Gesicht, so zeitig am Tag wirft der Hügel noch einen langen Schatten bis zum Haus. Die Tür ist nicht abgeschlossen, dabei sieht es so aus, weil die Klinke hochgezogen ist. Es lärmt, sie macht die Tür zum Garten hinterm Haus auf, der Lärm schwappt herein, als sie die Tür öffnet, wie Wasser, das sich in ein Haus ergießt und es verschluckt; das Gras ist nass und kirchenkalt, als sie barfuß übern Rasen geht, und posaunt geradewegs den Sommer hinaus, selten das. Der gesamte Garten – eine Explosion aus Grün und Weiß und Gelb.

Der Flieder blüht, er ist dieser Tage auf dem Höhepunkt.

Wo sind sie hin, überlegt sie. Zurückgelassen in einer Welt für sich. Es ist ein Gefühl, etwas zu verpassen, und gleichzeitig die Empfindung, alles gewonnen zu haben.

Vergangenheit kriecht nicht als Masse von Bildern heran, die Vergangenheit hängt fortwährend an deinen Armen, schlurft hinter dir her, und hin und wieder will sie sogar *getragen* werden.

Es klirrt aus den Beuteln am Fahrradlenker. Die Straßenlampen sind wie zu einer Schale geformte Hände. Bereit, sich wieder mit Regenwasser zu füllen. Sie wohnt jetzt in Kopenhagen, sie ist auf dem Heimweg. Ein Fest, im Hirn zusammengefaltet. Sie kann den größten Teil des Vormittags schlafen. Sie muss nur eine Decke vors Fenster hängen. Sonderbare Abendstimmen wuchern hinter den Ecken. Sie schicken bleiche, fast durchsichtige Wurzeln aus. Bilden Wildlinge wie elektrische Haare. Von oben laut gegröltes Gewäsch, jähe Stürze, die keiner abfedern kann, und Gesichter, die aus Fenstern fallen und herumgeworfen werden, wenn Türen und Fenster auf- und zugehen. Dies ganze Spiegelkabinett von Außen und Innen und unterwegs, von *Wo seid ihr*. Die Feste des Sommers und seine Heimatlosigkeit, das *Von unten* des Sommermorgens. Weit zurückliegende Tage wiederholen sich in den Ritzen. Und dann wieder das Licht und wieder das Licht.

Unterm Moos finden sie Falsche Pfifferlinge. Hier, sagt er stolz. Ja, sagt sie. Mit ihren Schritten ziehen sie die Hexenringe auf einen Faden. Äpfel fallen. Laub fällt. Sie fahren weiterhin zusammen nach Hause und meinen vermutlich weiterhin das Gleiche damit. Die Wärme, die uns einnimmt, in uns aufsteigt, wenn wir in der Küche stehen und den ganzen Tag draußen gewesen sind. Der Hunger, aufgesogen vom Dampf von Pilzen und Butter und Sahne, eine besondere Übelkeit und Sattheit, die nichts mit Essen oder Nicht-Essen zu tun hat. Sondern mit Erwartung und damit, dass man lange Wanderungen durch die Wälder unternommen hat, mit der besonderen Konzentration, die an die des Lesens erinnert: Aufmerksamkeit und das genaue Gegenteil von Aufmerksamkeit. Weite Bereiche des Waldbodens überschauen zu können, ihn mit Blicken überfliegen wie eine Suppe, die man abschäumt; die Pilze finden, die da sind. Nach etwas Bestimmtem suchen, von dem man nicht weiß, was es ist, auf dem Weg zu einem Ort sein, den es nicht gibt, nur als Bewegung oder Richtung.

In einer Ecke ihres Gartens steht das Treibhaus. Es ist wie ein toter Mann, die Wärme hat den Körper noch nicht verlassen. Sie kann ihn hören, wie er mit der Köpfschippe den Gartenpfad abgeht. Ab und zu hält er an, vielleicht um eine größere Pflanze mit der Wurzel herauszureißen. Dann ist es aus mit ihr. Oder um sich die Stirn mit dem T-Shirt abzuwischen. Er lehnt die Köpfschippe an seine Schulter, dann ergreift er mit beiden Händen den unteren Saum des Hemds, zieht ihn an die Stirn und wischt sie ab, damit ihm der Schweiß nicht in die Augen rinnt. Oder er bosselt im Schuppen, repariert das Dach, wo es undicht ist. Hält die Hochbeete in Ordnung. Oder sie ist allein, und es ist später, und seine Geräusche hängen wie Stimmen aus einem Fenster. Noch lange danach. Immer hat sie das Gefühl, dass es schon lange danach ist.

Er geht, als fände er jeden Schritt zufälligerweise auf der Erde und hätte beschlossen, ihn aufzuheben. Einige Bewegungen in den Reihen, einige von uns tauschen die Plätze und werden die nächsten. Wäsche hängt an Leinen zwischen den Bäumen am Ende des Gartens. Zum ersten Mal in diesem Jahr kann die Wäsche an der frischen Luft trocknen. Sie geht mit ihrer Mutter durch den Garten auf den Hügel. Das Licht hat schon Wärme. Sie schließt die Augen und dreht den Kopf, so dass die Sonne ihr ins Gesicht scheint.

Sie bleibt einen Augenblick stehen.

Der Wollpullover kratzt am Hals.

Aber ihr Gesicht.

Stimmt, sagt sie. Der Sommer hat noch nicht angefangen. Da ist dieses Gefühl eines neuen Anfangs. Man weiß natürlich, es hält nicht lange an, es ist schon zu Ende, ist vorüber, wenn man es spürt. Immer gibt es etwas, das einen überholt; ständig gibt es etwas, das schon – zu spät ist.

Plötzlich blüht das Weiß, plötzlich der Besenginster, das Gelb und dann das Hellrot, und plötzlich baden wir im See, fahren zusammen in Autos gezwängt, mit den Handtüchern um die Schultern, denn wir sind schon auf dem Weg nach Hause, wir sind schon zum letzten Mal in diesem Jahr geschwommen, der See friert, ist zugefroren, und der Sommer ist versiegelt, Briefe werden mit rotem Lack versiegelt, und es ist Weihnachten und weit im neuen Jahr, eh man entdeckt, dass Weihnachten gewesen ist, eh man entdeckt, dass der Sommer vorbei ist, und was ist geschehen, und wo bist du hin.

Da ist nichts, das tropft. Diesen Rhythmus gibt es nicht. Nicht bei Frost. Das Geräusch des Frostes gleicht dem Geräusch blanker Stiefel, die auf einer ungelesenen Zeitung stehen und glänzen in einem leeren weißen Raum. Ungebrauchte Schuhe ohne Schnürsenkel. Sie haben abgemacht, sich an ihrem Geburtstag zu sehen. Trotz allem. Wie sonst. Es gebe auch einige Dinge, die er gern mit ihr besprechen möchte. Sagt er am Telefon. Sie hat das starke Gefühl, sie sollten sich lieber nicht sehen. Sie stößt eine Vase mit Zweigen und Flieder um, das Wasser riecht faulig. Es gleitet wie eine Zunge übers Bord und tropft auf ihre Bücher. Es ist einer jener Zufälle, die dazu führen, dass sie trotz allem sagt: Ja, versuchen wir's. Es ist immerhin mein Geburtstag. Sie zieht das feuchte Handtuch von ihrer Schulter und legt es über das Regal. Sie schüttelt ein Buch nach dem andern, wischt Vorder- und Rückseite mit dem Zipfel des Handtuchs ab; blättert sie einmal durch und stellt sie zum Trocknen aufs Fensterbrett, die Seiten aufgeschlagen wie einen Fächer. Wie sie da so stehen, ähneln sie ausgestopften Vögeln, mit ausgebreiteten Flügeln, bereit zu – ja, wozu.

Sie hilft ihm unter die Dusche. Er ist wacklig auf den Beinen, und obwohl sie ihre Ärmel vorsorglich hochgekrempelt hat, wird sie vollkommen nass. Sie spricht mit ihm. Über die Seife, ob er allein stehen kann, während sie eben sein Haar mit Shampoo wäscht, dass er aufpassen soll, jetzt sei die Seife abgespült, ob er sich selber abtrocknen kann, ob sie helfen soll. Seine Augen flackern, er ist unwirsch, aber zu müde für irgendwas. Ihm ist schlecht, er ist fertig vom Alkohol. Sie rubbelt seine Haare.

Er steht auf, später Nachmittag, und sie ist nicht da.

Die Wohnung ist leer.

Er steht in der letzten Sonne, die sich warm zwischen den Dachtraufen der gegenüberliegenden Gebäude windet; er sieht Arizona vor sich, die Maisfelder; die Heuschrecken, ihr gewissenloses Fressen. Sie hat ein Gefühl im Leib, als teilte sie gerade ein Ei, da ist ein Dotter, von der einen Hand zur andern, jederzeit kann er kaputt gehen. Sie kann sich an lauter Kleinigkeiten erinnern, die sie zerbrochen hat. Eine kleine Vase. Eine besondere Tasse, die er ihr mal geschenkt hat. Ein Glas, das sich nur durch sein staubiges und kühles Grün von den anderen unterschied. Bleib stehen, sagt er. Sie fängt an, die Scherben in ihrer Hand aufzusammeln. Bleib stehen, sagt er noch einmal, verärgert. Du schneidest dich. Ich schneide mich nicht. Abends sagt er, er glaube, ihre Eltern hätten sie als Kind ausgeschimpft. Wenn du etwas fallen gelassen hast. Dass es damit zusammenhängen muss, dass es ihr deshalb so leid tue. Aber so war's nicht, das hatte nichts damit zu tun, im Gegenteil, denkt sie. Sie findet es unfair, dass es einem nicht leid tun darf, dass die Zeit vergeht. Dass man dauernd etwas tut, das man nicht ungeschehen machen kann, dass man plötzlich stirbt. Darüber weint man, wenn man ein Glas fallen lässt – nur darüber, vergossene Milch, geborgte Zeit.

Er ist allein in der Wohnung, als er aufwacht, der Tag ist fast vorbei. Sie ist in die Stadt gegangen, um einzukaufen. Aber woher sollte er das wissen. Er glaubt, sie sei böse, aber sie kann gar nicht böse sein. Enttäuschung ist auch eine größere und bessere Rache, denkt man vielleicht, und vielleicht ist es wahr.

Allein die Tatsache, von Kopenhagen fortzukommen. Sie nehmen ein Sommerhaus. Sie liest Tove Ditlevsen. Wie viele Übereinstimmungen sie findet. Wie ähnlich man sein kann, bei allen Unterschieden. Er sitzt unruhig unter dem Sonnenschirm im Schatten. Er verleiht seinem Gesicht eine sonderbar blaue Farbe. Eine Zeitung ist vom Tisch geweht worden, schon vor einigen Stunden. Sie ist zerfleddert, die Seiten hängen im Gebüsch und liegen im trockenen Stroh. Wie ein aufgeriebenes Heer bewegt sie sich durch den Garten, Soldaten, die nach Überlebenden suchen. Denkst du an deine Mutter, fragt er sie. Sie schauen sich an. Sie zuckt mit den Achseln, eigentlich nicht. Das wird schon werden, sagt er und sieht wieder in sein Buch; redet dann weiter, sagt, es sei total irre. Mit ihr. Sie solle nicht glauben, *sie* sei verrückt; das darfst du wirklich nicht glauben. Ich habe nichts Unrechtes getan, denkt sie; du hast nichts falsch gemacht, sagt er. Sie nickt.

Sie sind nicht zu Hause, flüstert sie, sie sind von hinten über den Garten hereingekommen. Durch die Öffnung in der Haselnusshecke am Brennholzschuppen. Alles ist so *ordentlich* zurückgelassen, die Waschmaschine geleert, der Tisch abgewischt. Sie sind den ganzen Weg vom Sommerhaus bis hierher nach Agri zu Fuß gegangen. Und jetzt sind sie alle weg. Sie holen sich eine Limo aus dem Kühlschrank und setzen sich auf die Terrasse. Aber es fühlt sich auch nicht so richtig gut an. Sie kommen sich vor wie Diebe. Sie hängt den Schlüssel wieder an seinen Platz an den Nagel unter der Dachrinne. Er schickt ein paar SMS nach Kopenhagen, mehrere am Tag. Ihr ist das egal. Vielleicht ein schlechtes Zeichen, geht ihr durch den Kopf. Jetzt geben wir uns eine letzte Chance, kann sie ihn sagen hören, und er sagt es vor allem zu sich selber, es ist, als ließe er sich zu nichts überreden. Unmöglicher Körper. Dann ist es der Kaffee, dann die Müdigkeit, dann die Erschöpfung oder die Hitze. Sie stoßen an. Sie trinken und lieben sich und leben jeder ihr gemeinsames Leben dort im Sommerland, dort in der erinnerten Landschaft. In dem erinnerten Sommerhaus. Weißt du noch dies, und weißt du noch das, und weißt du noch, dass ich beinahe ein Fenster zerbrochen hätte, als ich deinen Eltern dabei half, die alte Fassade abzureißen. Über die Zeitenfolge gibt es immer Streit, deswegen sollte man am besten nicht nach der Zeit schielen, wenn man gemeinsam Erinnerungen pflegt. Woher kommt der Gedanke: dass sie nur zusammen sind, weil sie es nicht ertragen, sie könnten etwas vergessen haben. Ein merkwürdiges Misstrauen gegenüber den eigenen Erinnerungen, eine merkwürdige Unfreude daran.

Ihre Mutter drückt ihrer Tochter die Hand, es ist ja nie ganz zu verstehen, sagt sie. Sie glaubt schon, dass sie es versteht, versucht aber gewissermaßen, das Unverständliche darin zu sehen. Sie ist ein paar Tage bei ihren Eltern, es sind Winterferien, sie wollten gemeinsam kommen, dieser neue Mann und sie, der Nachfolger des Verstorbenen, der Nachtarbeiter, wenn alle anderen schlafen, ein Mondscheingeschäft, wenn der Körper nichts aufgeben will. Nun ist es doch nur sie geworden. Jetzt ist sie hier und wartet darauf, was, unglücklich zu werden.

Wie sie wohl aussieht, diese Sorte *Trauer*.

Die Sitzfläche des Sofas ist so groß und tief, dass man entweder auf der Kante sitzen muss, ohne den Rücken anlehnen zu können, oder mit ausgestreckten Beinen hinten an der Lehne. Durch den Stoff spürt sie die Federn und hört sie hohl und metallisch stöhnen, wenn sie sich bewegen.

Ihr Vater kommt nach Hause, er scheint sich nicht verändert zu haben. Er ist derselbe, aber wer, ist nicht zu erraten. Es gibt da eine Willkür, man weiß nie, ob er schlechte Laune hat, seine Stimmung scheint vollkommen eigenständig zu sein, unabhängig von den Umständen. Als sein Vater stirbt, versammelt ihre Mutter die Töchter in dem alten roten Sofa, ihre Füße reichen nicht auf den Boden, es ist, als wären alle Möbel kleiner geworden seither, auch die Gärten, anders als die Natur seltsamerweise, die dieselben Proportionen behält; ungezähmte. Sie sagt ihnen, dass Vater sicher traurig ist, so drückt sie sich aus. Also ein bisschen Rücksicht und nett zu ihm sein. Aber er kommt nach Hause und lässt sich nichts anmerken, er ist nicht niedergeschlagener, nicht wiederhergestellter als sonst, mal ist er ruhig, mal zittert er. Eine konstante Unberechenbarkeit. Als ich nach Hause komme, von einem Mann verlassen, der mir zwischen den Händen wegstarb; wenn ich nach Hause komme, verlassen von dem neuen Mann: Nie wirkt er erschüttert. Mitten in meinem Zweifel, ob ich jemals wieder lebendig werde, ob ich daran überhaupt interessiert bin, denke ich, dass uns das irgendwie verbindet. Dieses Unberechenbare. Ein Rhythmus, der der gleiche bleibt, einerlei, was geschieht. Feuer und Brand. Sie haben schon Abschied genommen, oder sie nehmen nie Abschied, nichts Neues unter der Sonne.

Im großen Ganzen hört sie auf zu essen. Im großen Ganzen macht sich deswegen keiner Sorgen, bis sie plötzlich umkommen vor lauter Sorgen. Sie reisen nach Italien, sie und eine Freundin, und sie schwitzt sich dünn, bei den Cinque Terre die Berge rauf und runter, in den Straßen von Levanto, wo der Frühling auf sich warten lässt. Der kälteste Frühling seit vierzig Jahren, erzählt ihnen der älteste Bruder des Familienhotels an der Amalfiküste. Sie sind die einzigen Gäste, *ihre* Gäste. Sie sitzen im Café, das weit über dem Felsen hängt, das Meer ist das hohe blaue Paneel des Raums. Er erzählt ihr so gut er kann in seinem aparten Englisch, dass seine Eltern tot und jetzt nur noch die drei Söhne da seien. Ein Zimmer können sie sich nicht leisten, finden sie, aber sie dürfen ihr Zelt auf der Steinterrasse vor dem Haus aufschlagen. Er lässt die Tür zu einem Anbau einen Spalt offen, wo sie sich hineinschleichen und übernachten. In diesen Wochen steht ihnen ein verschwenderischer Reichtum an blauem Meer, an italienischer Espressomaschine in Chrom und rotem Lack, an Männern zur Verfügung. Der Italiener möchte, dass sie rät, wie alt er ist, sie rät es nie, sie will nicht, sie weiß, dass er über fünfzig ist. Er zieht einen Stuhl an ihrem Tisch hervor und setzt sich. Sie hat keine Zeitung, von der sie aufblicken könnte, sie hat nichts, das sie beiseite legen könnte, sie nestelt ein wenig an ihrer Serviette. Seine Lippen fangen vor ihm an zu sprechen, aber er möchte, dass sie mit ihm segeln geht, sagt er, heute Nacht. Fischen, korrigiert er sich selber. Sie traut sich nicht. Selten hat sie etwas so sehr bereut; die Nacht, das wär's gewesen.

Ein einfaches Zimmer. Ein Bett unter einem Fenster, ein Schreibtisch, ihre Koffer sind aufgeschlagen. Ihr Kleid überm Stuhl; und er auf dem Bett, im Schatten. Die Türöffnung balanciert wie eine Platte aus warmem Licht. Ein kleines Fenster geht zum Meer hinaus. Die Amalfiküste. Die Sonne steht hoch, es ist dunkel und kühl in dem Zimmer, das sie gemietet haben. Nach außen hin sind sie verliebt.

Sie geht auf die Terrasse und beugt sich über das Geländer. Alles schwankt vor Hitze und Höhen, unten brechen sich die Wellen an den Klippen und stülpen ihr weißes Inneres nach außen. Er kommt heraus und stellt sich neben sie, er hat eine Flasche in der Hand und setzt sie ohne einen Anflug von Eleganz an die Lippen, der Wein schwappt in der Flasche, wenn er den Kopf zurücklegt und schluckt. Dann geht er hinein und legt sich wieder hin, er ist müde, kann aber nicht schlafen. Wie kann man bei der Hitze schlafen, fragt er.

Aber was kann man sonst tun.

Die Straßen bohren sich in die Felsseite, die Hälfte des Weges fährt man in Tunneln durch die Berge. Und dann: diese jähen Aussichten, die die Bewegung zerstückeln und den Tag zu einem Tau aus zwei Farben verflechten, die sich pausenlos abwechseln. Er kann nicht mehr weiter, und sie hat Lust, für immer hierzubleiben. Am nächsten Tag packen sie ihre Koffer und setzen ihre Reise wie abgemacht fort. Hier sind gar keine Vögel, sagt er. Na, doch, sagt sie. Sie sitzen im Bus zum Bahnhof. Keiner weiß, wie lange sie dort warten müssen.

In Nabokovs *Lolita* steht gegen Ende eine Szene, in der sich für einen kleinen Moment die Brutalität des Verlangens offenbart. Mit den Augen der Hauptperson bemerkt man Lolita im Bad, sieht ihr Unglück. Mit einem Mal wird eine andere Dunkelheit über alles geworfen, das der Szene vorausging. Man muss sich dabei ertappen, verführt gewesen zu sein. Man sieht sich selbst in dem Spiegel, man sieht, dass man als Mensch doch nicht größer war, dass man doch nicht besser sehen konnte. Dass man wieder an etwas teilgenommen hatte, von dem man nicht annahm, dass es existierte.

Sie treffen sich eines Morgens in der Sonne, er hat gerade das Antiquariat aufgemacht, um das er sich zur Zeit kümmert. Sie steigt vom Rad und schiebt es zu dem kleinen Cafétisch und den Stühlen, die sie vor den Laden gestellt haben. Man kann da sitzen und sich einen Kaffee bestellen.

Hübsch, sagt sie, umarmt ihn kühl, als fürchtete sie, er könne in sie hineinfallen, wenn sie ihn zu lange drückt. Ihre Körper: zwei offene Wunden, die miteinander verheilen können, wenn man sich nicht vorsieht. Gewebe, das zusammenwächst, über einem Spalier, über einem Gartenweg, über jedem denkbaren: Durcheinander.

Glückwunsch zu deinem ... Erfolg, sagt er.

Sie neigt den Kopf, schaut auf den Boden, um verlegen zu wirken; eh sie sich langsam wieder aufrichtet und ihm in die Augen sieht. Ihr ist nicht ganz klar, von welchem Erfolg er redet, aber sie weiß, er meint das Buch. Als wäre das wichtig. Es bedeutet ihr nichts, nicht jetzt. Danke, sagt sie tonlos, ich hab ja auch nicht gerade den Nobelpreis gekriegt.

Er zuckt mit den Achseln, trotzdem, Glückwunsch. Schon dazu, dass es erschienen ist, schon das.

Sie zuckt mit den Achseln. Und denkt: welche Freudlosigkeit. Die Blätter an den Linden sind blass, die Sonne entzieht allen Dingen die Farbe. Sie schweigen.

Willst du dir mein Schaufenster ansehen, fragt er sie. Macht eine einladende Bewegung, sie lehnt ihr Rad an die Hauswand. Duras, Jelinek, Jens Peter Jacobsen. Einige schöne Ausgaben, die Kladden ähneln. Ein abgegriffener Picasso von Taschen. Er hat sie sorgfältig verteilt und schräg gelegt. Symmetrisch um eine Mittelachse. Es soll ein wenig zufällig, aber erlesen aussehen. Auf jeder Seite des Bildes steht ein Buch auf Schrägstützen. Sie lächelt und nickt, gute Wahl, sagt sie. Und sieht, wie begeistert er über seine Fensterinszenierung ist und wie sehr er hofft, dass er heute kein Exemplar aus dem Fenster verkauft. Damit alles noch ein bisschen so stehen bleiben und glänzen darf.

Er liegt auf dem Sofa, das eine Bein ruht auf der Rückenlehne. Früher Morgen, von allem freigeschlafen; wann bist du nach Hause gekommen. Sein nackter Fuß hängt wie ein blasses Kind in der Sonne. Es ist Sommer, sieben Uhr. Auf dem Gesicht liegt eine Decke; sie hebt sie vorsichtig an, beugt sich zu ihm hinunter. Ihre Blicke treffen sich, sie fahren beide zusammen; ich hab gedacht, du schläfst, sagt sie mit einer Stimme, die bar jeder: Stimme ist. Atemlos. Im selben Moment lässt sie die Decke fallen und schlägt sich mit der Hand vor den Mund. Was ist denn passiert, flüstert sie. Abwechselnd hält sie sich die Hand vor den Mund und zeigt mit dem Finger auf sein Gesicht, es ist blutverschmiert, getrocknetes Blut, stellenweise schwarz in den Fältchen an den Augen. Violett. Und sein Gesicht bewegt sich, erst die Augen, etwas prüfend und skeptisch, als glaubten die Muskeln selber nicht, dass es noch geht. Er stöhnt, runzelt die Stirn, um seinem Gesicht wieder Leben einzuhauchen. Sein Körper bewegt sich schwerfällig, wie ein Möbelstück, sie denkt an die Szene in Berlin, wie er zu ihr in die Badewanne steigen wollte, bezecht; auch damals glich er einem Möbelstück.

Der Alkohol macht die Menschen zu Möbelstücken.

Macht sie abhängig davon, dass andere sie bewegen.

Was ist denn passiert, fragt sie noch einmal. Ich bin gegen einen Schrank gelaufen, wimmert er. Sie muss lachen und wird dann auf einmal so still wie ein Feuer, über das man eine Decke geworfen hat. Nickt nur und geht. Und joggt ihre übliche Strecke an der Aarhuser Bucht entlang, am Varna Palais vorbei, dann über den kleinen Weg an der Landspitze und die lange Treppe zum Badesteg und zum Haus hinunter. Sie schreibt sich ein und holt ihr Handtuch aus dem Bad. Geht still den Steg entlang, es ist ein stiller Morgen hier. Sie geht ins Wasser, hinterher setzt sie sich an den Rand des Stegs. Schon seit März dient der erste Meter als Bank, dann sitzen sie hier und beobachten die bleichen Körper, die ein anderes Leben annehmen; wie sie den Steg bis ans Ende gehen und wieder zurück. Eine Vertauschung findet statt, sie stellt sich eine Anzahl toter Nachtkörper vor, sie liegen draußen an der ersten Sandbank und schlagen aneinander, oder sie schaukeln im Schatten unter dem Badesteg, je nachdem wohin die Strömung sie trägt. Der Frau neben ihr fehlt eine Brust. Sie stellt sich vor, wie die eine Brust zwischen den nachtschweren Leibern treibt. Sie erzählt der Frau von ihrem Morgen. Vielleicht um das Ungleichgewicht zu korrigieren, das dadurch entstand, dass sie in Gedanken ungeladen auf das Gebiet dieses fremden Körpers eingedrungen war. Wenn man so eine Rechnung aufmachen kann.

Dann macht man eine solche Rechnung auf, dann verbrennt man sie; muss das nicht genäht werden, fragt sie mit undramatischer Stimme. Sie zuckt mit den Achseln, verschüttet Kaffee auf ihrem Oberschenkel. Ja, wahrscheinlich besser. Sie steht auf, geht ins Badehaus und ruft zu Hause an.

Er nimmt nicht ab, das ist klar. Sie rennt durch den Wald und bringt ihn mit dem Taxi zur Unfallstation.

Sie zieht ihre Schuhe aus und legt ihre Füße an die Windschutzscheibe; sie rasen durch den Wald in Småland, sie wollen zu den östlichen Schären, Sankt Anna Skærgård, flüchten vor den Mücken an Land, die Wehmut, die über dem verlassenen Bauernhof hing, lag einem zu Füßen, die Mücken in breiten Schwärmen, die vom See herangeweht wurden, es ist Sommer, wir übernachten im Auto oder unter Bäumen, beide sind sie fiebrig vor lauter Sommer, ein Gefühl, dass das hier nie wiederkommt, und zugleich ein Trost, dass es ist, wie es ist, dass es bald aufhört, weil es nicht *wirklich* ist.

Aber was ist es dann.

Ohne dich hätte ich hier keine vierundzwanzig Stunden überlebt, denkt sie sich, sie wäre eingegangen vor Heimweh. Die Klimaanlage läuft auf vollen Touren, ihr Rock bläht und hebt sich bis zum Bauch, und sie sucht einen Radiosender, sie will ihn nicht nur aus Notwendigkeit lieben, sie versucht es.

Fenster, die aufgerissen werden, etwas anderes, das sein soll; und der Gedanke, besonders morgens, jetzt wird es anders, jetzt ist der Himmel über uns ein anderer und das Licht, ein ganz anderes Licht, das alles umstrahlt, oben und unten. Das die Beine umstrahlt, ein Licht, das alle Dinge umstrahlt, sie erhalten gleichsam einen besonderen neuen Glanz, vergoldete Schuhe auf Zeitungspapier vor der Haustür, abgetragene geputzte Stiefel in der Sonne, vergoldete Wäschekörbe auf den Fliesen in der Sonne vorm Waschkeller. Gesundheit. Dass du die Beine beim Gehen etwas höher hebst, dass du mit willst, dass du jetzt sagst, ja gerne; und dass sie wieder etwas fallen lässt, das kaputt geht und nicht einfach so repariert werden kann, es gibt keinen Grund, deswegen zu weinen. Und er hat diese Idee, bittet sie, ihm dabei zu helfen, das Sofa da rüberzutragen, ob sie das nicht mal eben ausprobieren wollen, nur um mal zu gucken, wie's aussieht. Sie hat den Eindruck, sie wird auf einmal furchtbar müde, und trägt das Sofa mit ihm in die entgegengesetzte Ecke des Wohnzimmers, das Ding sieht aus, als wollte es raus und nur noch weg.

So, sagt er und wandert durchs Wohnzimmer, um das Sofa aus jeder erdenklichen Richtung in Augenschein zu nehmen. Sie muss an die Viehauktionen denken oder einfach an den Pferdehändler in Femmøller, dieses Bewerten, aber nicht mit seinem skeptischen Ausgangspunkt, sondern nein, mit einer Begeisterung, die einer Huldigung all dessen ähnelt, was ist, doch in Wirklichkeit – ein Gefühl, das sie jetzt beschleicht – genau das Gegenteil ist. Eine Art, *nicht* zu sehen, was ist. Energisch klatscht er in die Hände, und wie findest du das, fragt er und ist schon auf dem Weg in die Küche, um Kaffee zu kochen; und alles ist bereits dasselbe.

Da liegen zwei dicke Bündel von Bildern und Erinnerungen; hab ich dir schon davon erzählt, fragt er. Ja, hast du. Er hält den Verkehr auf, lehnt sich vor und guckt und korrigiert sich und zeigt durch die Scheibe: Da hab ich gewohnt. Und dort hab ich gearbeitet. Das Lager, eine Knochenarbeit, Lagerarbeiter, und noch mal erzählt er ihr von ihren

Fingern im Winter, dass sie alle diese dicken Handschuhe hatten, bei denen die Fingerspitzen abgeschnitten waren. Und dass er nie den Grund herausgefunden hatte: damit sie mit den Maschinen sicherer umgehen konnten oder weil sich die Handschuhe dort abschubbern und kaputt gehen konnten. Sie sieht starr durch die Windschutzscheibe. Sie hat Lust, schnell durch eine unbekannte Landschaft zu fahren. Mit einem geschichtslosen und schnellen Gesicht. Eine Unlust ihm gegenüber, die in Wirklichkeit Treue gegenüber der Liebe bedeutet, auf die sie nach wie vor wartet.

Irgendetwas ist mit seinem Gesicht. Heute schneite es wieder. Die Sonne erschien nie am Himmel, es war, als zöge etwas am anderen Ende. Plötzlich fand sie, er ähnelte den paar anderen Männern, mit denen sie zusammen gewesen war. Sie waren viele in der Wohnung, fand sie. Und sie hatte das Gefühl, selber eine andere zu sein, auch selber eine ganze Reihe anderer Frauen zu sein. Er beugt sich über seine Bücher, sie kniet sich neben ihn und umfasst seine Oberschenkel, er dreht den Stuhl, und sie rutscht zwischen seine Beine. Legt die Arme um ihn und birgt ihr Gesicht in seinem Schoß. Er streichelt ihr übers Haar. Dieser Winter geht nie vorüber, immer wenn man dachte, der Frühling sei da, kam wieder Schnee. Kein Verkehr. Keine Unternehmungen. Die Erde ist gefroren, du kannst keine Zwiebeln pflanzen, du kannst keinen Freund beerdigen, du kannst nur Erwartungen haben, du kannst da stehen mit all deinem Wohlwollen und all deinen Absichten, und ein neues Gesicht bekommst du auch nur jeden Tag.

Sie gehen am Kanal entlang und schieben ihre Räder neben sich her. Sie sprechen vom Baden, aber sie wissen, dass heute wohl nichts daraus wird. Später Nachmittag, es herrscht ein Ungleichgewicht im Bild für sie, die so spät aufsteht, es ist, als bewegte sie sich auf der verkehrten Spur voran. Alle sind auf dem *Heim*weg von irgendwas. Ihre jüngere Schwester ist von der Arbeit müde; sagt, es sei keine Zeit, deswegen traurig zu sein. Sie nickt. Das versteh ich gut, sagt sie. Das sei vielleicht auch am einfachsten.

Die Schwester wird böse und kann es nur schlecht verbergen. Sie selbst kennt schlechte Laune überhaupt nicht, es ist, als hätte es einst einen großen Topf mit Gefühlen und Charakterzügen gegeben, die zwischen den beiden Schwestern aufgeteilt werden sollten, und keiner wäre imstande gewesen, den Inhalt gerecht in zwei gleich große Haufen zu teilen. Sie sagt, sie sei sich ganz sicher, dass es an ihrem Buch liegt, Szenen *von zu Hause*. Deinem ganzen *Projekt*. Dass was, fragt sie. Dass Mutter Krebs hat, antwortet die Schwester.

Das ist, was Krebskranke so erzählen, sagt sie.

Die beiden Schwestern setzen sich auf eine Treppe, um eine Limo zu trinken. Sie sagt nichts, trinkt und stellt die Flasche auf die Holzstufen.

Meinst du, sagt sie dann, sage ich dann, endlich. Meinst du.

Haben die gesagt, sagt meine Schwester. Dass es normalerweise psychisch bedingt ist, ausgelöst von einer Depression oder einer großen Trauer.

Ich nicke, ohne es zu wissen, ich wackle mit dem Kopf wie ein im Stand webendes Pferd.

Auf der anderen Seite des Kanals steht ein Kran. Er hebt große orangefarbene Metallplatten vom Pflaster auf eine

Ladefläche. Metallfächer wie warme, schöne Ohrfeigen. Das blaue Meer wie ein blauer Gürtel, der das Bild zerschneidet. Der Kran ist ein starker Arm, der den Himmel schnitzt. Und dann das Gefühl, die Maske fallen zu lassen, nach Hause zu kommen. Das würde ich gern.

Nie zuvor habe ich etwas haben wollen, das versteht sie jetzt. Das ist kein Wettbewerb, sagst du und meinst: Ich kann es nicht verkraften, noch mehr zu verlieren.

DER NEUE MANN

Wir treffen uns kurz, seine Freundin und sein Sohn begleiten ihn. Nørrebro an einem Vormittag, es war wohl im Herbst, aber noch mit dem Rest von Sommer, der alles zu einer Frage des Hinausschiebens macht. Wie lange noch so. Geliehene Zeit. Ich habe ein rotes Kleid an und schwarze Gummistiefel. Mehr braucht er nicht zu sehen, er hat, da schon, zu viel gesehen. Es ist ein Blick, der keinen Unterschied macht: alles sieht, was er haben will, und alles, von dem er Abschied nehmen muss; die Bilder fallen über ihn her wie eine brennende Meute Jagdhunde, die von einer entflammten Decke stürzen, durchtränkt ist man, durchtränkt von Feuer und Körpern. Etwas, das geschehen soll, etwas, das bereits geschehen ist, etwas zu Vermissendes. Er begrüßt die Musiker, stellt eine Gitarre und einige Saxophonkästen an die Wand. Er lässt mich nicht aus den Augen. Und seine Freundin hat dasselbe gesehen, nur spiegelverkehrt, gespiegelt in allen Oberflächen, blanken Augen, blanken Stiefeln; auf diese Weise liegt alles eingefaltet, in diesem Blick, wir ziehen uns gegenseitig aus, alle drei, es ist stürmisch, ein Morgen auf einer Insel, wir fahren ab, jeder auf seiner Fähre, und können uns nicht mehr verabschieden, es herrscht Ungewissheit, wo wir eigentlich stehen, was das bedeuten soll, und Entzauberung, Fäulnis und ein Gefühl, alles auf ein Pferd gesetzt zu haben, das ausfällt, ein Gefühl, die ganze Welt sei ein abgekartetes

Spiel. Im selben Blick stecke ich unten auf dem Parkplatz vor den Schlachthallen in Vesterbro ein Telefon in die Tasche, sage laut, so ist es am besten, dass er Zeit bekommt, wohl wissend, dass die Zeit immer zu kurz sein wird, wohl wissend, dass es das jetzt war; wenn alles in *einer* wahnwitzigen Bewegung anfängt und aufhört, ein Sturz kann es sein, eine Tasche in einer Plane, die reißt, so dass das Wasser, ja: stürzt. So ist es die ganze Zeit, so ist es an dem Vormittag im Übungsstudio: ein paar Blumen, deren Stiele du anschneidest und die du ins Wasser stellst, die gleichen Stängel sind ausgetrocknet, wenn du sie in der Mitte durchbrichst, sie in einen leeren Milchkarton und einen Mülleimer unter der Spüle steckst; etwas, das man erhofft, und etwas, das man bereut, *eine* Bewegung, eine ständige Bewegung in Richtung Mitte. In einen Kern, der sich doch nicht finden lässt; eine umgekehrte Explosion des Lebens, eine umgekehrte Explosion des Todes.

Er reicht mir die Hand, nennt seinen Namen. Ich reiche ihm die Hand, nenne meinen Namen. Im selben Moment fällt mir auf, dass ich zur Begrüßung nicht meinen Namen genannt habe, sondern seinen.

Seine Freundin steigt die Treppe hoch auf die Bühne, wo ich auf einem hohen Stuhl vor einem Mikrofon platziert bin. Der Ton funktioniert nicht gut, es pfeift, als sie auf die Bühne kommt. Sie zögert, geht vorsichtig, zieht den Kopf zwischen die Schultern, entschuldigend. Sie kommt zu mir, ich schiebe das Mikro beiseite. Hallo, sagt sie, streckt die Hand aus und stellt sich vor. Ihre Hände sind kalt, aber meine sind noch kälter. Bist du Sängerin, fragt sie. Ich schüttle den Kopf, nein, sage ich.

Ich lächle. Sie lächelt. Sie ist so herzlich in allem, ergreift meine Hand und drückt sie. Als sollten wir ein ganzes

Leben miteinander verbringen. Daraus wird nichts, denke ich; vielleicht werden wir ein Leben teilen. Ein halbes dir und ein halbes mir, keine von uns bekommt ein ganzes Leben, bekommt diesen Mann.

Als sie gehen, schließt er vorsichtig hinter ihnen die Tür. Ich muss lächeln, die Welt hat etwas unfreiwillig Symbolisches; dass er diese Tür nun so vorsichtig schließt, als ob: man eine Tür schließen könnte.

Der Körper erinnert sich.

Ein verstorbener Mann, der für dich nie wieder lebendig wird, dir aber ständig ins Gesicht atmet. So wie alle Küsse nach dem schmecken, das *war*.

Er geht neben dir, der Verstorbene, weiß wie ein Laken, lakenweiße Augen, lakenweiße Äpfel, die wie Trauben hängen. Und Schnee. Es sind die Gedanken, die verzeihen; der Körper verzeiht nicht. Der Körper grollt, und ein Aufzug dessen, das war, geht durch die Straßen. Mark und Bein.

So jung wie du bist. Sieht sie den neuen Mann denken. Von ihr, dass sie so jung ist. Später sagt er es auch, aber das ist eine Wiederholung, sie hatte es ihn schon denken hören. Es ist in ihrer Wohnung: Du bist so jung.

Sie sieht ihn ernst an. Sie seufzt und sagt dann die Wahrheit, dass sie es wirklich nicht für sehr wichtig hält. Dass sie es versucht habe, aber einfach nicht könne.

Er nickt mit demselben Ernst wie sie, übernimmt die Bewegung oder die Geste, ihr Nicken ist wie eine Schüssel, die zum zweiten Mal herumgereicht wird, bewusstlose Schüsseln.

Sie entdeckt, dass sie lächelt.

Ich muss lächeln, denn das ist doch ein schöner und herzzerreißender naiver Gedanke. Als legte man eine Decke über einen nackten Körper, ließe seine Freunde das Zimmer durchsuchen und stünde hinterher in der Tür, schuldlos. Von der Lüge reingewaschen, Hauptsache wir sind still, die Hände vorzeigen und dann die Begegnung mit besonderer Diskretion. Der Wille, diese Insel der Gebeine auf dem Bett durch einen Fächer aus Fingern zu sehen, der nichts verdecken will, Augen, die nicht mehr *sehen* wollen; weil es dann zu etwas verpflichtet. Was man nicht ganz bestimmen kann. Und es ist unsicher, dass dafür Zeit ist, vielleicht machen sie lieber Pause und verkneifen sich das Finale mit dem Säbelkasten, wo versteckte Leichen auf den Tisch geworfen werden.

Ich war jung, als ich vom Pferd stürzte und mir die Knorpelscheibe verletzte. Damals habe ich etwas vom Körper gelernt, ich entdeckte, wie der Oberschenkelknochen am Knie endete. Dein zerknittertes Baumwollhemd teilt seine Farbe mit den Farben der Tauben und der Bäuche des Himmels, des Himmels, wie er heute wieder an den Bergen hängt – diese durchtränkten Gardinen, durchtränkten unruhigen Nebel, die blauen Brüste, die als Regen niederfallen.

Ich denke wieder daran, ob deine Vorbehalte mir gegenüber wirklich das Kompakteste sind, was du vorbringen kannst, dass du dir das alles nie gewünscht hast. Ich habe nie darum gebeten, wimmerst du im Schlaf.

Die Arbeit, die dein Körper tagtäglich vollbringt, ist rührend.

Du bist überhaupt das Rührendste, das ich kenne, dein Mangel an *Ruhe* ist rührend. Wie du nach Methoden suchst, mich von dir wegzustoßen, ist auf eine Art rührend, die nichts mit Moral oder Nicht-Moral zu tun hat, auch nichts mit Verantwortung, wohl auch nichts mit Liebe. Dein schlechtes Gewissen windet sich in dir, ich weiß nicht, ob du mir die ganze Wahrheit erzählst. Aber so ist es vielleicht schon die ganze Zeit. Dass sie sich ständig ändert, dass alles, was du mir erzählst, wahr ist und alles, was sich in dir windet, ebenfalls.

Hast du mit ihr gesprochen, frage ich.

Du nickst, aber dann schüttelst du den Kopf. Ich weiß nicht, was ich ihr sagen soll.

Ich versuche, dich davon zu überzeugen, dass man keine Entschuldigung braucht, um nicht mehr zu lieben, dass man nicht für alles Erklärungen parat hat.

Wir gehen durch die Stadt und finden das einzige Restaurant, das so spät noch offen hat. Einen Moment lang siehst du tatsächlich glücklich aus.

Danke, sagst du und drückst meine Hand unterm Tisch.

Für was.

Du hast recht, ich muss nicht alles erklären, ich kann ihr sagen, es hat nichts mit ihr zu tun, dass es nur an mir liegt. Oder dir.

Ich lächle ihn an, und mein Gesicht, das muss furchtbar ausgesehen haben.

Du bist schön, er haucht es fast. Weißt du das.

Ich schüttle den Kopf, mein fürchterliches Gesicht, eins dieser Blätter im Herbst, wenn man das Pflanzengewebe zwischen den Rippen abzieht, und es bleibt nur ein unheilverkündendes Skelett übrig.

Wer bin ich dann, bin ich jetzt eine andere. Es ist eine Wiederholung in der Welt, die auf den unheimlichsten Rössern herumreitet; wie in die Hölle so unheilverkündend.

Die kleinsten Bewegungen sind Spiegelungen der ganz großen; die Verlassenheit gibt es, den Betrüger gibt es, den Betrug.

Ich bin im Zweifel, ob wir jemals wieder miteinander reden können.

Mein Kopf ruhte auf der Brust des neuen Mannes, sie hob und senkte sich. So ruhelos sein Körper war, sobald er erwacht war, so ruhig war er, wenn er schlief. Ich stellte mir die Liegestühle draußen vor. Ich erinnere mich an das eine: dass ich einige Minuten vor ihm aufwache, ich dachte an das Gewicht des Arms, der auf mir lag. Eine eingestürzte Zimmerdecke. Lebendig begraben, die Ruhe, die das trotz allem bedeuten muss. Es gibt soundsoviel Sauerstoff, irgendwann wird er verbraucht sein, und nach ein paar nutzlosen Japsern wird ein Atemzug der letzte sein.

Am Morgen gingen wir am Wasser spazieren, wir liefen über schwarze Steine, die sich im grünen Moos niedergelassen hatten, es sah aus, als wäre die ganze Natur *angelegt*, so schön war es, aber dann musste man doch denken, es war derart schön, das Grün und das Schwarz, dass es nicht angelegt, nicht erdacht sein konnte, weil es nämlich eine selbstverständliche Schönheit an sich hatte, die *überzeugend* war.

Was ist das eigentlich mit dir und Berlin, fragte ich ihn.

Er schaute auf den Boden, um nicht zu stolpern, oder er schaute auf den Boden, um mich nicht ansehen zu müssen; ich wohne da, sagte er dann. Die Mutter meines Sohnes wohnt da, mein Sohn wohnt da.

Jetzt war es an mir, auf den Boden zu schauen.

Er *wohnte* halt in Berlin.

Es war nicht so sehr der Abstand, der mir Angst machte, sondern eher: dass er wirklich irgendwo *wohnte*. Er hat ein Leben; und ich weiß nichts davon. Und dann dieses Wohnen, das mit der Idee eines Heims, eines Zuhauses lockte. Wie ein Körper an einen Ort gehören kann; und wie man an einem Ort wohnen kann, den man nicht sein Zuhause nennen kann. Die Aussicht, dass man auf die Art heimlos werden kann, zum Glauben verleitet, das eine sei der Auslöser des andern, die Tatsache zu wohnen sei gleichbedeutend mit einem Zuhause. Heimlosigkeit, kein Zuhause zu haben handelt von etwas anderem als einem Ort, an dem man wohnt, das ist klar, trotzdem war es wie ein Schlag ins Gesicht, wie wenn man im Herbst aus dem Wald tritt und die Nordsee erreicht, eine regelrechte Aussichtsexplosion: endlos weit sehen zu können, ohne einen Punkt zu finden, der einen in dieser Welt festhält. Dass du gehst. Das Geräusch des Meeres und das Geräusch eines Kopfes, der rhythmisch gegen eine Tür schlägt, verlassene Landschaften, verlassene Heimstätten und Hunde, die herumstreifen und aussehen, als bettelten sie an dem Tisch, der der Himmel ist, der die leeren Häuser sind.

Worüber hatten wir gesprochen.

Nicht über unser Leben jedenfalls. Meine Mutter. Schweden. Seine Musik. Dass meine ganze Familie trauerte und zitterte. Dass sich mein Gewissen in mir wand. Dass sich immer irgendetwas in mir wand.

Die Landschaft, die wir durchquerten; Stapel schwarzer Steine, dazwischen wutgrünes Moos und Gras, einige Schafe zogen umher auf Schilfrohrbeinen.

Was ist das mit dir und Kopenhagen, fragte ich dann.

Ich kann mich nicht erinnern, ob ich etwas aufdecken wollte, ich kann mich nicht erinnern, ob ich die Wahrheit hören wollte. Die sagte er mir aber, in einem Ton, der es wahrscheinlich klingen ließ, dass es ihn ebenso sehr überraschte wie mich. Dieses: jetzt wirklich Mann einer anderen zu sein, dass noch eine Frau auf unserm Spaziergang dabei war, noch eine Frau im Bett am Nachmittag.

Er litt, wenn ich ihn berührte.

Er litt, als wir auf dem Weg stehen blieben und uns in die Augen schauten, so dass man verstand, was man da eigentlich tut, wenn man: sich in die Augen schaut. Wir sind zwei Gefäße, die sich verbinden, zwei kommunizierende Röhren, so dass sich der Schmerz gleichmäßig verteilt. Verführerisch, aber – in einem zynischen Atemzug: dieselbe Summe, dieselbe Menge Schmerz, nur hübscher arrangiert, vielleicht.

Ich habe ja eine Freundin dort, ich wohne bei ihr, wenn ich in Kopenhagen arbeite.

Wir badeten, indem wir von einer Klippe sprangen. Wir wackelten da hinaus in unsern hässlichen Schuhen und mit nackten Beinen. Ich hätte gern nackt gebadet, tat es aber doch nicht. Wir waren vorsichtiger, als für das Springen von der Klippe passend war. Gerade das hat die ganze Szene schön gemacht, denke ich jetzt. Dass wir die Schuhe nicht auszogen, dass wir fester stehen wollten. Dass wir uns nicht mit uns selbst einig wurden, wo wir am sichersten ins Wasser kommen konnten. All das Zögern.

Erst am Abend stellte er mir die Frage, die mich seitdem nicht mehr losließ.

Meinst du, das hier ist lebensgefährlich.

Damit musst du rechnen, das glaub ich bestimmt, hatte ich erwidert. Und keiner wusste, ob wir darüber lachen sollten.

Die Sonne war warm, die letzte warme Sonne in jenem

Jahr. September, Ende September. Die Saison ging zu Ende, alles schließt bald, die Bodden frieren zu, jedenfalls in der Theorie, in der Theorie und in der Vorstellung: ein Winter, dem man nicht entkommen kann. Eingeschneit.

Wir stiegen wieder hoch, es war still. Ich weiß nicht, wir gingen heimwärts. Ich fühlte mich leblos, aber nicht wie der Durst, der gelöscht ist, sondern wie eine erloschene Kerze. Es war das Traurigste, was ich je erlebt habe.

In derselben Nacht, ehe wir einschliefen, murmelte er im Halbschlaf etwas, was er seitdem oft wiederholt hat. In meiner Küche und in meinem Bett, einmal sogar auf einem Flughafen:

Da auf der Insel, auf dem Weg, ich hatte so gehofft, für immer dort bleiben zu können.

Ich glaube, näher sind wir uns nie gekommen. Wir standen dort mehrere Minuten, diese ganze Insel schwieg, alle andern lagen mit ihren Handys da und retteten Ehen, schlummerten ein. Ich war's, dieses eine Mal war ich's, die ging. Und er mir nach. Der Weg war so schmal, dass wir hintereinander gehen mussten. Ich weiß auch nicht, ob es mir anders möglich gewesen wäre.

Ich bin im Zweifel, ob der neue Mann wusste, wie traurig alles war, wie alles seufzte an jenem Nachmittag. Ich glaube nicht. Wir verstehen uns, aber er hat nicht den Mut zu sehen, wie traurig ich bin. Ich kann den Schmerz mehrerer Frauen nicht ertragen – ganz sicher, typisch Musiker.

Und was ist das nun für eine Sache mit deiner Freundin, habe ich ihn nie gefragt.

Nur mit der Ruhe, wird schon, sagt der neue Mann. Er pult an einer Kerze, dreht sie, drückt sie etwas fester und gerader, dreht noch einmal, noch ein wenig gerader.

Wir werden damit fertig.

Ich denke, was meint er, fertig werden. Ich nicke und nehme seine Hand und halte sie fest auf dem Tisch zwischen uns. Er schiebt einen Teller beiseite. Drückt meine Hand in einem Rhythmus, der mir aus der Natur nicht bekannt ist.

Die Dunkelheit im Zimmer ist matt. Die Nacht hat sich entleert, sitzt als Rest in den Zimmerecken, in ihrem Gesicht. Sie überlegt, sich mit allerlei Kinderreimen zu beruhigen. Wie viele man doch davon kennt, und wie oft man sie aufgesagt hat, um imstande zu sein, an einem bestimmten Ort zu *bleiben*. Sie hat Lust, einen langen Spaziergang zu machen, mit ihm zu wandern. An einem der ersten Tage hatte er ihr von einer Wanderung in Schweden erzählt, mit seiner Mutter und seinem Sohn. Wie fabelhaft das gewesen sei. Das war sein Wort: fabelhaft. Das würde ich gern noch mal machen, sagte er, sie hatte es für eine Art *Einladung* gehalten. Dass er die Wanderung mit ihr unternehmen wollte. Aber dazu ist es nie gekommen, nicht mit ihr.

Sie macht sich von ihm frei, er erwacht mit einem Ruck und dann allmählich. Sie steigt aus dem Bett, seine Augen bleiben an ihrem nackten Leib hängen, bevor er sie wieder schließt. Sie glaubt nicht, dass er noch ihren Rücken sieht, als sie aus dem Schlafzimmer geht, um Wasser zu holen. So was merkt man. Aber wenn man will, kann man glauben, dass er vielleicht doch guckt.

Ob er vielleicht lieber allein geblieben wäre, denkt sie. Gut, dass du da bist, lügt er. Er hat ihr nicht hinterher gesehen, das ist ihr klar, sie weiß schon, im Grunde hat er den starken Wunsch, sich selbst überlassen zu sein. Wie eine Frau mit einem kleinen Kind, die mittlerweile einfach Lust hat, *allein* zu sein. Wenn sie nachts plötzlich träumt, dass nicht nur fünf Säuglinge, sondern auch ihr Mann und ihre Eltern und Geschwister und Freundinnen an ihren Fingern und Zehen, ihren Brustwarzen und Ohrläppchen nuckeln; wenn man doch eigentlich nichts anderes will, als unbehelligt aufs Klo gehen und überhaupt ein *unabhängiger Mensch* sein zu dürfen. Wenn es das gibt. Ich bin ein Instrument der Einsamkeit, ein Werkzeug der Selbstverwirklichung, um allein endgültig, unumstößlich zu sein. Wenn das hier nicht gelingt, denkt sie, will ich gar nichts haben. So einfach ist es auch. Dass es keine Angemessenheit gibt. Dass keine Angemessenheit existiert, sondern: unangemessene Wünsche und eine unangemessene Liebe; selbst wenn es keine Liebe gibt, so existiert doch unangemessene Liebe. Was man gibt und was man erhält – da ist keine Übereinstimmung. Es ist dekadent, nicht diejenigen zu lieben, die dich lieben. Aber dann ist dekadent nur der Anfang. Es ist zynisch. Wie es zynisch ist, einen Menschen zu lieben, der nie darum gebeten hat, von dir geliebt zu werden. Das kann ihr durch den Kopf gehen. Dass es eine kriegerische Liebe ist, die in ihr brodelt, Gebietseroberung, eine Liebe, die: der Gewalt gleicht.

Mein Vater durfte plötzlich wieder etwas darstellen, sagt ihr neuer Mann.

Sie müssen sich bücken, um unter der Wäsche hindurchzukommen. Er hat den gleichen Kissenbezug in der Hand wie am Anfang, drei Leinen früher. Er zieht es eine Ewigkeit. Sie nickt.

Die Begeisterung in seiner Stimme ist die Begeisterung über das Treffen mit einem Vater, der sicher nie da gewesen ist, so wie alle Väter nie da gewesen sind. Aber auch das ist eine Wahrheit wie so viele andere: dass sie immer da sind. Sie bückt sich und zerrt einen Pullover mit langen Bändern aus dem Korb. Er hat sich mit einer Strumpfhose und einem Paar seiner Boxershorts verheddert, er hilft ihr nicht, die Sachen zu entwirren. Sie überlegt, ob seine Liebe für sie in Wirklichkeit nicht eher eine Liebe für den Platz ist, den sie in ihm geschaffen hat. Es ist, als räumte sie ihn um, wie man einen Keller umräumt, wenn der Freund auszieht: Man schiebt Gegenstände und Tüten hin und her, rangiert etwas aus, rücksichtslos und sentimental zugleich. Bis kleine nackte Flecke in der Rasenfläche übrig bleiben, Rechtecke im Keller, diese Art barfüßiger offener Kubikmeter, wo jetzt Platz für etwas anderes ist. Für einen Vater zum Beispiel ist jetzt Platz.

Ihr Körper ist genauso verwirrt wie die Natur in diesen Jahren, die Blumen des Frühlings finden einen Weg in den Winter. Schnee im Mai, Holunder im Februar, und das jetzt, da der See im Ort ihrer Kindheit zufriert und die Fische unter einer rot strahlenden Sonne im Eis hängen. Der Körper ist durcheinander, die Luft ist es, sie wirft sich vor und zurück mit einem Geruch, geliehen von Herbst und Wolle und Äpfeln auf Dachböden und ranzigem Öl. Im einen Augenblick ist ihr Körper ein Fest, im nächsten zieht ein Leichenzug hindurch. Ein Gefühl von: *anderswo*. In den Wochen, nachdem sie den neuen Mann kennengelernt hat, denkt sie: Es gibt etwas Schlimmeres, als sich nach dem zu sehnen, von dem man nicht weiß, was es ist. Schlimmer ist:

zu wissen, wonach man sich sehnt, zu wissen, dass es existiert, aber nicht *hier*. Dass es existiert. Sehnsucht ist kein Gefühl, es ist ein Ding. Sie lässt sich im Körper nieder und wiegt soundso viel. Das Gesicht wird schief, man kann nicht ordentlich schlafen, weil man die ganze Zeit dagegenstößt. Eine Verlockung, ein Zug ins Unglück.

Als er endlich einschläft, liegt er auf ihrem Arm. Der brennt und pocht, keine Chance, ihn wegzuziehen. Stundenlang liegt sie so. Wachgehalten von der Furcht, ihn zu wecken. Er hat nie um mich gebeten, denkt sie; er denkt: Ich habe sie nicht darum gebeten zu kommen, nicht darum gebeten zu bleiben. Ihr neuer Mann hat einen unruhigen Atem, Fieber fegt durchs Bett, alles ist feucht. Sein Mund steht offen, sie sieht das, noch ist es nicht so dunkel. Und seine Füße, die unter der Decke hervorlugen. Sie denkt: Soll ich ihm anbieten, ein Laken zu finden. Aber dann schafft sie es nicht, ihn das zu fragen. Als wäre er ein Möbel, für das es keine Verwendung mehr gäbe, als wäre er tot. Sie liegt da unter ihm, sie denkt daran, dass sie nicht schlafen kann, wenn ihre Füße so hervorgucken, überhaupt hat sie das Gefühl, dass alles, was unter der Decke hervorguckt, im Laufe der Nacht abgeschnitten wird. Ihre Großmutter, die einen zudeckt, sobald man auch nur gähnt; dort *schlief* man immer. Ihre Eltern besuchten ihre Großmutter und *schliefen*. Katastrophen können auf diese Weise abgewehrt werden, viele Katastrophen handeln vor allem von:

Hunger
mangelndem Schlaf
dem Glauben, Opfer zu sein
Für das Opfer hat alles eine besondere Angemessenheit.

Nach allem, was du mir geboten hast. Nach allem, was ich für dich geopfert habe. Ihr Arm brennt; nie in ihrem Leben hat sie so gut gelegen.

Oder meine Mutter ruft an.

Wie immer ist der Morgen zu viel. Ich wache in einem Bett auf, ohne geschlafen zu haben.

Meine Mutter sagt mir, es sei schwer. Ich setze mich im Bett auf und zwinge meine Beine über den Bettrand.

Es ist immer schwer, denke ich. Sie murmelt. Mein Haar ist zerzaust, und der neue Mann neben mir unter der Decke streckt seine Hand aus und verwuschelt es noch mehr. Ich ziehe den Nacken zwischen die Schultern wie ein Pferd, das beißen will, habe diesen Ausdruck, die Ohren angelegt, schmale Augen wie Lichtschlitze unter knarrenden Türen.

Ja, ich beiße zu.

Ich bin krank, tönt es.

Ich halte den Atem an. Wippe mit den Füßen, rücke ein bisschen mehr an den Rand. Du bist krank, wiederhole ich, leer. Die Wörter und ich, leer.

Die Hand des neuen Mannes hört auf, mein Haar zu zerzausen. Ruckartig, als wäre sie in meiner Mähne auf eine feuchte und kalte Kruste gestoßen, etwas, das einmal ein Leben hatte.

Ich liebe dich, sagt der neue Mann nicht. Ich liebe dich auch, entgegne ich nicht. Wir sagen uns auf Wiedersehn, er hat eine lange Reise vor sich.

Er flüstert, es tue ihm leid, ausgerechnet heute fahren zu müssen.

Ja, sage ich und weiß, dass er bereits abgereist ist, und

ich bin wie von Sinnen, auf dem Weg weg in jeder Hinsicht. Ich müsste jetzt für dich da sein.

Schon gut, sage ich und meine: Es ist das Beste. Oder schlicht: ja.

Ich werde dich vermissen, sagt er.

Ich werde dich vermissen, wiederhole ich und lüge nicht, denn es sind nicht meine Worte, es sind seine, ausgesprochen durch meinen Mund. Ein Teil dies, ein Teil das, Begeisterung und Furcht. Ich habe das Gefühl, mein Körper ist schlecht für seinen Körper. Dass er ihn zerlegt, langsam, wie eine Zwiebel, eine Schicht nach der andern. Dass er von außen fault, wie Zwiebeln faulen, von außen. Oder von innen, wie Zwiebeln von innen faulen. Blasser und blasser und blasser. Jünger und jünger. Meine Fürsorge knarrt laut wie eine Brücke. Der Sommer läuft wie eine Telefonleitung durch die Landschaft, seine Liebe ist eine reine Liebe für etwas, das es nicht gibt.

Meine Augen sind das Einzige, das in meinem verdrehten Gesicht noch aufrecht steht.

Bevor wir schlafen, telefonieren wir miteinander. Unsere Stimmen sind zusammengepresst wie Zähne in alten Kiefern, von der Zeit und zu wenig Luft, kurz vorm Schlaf unter niedrigen Decken, schrägen Wänden; er sagt, er sei bei seinen Eltern, er sei so traurig. Ich läge tausende Kilometer entfernt und doch im selben Raum.

All die Zeit, die du vergeudet hast: All die Zeit, die ich vergeudet habe, sagt er und zaudert dann.

Das Gefühl kenne ich gut, sage ich und glaube mir selbst.

Wir sind erwachsene Menschen, aber beide sind wir quasi verkleidet wie Kinder der Eltern, für die wir seit langem Eltern geworden sind. Und unsere Körper sind verwirrt, was sollen wir hier in diesen wohlbekannten Betten, die kleiner und kleiner und kleiner werden.

Einen Sommer hatte ich solche Angst vor Wespen, erzählt er mir.

Dann ein wenig Stille. Ich liege in meinem Zimmer, fährt er fort, ich habe mir diese Kassetten angehört, die meine Freundin für mich aufgenommen hat.

Und wie oft hätte ich segeln gehen können.

Ja, sage ich bloß. Ich weiß nicht recht, wie man darüber reden soll.

Stille.

Ich weiß gar nicht, wo du bist, sagt er schließlich, als würde ihm gerade bewusst, dass es mich auch als Körper gibt. Als Körper der Stimme.

Ich bin in einem Zimmer, sage ich. Unterm Dach, zwei große Doppelbetten, zwei Kinderbetten, eine Kommode mit Bettwäsche und ein Bücherregal, das an der einen Wand hochklettert, die das Rückgrat des Hauses bildet.

In so einem Zimmer bin ich auch, sagt er.

Es ist unglaublich dunkel hier, sagt er. Wirklich unglaublich dunkel. Er spricht vom Wind und ahnt nicht, dass ich vor einer Stunde meinen Eltern gegenübergesessen und so wie er über den Wind gesprochen habe.

Ja, sage ich, man spricht vom Wind, der sich flach ins Gras legt, wie ein Hund. Wenn man nicht gesehen werden will.

Ich komm mit dir mit, sage ich nur. Ich finde, so ist es am besten. Dass ich den Entschluss fasse, für ihn. Er steht da wie ein Baum. Gar nicht weiter grübeln, versuche ich. Aber es hat ja nicht mal angefangen. Er reicht mir das Handtuch, apathisch in allem. Wie der Winter im Übrigen, bewusstlos sich selbst wiederholend, ein neuer Schnee, eine neue Verpackung des Gleichen.

Alles, was geht, kehrt kriechend zurück.

Alles, was an den Mauern entlang kriecht. So ein Winter war das. Wo alles an den Mauern entlang geschieht. In Ordnung, ja, das wird schön, sagt er und übernimmt meinen Platz in der Dusche. Er dreht das Wasser auf, es ist kalt, weil ich kalt geduscht habe.

Ich weiß nur nicht, sagt er, als die Temperatur stimmt.

Was weißt du nicht, frage ich. Meine Stimme klingt seltsam, ich steh so vorgebeugt und rubbele meine Haare.

Ich weiß nur nicht, ob ich viel Zeit habe.

Er wird ganz still, weil ich es werde: still.

Ich muss ja arbeiten, sagt er vorsichtig. Steckt den Kopf unter der Dusche hervor, um mich zu verstehen.

Ich sage mir: Er meint bloß die Wochen, er meint bloß diese Reise, aber dann sage ich mir auch: So ist er nun mal. Er weiß immer nicht richtig. Und: Er glaubt, es muss so sein, dass man etwas *wissen* muss.

Und ich denke: Man weiß nichts, man *will* was. So einfach ist es vielleicht auch.

Willst du mitkommen in den Keller und einen Wein aussuchen, frage ich ihn. Er kniet vor dem Regal mit den CDs und schaut zu mir hoch. Ich kann auch allein gehen, füge ich hinzu, er sieht verschreckt aus. Es ist nur ein bisschen dunkel.

Er hält sich die Hand vor den Mund, sein Blick knickt ein, seine Lippen fallen zusammen wie ein Kuchen im Luftzug. Er zittert, ich seh es; du zitterst ja.

Hocke mich neben ihn, was ist denn, frage ich, fange an zu lachen. Du musst nicht, sage ich.

Er setzt sich auf den Boden, die Hände in den Haaren.

Ich ergreife seine Hand, ich versteh nicht, was los ist, sage ich.

Ich kann das einfach alles nicht überblicken.

Schon in Ordnung, sage ich. Vollkommen in Ordnung.

Es ist so still. Mit meiner freien Hand lege ich eine CD in die Anlage und drücke auf Play. Es gibt für nichts eine Erklärung, es gibt überhaupt nicht viele Erklärungen, denke ich, in dieser Welt. Es gibt: Unzugänglichkeit, und es gibt die Welt, die sich dir mit lautem Getöse zeigt. Dazwischen nichts, weder ein Dunkel noch ein Licht.

Einige Bilder hat man sein Leben lang im Kopf. Einen Apfelbaum, der seine leuchtenden Früchte den ganzen Winter über trägt. Einen Eimer, der unter einer Buche kullert. Ein Badezimmer, wenn man auf dem Boden liegt und sich krümmt. Ein Fenster in einem Treibhaus. Und ein langer Versuch zurückzukehren, irgendwo ein Zuhause, ein Daheim zu finden.

Danke, seufzte ich, dass du angerufen hast.

Du hast doch angerufen.

Ja.

Sie sagte sich: Jetzt verlasse ich diese Stadt und komme nie mehr wieder. Ich lasse diese unwirkliche Nacht hier liegen, um sie nie wieder abzuholen. Auf der Fähre schickte sie dem neuen Mann eine Nachricht, sie hoffe, ihn zu sehen, es könne für beide nur gut sein. Deinem Sohn, schrieb sie, tut es auch gut, mal aufs Land zu kommen. Hör auf, so viel zu grübeln, schrieb sie und löschte es wieder. Sie wusste genau, dass er nicht kommen wollte, sie wusste, sie durfte ihn nicht so anbetteln. Sie lief um ihn herum wie ein Hund um die Beine; konnte nirgendwo mehr sein, schon gar nicht in der Wohnung. Immer wenn er ihre Wohnung verließ, war es wieder ein *einsamer* Ort. Das machte er aus der Wohnung, so war das, er leerte alles, er leerte auch sie.

Aber er versteht nicht, dass ich ihn benutze, um den Tod aufzuschieben. Wie ich alles benutze, um den Tod aufzuschieben.

Ich möchte gerne von Hand zu Hand wandern, ein warmer Goldring, der wandert; etwas, das durch Hände fällt. Ich dachte, ich wüsste, was Schlaflosigkeit ist, auch Atemnot, ich dachte, ich kennte das Geräusch von: *keine Pläne*. Ich verliebe mich in dich, und nun entdecke ich: Ich kannte nichts davon, jetzt ist es raus. So kann's also auch sein. Das gehört auch zur Wirklichkeit.

Jetzt stehe ich in einer Wohnung auf, die nach wie vor schläft. Du bist gegangen, keine Jalousien begannen zu flüchten, sich verschreckt an alle Wände zu werfen. Die Wohnung, die davon träumt zu erwachen, ich, die von den Träumen einer Wohnung träumt, nicht zu erwachen. Du hast einen Zettel hinterlassen, ich verstehe seinen Sinn nicht. Ich dachte, wir seien uns einig, dass dies hier anders ist; anders als etwas, das dazu führt: dass man in einer Wohnung aufsteht, die nie schlief, Jalousien, die in den Wänden weinen, und dazu ein Abschiedsbrief, den man nicht versteht. Den ich nicht verstehe.

Mein frisch gewaschenes Haar trocknet zu dünnen Fäden.

Du balancierst auf den Außenseiten deiner Füße und weißt nicht, ob du vermeiden kannst, in deiner Haut zu stürzen.

Ist sicher bullig warm unter deiner ewigen Lederjacke, sicher reicht die Wärme für drei.

Ich will niemanden verletzen, sagst du.

Und ich dachte, das hätte ich schon mal gehört. Aber du sagtest es zum ersten Mal. Ich versteh dich gut, sage ich und meine: Ich werd dich nie verstehen.

Es ist nicht *etwas* in mir, das jedes Maß verloren hat. Es ist mein ganzer Körper und der Rest der Welt, die jedes Maß verloren haben. Und du dachtest vielleicht, mein Fall sei zu tief und nichts in mir habe einen stabilen Rhythmus. Das ist wahr, auch *das* ist wahr, nur muss man hinzufügen, dass die ganze Welt instabil ist, dass die ganze Welt einen Pulsschlag hat, ein Herz, das sich zusammenzieht, im selben Takt, wie der Blasentang platzt, wenn man bei Ebbe über den Meeresboden geht, oder im selben Takt, wie die schwarzen Hülsen des Besenginsters in der Sonne zerspringen, wie Hagel durch Schilf und Gefieder. So viel zum stabilen Rhythmus. So viel zum Verlust jedes Maßes.

Man hat in diesen Tagen den Eindruck, dass die Natur den Vorrat angegriffen hat, die Knospen sind gepflückt, und den ganzen Sommer wartet man auf Blumen.

Das heißt nicht, das ich dich nicht liebe, flüsterst du, und holst Luft für jedes Wort.

O nein, sage ich mir, das heißt es wohl nicht. Aber die Tatsache, dass du es jetzt sagst, da du über mir liegst und rummachst, heißt einfach, dass du mich nicht *genug* liebst.

Die Liebe, schreibe ich dir auf einen Fetzen Papier, die Liebe, die Gutes tut, ist dieselbe Liebe wie diejenige, die die Leute zerstört. Es gibt keine leichte Lösung, die guten sind alle weg, wir müssen uns mit den Resten begnügen.

Plötzlich sehe ich mehrere Jahreszeiten vor mir. Jedenfalls eine noch.

Es gibt eine Jahreszeit für: Äpfel, die sich ankündigen, wenn nur ihre Ansätze zu bemerken sind, in der Größe kleiner Oliven, sie wachsen an alten Bäumen im Garten oder wild im Wald. Es gibt eine Jahreszeit für: Äpfel, die sich zu süßen geballten Fäusten entwickeln rot süßer süßer. Es gibt eine Jahreszeit für: Äpfel, die liegen und faulen im Schnee auf der Erde in Kisten. Aber wo ist die Jahreszeit, in der die Äpfel nicht sind. In der man einen Moment lang vor den roten Augen sicher ist. Aber so ist es hier vielleicht immer. Dann brauchen wir keine Jahreszeiten mehr, dann gibt es sie vielleicht gar nicht, vielleicht nur in der Sprache. Es fällt viel auf der Welt: Regen Dächer Reiter Kinder Blut Äpfel Zimmerdecken Bilder. Der Sommer, der dahinschmilzt, bevor die Wärme kommt, bevor der Sommer: ja, was war eigentlich vor dem Sommer. Etwas, aus dem wir uns nicht viel machen. Das man gerne tauschen möchte, das man gerne aufschlitzen möchte, um zu etwas Reinem vordringen zu können, das Knochen ähnlich sieht, so ein Licht, eine Insel der Gebeine, etwas wie Wirklichkeit wohl, etwas, das sich erinnert. Schnee kann es sein, oder du, flüsterst du vielleicht. Aber dann bin ich es, die flüstert, aber dann bin ich es, die ruft.

Ein ganzer Mensch sein; dann aber die *Wiederholung* eines anderen Menschen sein. Ihn an eine andere Frau erinnern. Auf ein Symbol reduziert sein. Wenn magere Hunde nicht sein dürfen: magere Hunde; wenn mondlose Nächte etwas anderes sind als: mondlose Nächte. Wenn die Vergangenheit und die Spekulationen überwintern. Was ist das dann für ein Herbst. Was ist das für ein Winter, was ist das für eine Abmachung, die Seen am Abend. Wenn die Begegnungen nicht mehr zufällig sein können. Ich streife umher und suche dich in den Straßen. Ich fahre nach Berlin, um dich mich finden zu lassen.

Ich glaube nicht, dass man sich für irgendetwas in dieser Welt entscheiden kann.

Und doch tust du das, triffst die Entscheidung, dass wir uns nicht mehr sehen. Jetzt bin ich ein Symbol für etwas anderes. Erzählst du mir. Ich repetiere. Aber was, wenn ich nun ein Symbol für alles bin, das in diesem Leben etwas bedeutet. Ich vermisste dich vom ersten Tag an, und mit jedem Tag, der hinzukam, wurde es schlimmer. Spekulationen Telefongespräche Reisen Reisen Jahreszeiten, der eine Wunsch, irgendwo ein ganzer Mensch zu sein, eine ganze Jahreszeit lang; Winter könnte es sein, Winter Winter Winter.

DIE LANDSCHAFT

Das Licht im Zimmer ist wie Milch, ich setze mich auf, so gut es unter der schrägen Wand geht. Das Nachthemd ist ein hartleinenes Zelt, es gehört meiner Mutter. Meine Beine sind steif, auch die Arme, das macht die Kälte. Ich habe den Heizkörper nicht angestellt. In meinen Knochen fiept es, so kann man also frieren an einem Tag wie diesem. Und es ist Winter geworden, laut Kalender kein Verbrechen, aber vielleicht ist es das doch.

Trotzdem.

Meine Glieder knacken, als zerrte man sie aus der Tiefkühltruhe, meine Beine zittern, ich stehe auf. Es ist zu still. Es muss viel zu spät sein oder viel zu früh.

Das Licht ist fremd.

Es hat geschneit, und es ist der Schnee und nicht das Licht der Sonne, was man sieht. Ich stehe auf, öffne einen Fensterhaken und drücke das Fenster auf, sehe kurz vor mir die Hand, die sich ins Freie streckt, die Kälte ist eine Ohrfeige, meine Augen winseln.

Auch draußen ist alles zu still und nichts zu spät oder zu früh. So ist die Natur, da ist nur ein: Hier steh ich. Versöhn' dich damit.

Ich lehne mich aus dem Fenster, und die Bäume erheben sich, sind kalte Hände in Schneehandschuhen. Sie strecken sich, aber wonach. Nach einem schneeschweren Himmel, der dem Baum schon an den Ohren hängt.

Der Kode ist derselbe, aber das Schloss ist neu, es ist der gleiche Geruch und das gleiche Geräusch im Treppenhaus, das gleiche Licht. Sie öffnet die Tür mit einem Kode, von dem sie geglaubt hatte, ihn vergessen zu haben. Es ist Nachmittag. Du wolltest hier sein, sollen wir warten, bis du da bist, simst sie und schickt die Nachricht ihrem verstorbenen Mann. Sie betritt den Keller, die eine Lampe funktioniert noch. Zur Straße hinaus verläuft ein Band schmaler Fenster. Viele Umzugskartons sind in ein, zwei oder allen Ecken zusammengesunken. Es gibt keinerlei senkrechte Linien im Kellerraum. Alles ist schief, die Fenster weinen in der Hitze. Es trieft. Sie sieht Knöchel, draußen ist ein Sommernachmittag. Sie grillen und sitzen im Schatten. Die Fenster klemmen, die Jalousien hängen; nein, schreibt er, nimm, was du willst. Das meiste ist sowieso deins.

Sie steckt das Telefon in eine Innentasche der leeren Korbtasche. Eine der alten Nachbarinnen geht draußen auf den Steinplatten in die Hocke und neigt den Kopf, um durchs Fenster zu sprechen. Die Sonne strahlt schräg ins Dunkel hier unten. Das muss man sich mal vorstellen, dass jemand hier geblieben ist, seitdem hier gelebt hat. Zwei Jahre, drei fast. Die schneidende Stimme der Nachbarin des Verstorbenen landet schräg neben ihr:

Kommt ihr zurück und wohnt hier wieder, fragt sie.

Nein, sieht nicht so aus.

Die Sachen hatte sie alle ganz vergessen. Dass sie so viel angesammelt hatten. Mit allem, was da noch im Kleingarten steht. Dass nach ihnen noch so viele *Reste* da sind.

Die ganzen Kartons hier, bepackt, als wäre es für ein Wochenende. Und die Sachen, die sie vergessen hatte, und alle, die sie gerne rasch vergessen will. Und dann er, der aus Italien schreibt. Eine Trauer, die sich quer durch

Europa schneidet. Er ruft sie an, und sie schaffen es nicht, miteinander zu reden. Er lügt und sagt, er würde wahnsinnig gern da sein, um ihr zu helfen, dabei ist er einfach dankbar, in diesem schrägen Zimmer *nicht* zu sein. Eine Dankbarkeit und eine Freude, die das Eis brechen und die Sehnsucht ein klein wenig offen halten, ein Stück Holz, das in der Regenwassertonne zu Hause unterm Giebel schwimmt. Es ist offensichtlich, dass er von den Sachen nichts hören will, dass er eigentlich alles vergessen will; so wirkt es jedenfalls. Aber in Wirklichkeit möchte er sie gerne über alles reden hören. Dass die Sachen noch dastehen. Dass wir Zucker und Pasta und Tomatendosen, Gewürze und Korbstühle und Zeitschriften eingepackt haben, um: zurückzukommen. Dass die Umzugskartons feucht geworden, dass sie vergammelt und zusammengesunken sind, dass es aus den Rohren an der Decke getropft hat, dass ein schwerer Tropfen nach dem andern heruntergefallen ist; wir sind in anderen Betten aufgewacht, in anderen Räumen, dass sie sich in einem Café in Kopenhagen einen Tropfen von der Stirn gewischt hat, in einem Café, wo ihr Roman auf einem Ständer aus Bernstein oder Elfenbein steht und traurig strahlt, dass der Tropfen einen Riss in den Keller gemacht hat, dass er von dem durstigen Haus aus Pappe aufgesaugt wurde, das um alte Fotoalben und ausgetretene Schuhe, Trinkgläser und Vasen zusammenfällt, vom Warten erschöpft.

Sie hebt einen Karton auf den Boden, es ist schwierig, einen freien Platz zu finden. Sie haben nichts auf den Karton geschrieben. Zuoberst liegen zwei Socken, sie passen nicht zueinander. Und eine Menge amerikanischer Magazine. Ein paar Kochzeitschriften, Küchengeschirr. Die gusseiserne Pfanne, die er im letzten Jahr von ihren Eltern zu Weihnachten geschenkt bekommen hat. Sie fährt mit dem Finger drüber hin. Sie ist noch fettig. Von dem Rohr über ihr trifft sie ein Tropfen und landet auf der Pfanne, in einer bizarren Bahn läuft er herunter. Sie sieht hoch, wo sich ein neuer Tropfen bildet. Sie erinnert sich daran, wie er an einem der letzten Tage vor ihrer Abreise die Pfanne mit Rapsöl eingerieben hat. Sie hat wohl immer auf dem Herd gestanden. Oder war das die alte von ihren Eltern, mit einem Mal kommen ihr Zweifel. Weiß es nicht mehr. Erst war es die eine, dann die andere. Das hier wird mich Monate kosten, denkt sie.

Zum Abend hin ist das Licht wärmer, eine Stunde, in welcher der Raum von tiefstehender warmer Sonne erhellt ist. Dafür wird es dann urplötzlich dunkel. Sie sortiert ein paar Schalen, was will sie eigentlich damit. Sie seufzt und setzt sich an die Wand, trinkt aus einer Flasche Wasser. Sortiert etwas Besteck und wirft die stumpfen Speisemesser in eine ziemlich demolierte Kiste, die jahrelang Kondenswasser aufgesogen hat und in der alles landet, was zum Wegwerfen ist. Bei dem sie sich sicher ist, dass er es nicht mehr haben will. Trotzdem. Sie findet ein Tuch und rollt die Messer darin ein und steckt sie in die Tasche. Und den Granitmörser. Ein paar Gläser mit Honig, auf dem sich weiße Zuckerkristalle gebildet haben. Ist es deiner oder meiner, der Mörser, fragt sie sich, sie weiß es nicht mehr. Es gibt auch einen ganzen Karton mit diesen flachen dreieckigen Schnapsgläsern. Ein kleines Metallsieb für den Shaker, damit man beim Einschenken kein Fruchtfleisch von der Zitrone mit ausgießt. Oder Kerne, Eis. Ihr Handy leuchtet wieder, sie schickt eine SMS und sagt die Abmachung mit ihrem Freund ab. Sie streicht den Gedanken, ihr verstorbener Mann *könne* überhaupt hier mit ihr im Keller sein. Und denkt, ihr verstorbener Mann hätte immer eine Entschuldigung parat gehabt. Warum er leider, leider nicht könne, warum es ihm schlichtweg *unmöglich* sei. Wie gerne er auch wolle – und dann kommt vielleicht Italien oder Kopenhagen, die Arbeit oder irgendetwas anderes. Das im Wege ist. Das ihm den Weg verbaut hat, dieses Etwas, das einem immer den Weg verbauen kann. Du weißt doch, wie das ist. Sie glaubt nicht, dass es anders sein kann. Wie die Tatsache, etwas allein zu machen. Wie wenn sie mit ihm morgens im Wald spazieren ging, wenn er es versuchte. Er, der immer gewesen ist, so denkt sie jetzt; du, der du immer sein wirst:

vom Wald enttäuscht.

Alles rückt weg, diese Welt, die ich beschreibe, verschwindet Wort für Wort, auch diese Mutter. Alles, das für etwas geopfert werden muss, das es nie mit dem Ersten und Eigentlichen aufnehmen kann. Ein einsamer Ort, an dem man steht, ausgesetzt wie die Bäume, die man hier und da stehen lässt, wenn Wälder gerodet werden und man es doch nicht übers Herz bringt, eine total rasierte Landschaft zu hinterlassen. Und vielleicht kommst du ja nach langer Zeit nach Hause, vielleicht hat es ein Gefühl gegeben, sich geirrt zu haben, das Gefühl: warum bin ich weg, was wollte ich.

Die Landschaft, die man in der Kindheit zu seinem Zuhause macht, trägt man im Gesicht mit sich herum. Auf seinem restlichen Weg. Und das Entsetzen, das einen erwartet: das Entsetzliche, nach Hause zu kommen. Dort mit einem Gesicht zu stehen, das nicht passt; einem Gesicht, das fällt wie die übrig gebliebenen Bäume in den Windbrüchen.

Auch hier ist kein Zuhause, auch hier nicht mehr.

Was für ein Gesicht blieb, ja, was für eins blieb eigentlich. Der Welt fremd, freischwebende Planeten, verkehrte Planeten, verwirrte verwirrte Gesichter in seltsamen Bahnen um eine Art Zuhause ein Daheim eine Art Liebe einen Ort.

Naturkatastrophen machen keinen Unterschied: was fremd ist und was nicht. Nichts steht mehr da, wo man es verließ. Die Heimkehr ist unmöglich, man muss sich mit einem Gesicht versöhnen, das fremd ist.

Die Landschaft vermisst dich nicht. Die Berge haben sich nicht nach dir gesehnt. Für die Berge ist der eine Mensch nicht weniger fremd als der andere, nicht mehr fremd. Alle Menschen sind immer beides: Immer gibt es ein Wiedererkennen, etwas, was man teilt; und keiner lässt sich auf diese Weise auf Abstand halten. Ausgegrenzt wie Fremdkörper, wie vertauschte Kinder, vertauschte Planeten. Vielleicht ist es mit der Unwirklichkeit genauso, dass es ihr nämlich egal ist, wie viel Geschichte und wie viel Kenntlichkeit irgendjemand oder irgendetwas hat.

Die Zigarette des dünnen Mannes schneidet die Dunkelheit mitten durch. Er geht auf dem Bürgersteig in entgegengesetzter Richtung.

Die Straßen laufen voraus, denke ich, sie sind vor uns zu Hause.

Fast drei Jahre lang habe ich nirgendwo gewohnt, sagst du im Vertrauen, müde, aber stolz. Als wärst du lange gewandert, ohne einen Tropfen Wasser, und könntest jetzt auf dem Gipfel deinen Ruhm ernten.

Wirklich, nichts wäre mir lieber, sage ich und halte, die Arme leicht vom Körper gestreckt, inne. Wie Kranichflügel zum Trocknen.

Als was, fragst du, nichts lieber als was;
als dir zu zeigen, sage ich, wie man wohnt.

Er klingelt an der Tür, und sie drückt auf den Öffner, ohne zu hören, wer da ist; sie weiß ja, dass er es ist. Sie stellt ein paar Dinge an ihren Platz zurück, klappt Bücher zu und legt sie auf einen Stapel, zündet eine Kerze an. Hej, sagt er. Sein Gesicht ist wie aufgeschnitten und lässt das Bild eines Verlorenen sehen. Er fragt nach ihren Büchern, wie es so laufe, und sie berichtet ihm, es laufe überhaupt nicht gut. Dann lebst du wenigstens viel, sagt er optimistisch.

Das Gegenteil käme der Wahrheit näher.

Als hätte Literatur mit so einer Verteilung zu tun, mit so einer Gerechtigkeit. Als hätte Gerechtigkeit überhaupt mit Verteilung zu tun, mit Gleichgewicht. Sie hebt die Beine und legt ihre kalten Füße auf seine Oberschenkel. Er spricht weiter und massiert dabei ihre Zehen. Ich habe eine Wohnung, ich werde jetzt alleine wohnen, sagt er plötzlich. Sie kann sich nicht recht vorstellen, dass das funktioniert. Er ist ein Ring, der von einer Mädchenhand in die andere wandert, ganz blank im Öhr von all den Berührungen. Ja aber, das ist doch fabelhaft, sagt sie. Dass du jetzt alleine wohnst, wollt ihr euch also trennen?

Ich weiß gar nicht, ob wir überhaupt zusammen sind, ob man das so nennen kann. Sie nickt.

Das ist eigentlich nur, weil wir zusammen wohnen, sagt er.

Sie nickt wieder, das versteh ich nicht so richtig, sagt sie.

Nein, sagt er, ich versteh es glaub ich selber nicht richtig. Der Winter hat einen betäubenden Effekt.

Aber, es ist nicht nur der Winter.

Er sagt, er verstehe nicht ganz, warum sie nicht einfach mal für ein Weilchen wegfährt. Schreiben kannst du doch überall. Sie dreht sich zum Fenster um, versucht es aufzustoßen. Es klemmt.

Was hält dich denn fest, fragt er. Du kannst dir doch woanders ein neues Zuhause aufbauen.

Daran glaubt er selbst nicht. Er fasst mit an und gibt dem Fenster einen harten Stoß an der untersten Sprosse, sie stellt sich seine Hand vor, die durch die Scheibe stößt, die wie ein fallender Schleier zersplittert, und draußen die Welt wird klar und dringt unmittelbar ins Bewusstsein wie manche Lithographien, fest gepresst und gewissermaßen wirklicher als alles, was man je sah. Es springt auf, und die warme Luft im Zimmer prallt auf die kalte Luft im Garten.

Oder du kannst zurückkommen.

Es ist, als vergäße er, dass jedes Mal, wenn sie miteinander reden, andere Menschen dazugekommen sind. Dass sie einen andern hat oder jedenfalls nicht ihn. Dass sie an Händen und Füßen gebunden ist, unterworfen. Wie er.

Sie schaut ihn an und lächelt:

Ja aber, das ist doch fabelhaft, sagt sie, das wär doch klasse.

Kinderwagen im Hof. Eine Menge Fenster stehen offen. Federbetten hängen da, wie Schaum, der aus den Schlafzimmerfenstern quillt, Geklirr von Fahrradschlössern, Hintertüren, die zuknallen, grüne Knospen, so wie sich die Natur in der Stadt halt bemerkbar macht, ein Mangel an allem außer an Gedanken, die darum kreisen, *nicht* um Tod und Winter und Männer zu kreisen, die nicht mehr hier sind. Unmöglich, sich von etwas zu verabschieden, das nie war. Von etwas anderem, von dem unmöglich Abschied genommen werden kann, eben weil es bloß war. Ganz konkret, wenn sich die Vergangenheit in den Dingen eingeprägt hat, wie die Gedanken auch. Dass da ein Keller und eine bestimmte Masse ist, die die beiden angesammelt haben. Ein unteilbarer Rest, nur halbe Zahlen, halbe Zähne im Mund, sie ist von all ihren Sachen zerschlagen worden, und noch einmal zerschlagen worden beim bloßen Gedanken an das, woran sie sich erinnert, und an das, was sie bereits vergessen hat. Schon allein das. Wenn kein Beweis dafür da ist, ein Handschuh im Schnee, der vergessen und den ganzen Winter aufbewahrt wurde, und der nun daliegt und gleichsam von etwas, das an eine Hand erinnert, gefüllt zu sein scheint, er hat etwas Menschliches, das graue Wildleder vor der schwarzen Erde und zehn Tage später: die Schneeglöckchen wie Sterne drum herum, ein Himmel im Gehölz, in einer Ecke des Gartens.

Wie viele Tage wie dieser.

Wie viele Frühlingstage kann man eigentlich verkraften.

Die Schlüssel für deine Wohnung glänzten und leuchteten wie Augen, die zu alt sind für das Gesicht, in dem sie hängen. Die Wohnung, in die du in dem Winter, als du mich verließest, gezogen bist, schien gleichsam ewig unbewohnt gewesen zu sein. Von Anfang an, unbewohnt, es sah nicht so aus, als würde es sich ändern. Ich wusste es sofort, ich …

Ich weiß, ich kann immer herkommen.

Das hat nichts mit Wille oder Nicht-Wille zu tun:

Du wirst nie das Schloss austauschen.

Von oben gesehen ähnelten wir einem ganzen Wurf hungriger Fuchswelpen, die zu nichts kommen, weil sie über ihre eigenen Beine stolpern.

Liebst du sie, fragte ich dich und wies mit den Augen auf neue Möbel und allerlei Sachen, die sie aufgestellt hatte, um die Wohnung zu einem Zuhause zu machen. Ein ausgeschmückter Ort, du hast es auch gesehen.

Du warst traurig, eine Traurigkeit, die ich von irgendwoher kannte, aber nicht festhalten und klar erkennen konnte.

Du bist absolut nicht imstande, etwas in einem Raum zu platzieren, ohne dass es aussieht, als sollte es nur vorübergehend dort stehen.

Liebst du sie, fragte ich und sah, wie ein Schauer durch deinen Körper lief; ich kannte das, mit dem Wunsch nach Flucht hat es nichts zu tun.

Aber, fingst du zögernd an, der erste Mann auf dem Eis, nein. Aber ich *könnte* sie vielleicht lieben. Es *könnte* wirklich gut werden.

Liebst du sie noch, hatte die andere Frau dich gefragt. Deine beiden Antworten erklangen nun gleichzeitig und erfüllten das Zimmer vom Boden bis zur Decke mit missklingenden Übertönen, die sich in alles hineinschnitten, was sich ihnen in den Weg stellte.

Ja. Klar, ich liebe sie. Wie man eine Jahreszeit liebt oder einen Gedanken. Oder: Ich habe sie geliebt. Als wenn die Vergangenheit Vergangenheit wäre. Säbelkasten: Es ist leicht, jemanden zu verlassen, wenn die Messer nicht durch die Haut gehen, wenn man von der Vergangenheit als Vergangenheit sprechen kann.

Jemanden lieben, wie eine Jahreszeit, einen Gedanken.

Beide hatten wir geseufzt und gedacht, es sei schon Schluss.

Er ist noch niemand. Du bist noch niemand. Und wir sind es, die dich vermissen.

Ich komme wieder an deiner Wohnung an, außer Atem, mit kaltem Schweiß. Ich fummle nicht mit den Schlüsseln herum, laufe die Treppen hinauf, zieh mir die Jacke aus und schließe die Tür auf, das alles in *einer* Bewegung. Ich renne durch das Entree ins Wohnzimmer; werfe mich aufs Sofa.

Ihre Atemzüge lärmen.

Ich halte den Atem an.

Sie adoptiert das Gefühl des verstorbenen Mannes, dass ihr Leben nicht *ihr* Leben ist. Sondern Erinnerungen einer Fremden. Eine fremde Frau, die in Erinnerungen schwelgt, alles war gleichsam angeschwollen, alles kontaminiert, mit einem Charakter der Erklärung und des Systems. Wie Erinnerungen orchestriert werden können, so dass ein Zusammenhang entsteht, den es in dem Leben, wie es ist, nicht gab und nicht gibt.

Das sagte sie ihm eines Nachts, nachdem sie seltsamen Sex miteinander gehabt hatten, der eher einer Schwimmübung glich.

Seine Stimme war heiser.

Du quasselst, sagte er.

Nein, erwiderte sie. Das hier ist das wirklich gelebte Leben einer anderen Frau, nacherzählt von derselben Frau.

Wem erzählst du dann dein Leben also, fragte er sie, und die Frage warf sie um. *Deshalb* lag sie hier, deshalb konnte sie ihn nicht entbehren in ihrem Leben, er konnte das Wesentliche in den Dingen finden. Wo sie sich im Sentimentalen verlor, konnte er sie mit seinem Blick wieder aus den Flammen ziehen. Wem erzählst du deine Erinnerungen.

In dem dunklen Zimmer waren seine Augen klar.

Sie sagte: Ich weiß es nicht. Ich weiß nicht, wem ich sie erzähle. Aber jemandem, der zuhört.

Hmm, murmelte er, fast schlafend. In wenigen Stunden würden die Handwerker mit ihrer Arbeit anfangen. Ihr geduldiges Gehämmer und das Fauchen ihrer Säge wurden Geräusche, die sie später mit einem Gefühl verband: erkannt zu sein. Gehört von ihm, dem Verstorbenen. Den alten Augen.

Es wäre besser für dich, nicht alleine zu wohnen.

Ja, vielleicht, gibt sie zu. Nimmt einen Schluck Tee, hält die Tasse abwechselnd in der einen und der anderen Hand, um sich nicht die Finger zu verbrennen oder damit sie nicht festwächst.

Dann hättest du jemanden, der – wie soll ich sagen …

Er sieht aus, als würde er einen blanken Gegenstand von der Straße aufheben, eine Münze vielleicht, er lebt auf, eine Münze:

… dich auf andere Gedanken bringt.

Sie nickt und nimmt wieder einen Schluck Tee.

Seine Besuche bei ihr machen ihn traurig, das ist offensichtlich. Er scheint zu hoffen, dass sie eines Tages mit ihm wegfährt. Als könnte es auf diese Weise besser werden, als hinge das große Unglück an diesem Ort hier. Die Umstände. Mir geht's ganz gut, schreibt sie ihm nach seiner Abreise in einem Brief. Kein Grund zur Sorge, schreibt sie und sagt laut vor sich hin:

Es gibt jeden Grund der Welt, besorgt zu sein.

Es geht nur um ein paar andere Dinge. Es schneit, als er nach Hause geht, es hört gegen Mitternacht auf. Der Schnee liegt in den Straßen, erleuchtet die Stadt von unten. Die

Straßenlaternen spiegeln das Schneelicht in ihren Kupferbäuchen. Lichtkegel durchsieben die Nacht, diese Gardinen der Dunkelheit, die zwischen den Gebäuden der Stadt hängen. Hinterhöfe liegen totenstill da, als hätten sie Angst, gefunden zu werden. Alles hält den Atem an. Verkehr ohne Geräusch. Eine Hand leuchtet auf von der Glut einer Zigarette.

Sie sitzt auf dem Balkon, der auf den kleinen Platz mit der Kirche hinausgeht. Die Platane kann sie mit ausgestrecktem Fuß erreichen. Im Hof stehen drei Zitronenbäumchen mit insgesamt sechs Zitronen. Werden sie so lange hierbleiben, bis sie reif sind. Werden sie vorher abreisen. Sie wartet, dass er vom Einkauf zurückkommt. Was fehlte denn noch. Sardinen und Tomaten und Wodka. Seltsam, wie dieses Haus gebaut ist; egal, wie oft sie in der Wohnung umhergeht – ihr Körper ist immer aufs Neue überrascht, wie die Räume aneinanderstoßen. Kästen, wie umgestürzt, Räume, wie an ihren Platz gestoßen, und die vielen Balkone, die aus den Fenstern hängen. Könnte man hier wohnen, wäre es ein Zuhause. Wenn du nicht zurückkommst, denkt sie, bleibe ich auf ewig und warte keine Sekunde mehr, dann fange ich an hier zu wohnen.

Die Natur rackert sich ab mit ihren ewigen Jahreszeiten, ich stehe zur Zeit leer herum und sehne mich danach, dass sich jemand ein Herz fasst und die eine oder andere Gegend in mir bewohnt. Man könnte sagen, es gibt in mir zu viele Ebenen und zu wenige Tiere.

Bäume, die hier nicht in die Landschaft passen.

Alles ereignet sich zu schnell oder zu langsam. Sogar die Natur ist aus dem Rhythmus geraten, sogar die Jahreszeiten, sogar die Bilder jagen davon, still, doch mit beunruhigendem Tempo. Unmenschlichkeit, wohin man schaut.

Es ist eine furchtbare Erkenntnis: Es gibt so wenig, über das man schreiben kann. Fast nichts und immer nur das Gleiche. Alles andere wird: exotisch und belanglos, unwirklich im Grunde. Ein Gefühl von: von allen Straßenecken: unangenehme Überraschungen, man vermisst eine Freistatt und ein warmes Bad und jemanden, der gewartet hat, ohne das Geringste zu entdecken. Entweder Messer oder Scheren, es kann aber auch egal sein.

Ein Gedanke, dass es vielleicht etwas gibt, über das zu schreiben ich mich enthalten sollte, ein Gedanke, dass genug übrig sein sollte. Anderswo.

Aber dann gibt es kein Anderswo.

Dann gibt es vielleicht auch keinen Platz für diese Art Rücksicht, dann ist es vielleicht so. Dass alle Rücksicht damit endet, dich letztendlich aufzufressen. Ich kann nicht mal eine ordentliche Gutenachtgeschichte erzählen. Einmal vielleicht, aber dann weinen sie auch und wollen allesamt nach Hause.

Es gibt nur eins, über das man schreiben kann: alles, dem ich nicht Lebewohl sagen kann. Unter anderem meiner Mutter. Unter anderem dir. Meinem verstorbenem Mann. Es liegt eine Leiche im Zimmer, denke ich. Die Leiche, um die ich nicht herumkomme, du bist es und all die Liebe, die sich anhäuft.

Die Bilder, die fünf Bilder, mit denen ich nie fertig werde.

Die leuchtenden Äpfel im Dezembergarten. Sie sind so wirklich für mich. Ich sehe aus dem Fenster und habe den Eindruck, dass die Welt da draußen nicht zusammenhängt. Es ist, als wäre der Winter rund um die roten Äpfel *künstlich*. Die Äpfel hingegen sind so wirklich, entstünde ein Feuer, würde der Himmel dahinter, die Ecke des ockergekalkten Schuppens und die Erde darunter brennen und bröseln, während alleine der Baum übrig bliebe, leuchtend. Eine Figur wie herausgedrückt aus einem Bogen Pappe. Man denkt, alles, was Wirklichkeit ist, sei vorübergehend; das Künstliche dagegen habe kein Ende. Mit den wenigen Bildern ist es vielleicht doch umgekehrt. Zuletzt. Dann schreibe ich vielleicht doch nicht, um meinen Tod hinauszuschieben, sondern es ist der Tod der Äpfel, den ich ausfallen lasse. Dann ist es vielleicht die Liebe zu dir, die ich verlängere. Ein Abschied, dem man sich nähert und von dem man sich wegschreibt.

Leuchtende Äpfel wissen nichts vom Aufhören, sie weigern sich, im Oktober zu fallen, verrotten nicht im Gras, man vergisst sie nicht einfach so. Der Herbst wird Winter, und der Winter bricht auf und enthüllt einen Frühling; aber die Äpfel wissen nichts von Jahreszeiten. Sie wollen sich nicht mit dem Tempo abfinden, das ihnen diktiert wird.

Ich bin der Fensterscheibe zu nahe gekommen, ich muss sie abwischen, mein Atem ließ sie beschlagen. Wie kalt die Scheibe ist, das überrascht mich. Obwohl es Dezember ist, es überrascht mich. Die Haut, die meinen Körper umgibt, läuft in aller Eile ein, Stoff, der sich zusammenzieht, eine Gardine, die *du* zur Seite schiebst. Ich gehe ein paar Schritte rückwärts und setze mich wieder aufs Bett. Ziehe die Füße an mich und stecke sie unter die Decke, die noch warm und schwer vor Schlaf ist. Meine Mutter spricht durch meinen Mund: Du kannst doch da nicht so liegen, *einfach so liegen.*

Was weiß sie schon davon. Mich kannst du nicht mehr so antreiben, lüge ich.

Es ist, als wäre ich gerannt, um einen Zug zu erreichen, und der Zugführer hätte mich gesehen und wartete nun auf mich. Worauf warte ich. Mich selber wahrscheinlich. Da wirst du lange warten, sage ich laut zu mir selbst. Die Leute im Zug starren, eine Frau schielt über den Rand ihrer Brille zu mir rüber.

Ich habe genug vom Warten.

Aber es gibt keine Dankbarkeit. Genauso wie man nicht dankbar sein kann, nicht endlos, weil man nach einer Krankheit wieder gesund geworden ist, genauso wie man nicht dankbar sein kann, dass es nicht schlimmer geworden ist. Genauso wie man keinerlei Trost in der Annahme finden kann, *dass es schon gehen wird.*

Alles zusammen.

In diesen Tagen will ich das Mauerwerk zum ersten Mal nicht abdichten, ich pfeife auf das Wohl und Weh der Tiere im Stall. Was soll man auch bewahren.

Der Esstisch, auf dem die Kerzen niedergebrannt sind, während wir schliefen. Wo ist die Nacht geblieben. Die Gläser stehen chaotisch durcheinander. Obwohl es nur vier sind. Chaotisch. Er dreht sich zur Wand, weg vom Sonnenlicht, das aus allen Kanälen ins Zimmer singt. Ich bin aufgestanden, stehe mitten im Raum. Entweder wirst du ein phantastischer Vater oder du wirst nie einer. Das sind die Möglichkeiten für so einen Mann, denke ich mir.

Er atmet unruhig, ohne Rhythmus. Zu beschäftigt damit, selbst etwas zu fühlen. Ein Kind würde ihn aus dem Internat befreien, das sein Körper ist. Ständig fordert er etwas, ist immer in Erwartung. Es muss sich was ändern, der Klavierstimmer, immer ein Missklang im Fleisch. Aber dann ist es nicht im Fleisch, dann ist es was anderes, ein anderer Durst.

Bleib doch, sagt er halb schlafend oder nur allzu wach.

Ich stehe aufrecht da, allein mitten im Raum, ein Baum, wo einst ein Wald stand. Kärgliche Reste, so muss es aussehen. Ein blasses Licht. Ich schüttle den Kopf, als würden es nicht Gedanken und Entscheidungen bestimmen, sondern ein Wind, der durch die Landschaft streift. Da nun die Baumreste eh keinen Windschutz mehr bieten, kann ich auch aufstehen.

Wach.

Immer kann einer von uns nicht einschlafen; in einem Bett muss immer einer wach liegen. Einer, der nicht eine Sekunde länger schlafen kann. Ich mache eine Runde durch die Wohnung und sammle ein paar Sachen zusammen, wie man an Sommerabenden im Garten Sachen zusammensammelt. Es ist das gleiche kalte Gefühl eines *Zu spät*. Einer von uns schläft.

Meine Kleider liegen wie ein Tier auf dem Boden. Ich hebe sie lautlos auf, ich gehe.

Du meinst, ich sei in der Küche, und sprichst mit mir durch die Wand. Ich habe die Tür mit der Behutsamkeit einer früheren Welt zugezogen, unserer Welt, als wir in Aarhus wohnten. Mehrmals sagst du meinen Namen.

Verstorbener Mann, verstorbene Stimme, der sich nicht zusammenreißen kann, um zu: rufen.

Der sich überhaupt nicht zusammenreißen kann. Schläft wieder ein, du bist niemandes Vater, der Schlaf ist dein eigener. Schlaf dich von allem weg, denke ich, aber: schlaf schlaf schlaf, bitte ich, renne die Treppen hinunter mit aufgelösten Beinen, es ist wie ein gebrochener Damm, eine platzende Blase, und nun: fällt mein Körper durchs Treppenhaus. Ich nehme alles mit, aber ich lasse alles liegen. Hole erst Luft, als ich auf der Straße bin. Mache zehn Schritte und drehe mich zum Gebäude um, werfe einen Blick zu den Fenstern hinauf. Du liegst noch immer im Bett, sprichst weiterhin zu mir durch die Zimmerwand, dabei musst du nun durch die Hauswand sprechen, durchs Fenster. Mit geschlossenen Augen schleiche ich durch die Stadt. Um den Morgen zu täuschen, etwas aufzuschieben. Die Hunde sind schon da. Und vor den Blumengeschäften stehen frische Sträuße in den Eimern. Schroffe Luft, eine rastlose Welt, die nicht länger wartet. Das ist ganz unsentimental. Es gibt die, die mitkommen, und die, die nicht mitkommen.

Der Himmel der Stadt und die Straßen der Stadt sind eins.

Dasselbe irre Licht. Meine Erleichterung, der Wohnung entkommen zu sein, hatte dieselbe Farbe wie der Himmel.

Es macht dich nervös, mich zu sehen, du zitterst, merke ich.

Ich dachte, es könnte gut sein, dass wir uns sehen, sagst du, aber wir wissen beide: Es macht keinen Unterschied, ob wir uns sehen oder nicht.

Ein Gedanke wie dieser: zurückzugehen und nachzuschauen, ob man nichts vergessen hat. Ob man ein Licht brennen ließ. Immer brennt irgendein Licht; immer verschwendet man Strom in dieser Welt.

Sie überrascht ihn auf der Hintertreppe, sie will auf Wiedersehn sagen. Ich fahre morgen und will dich stören, bevor ich dich nicht mehr störe. Er schlägt den Wischlappen über die Schulter und ringt seine trockenen Hände trocken, sein Blick streift durch den Hinterhof und kämmt alles gegen den Strich. Die Sonne glänzt in einer Blechplatte und einigen Rohren an der Treppe. Eichenblätter sind halb im Schnee versteckt, der sich dem Frühling nicht ergeben will; ach, du hier, sagt er und denkt: Was machst du denn hier. Sie wundert sich, zieht den Reißverschluss ihres Overalls auf, so dass er das blaue Kleid und die Halskette sehen muss.

Er fasst sie am Oberarm, komm, willst du nicht mit in mein Zimmer. Sie kommt mit, dann stehen sie da, sie schlüpft aus dem Overall, während er wieder seine Hände ringt und sich auf einen Stuhl setzt. Sie schaut sich im Zimmer um und entdeckt ihre eigenen Sachen. Auf diese Weise sieht hier alles fremd aus, dass er hier wohnt, wirkt unwahrscheinlich, dass er hier nicht wohnt, genauso. Seine Sätze sind kurz. Im Fenster hängen kleine Glasprismen an Nähzwirn. Wenn die Sonne drauf scheint, sagt er, dann musst du das einfach, dann solltest du das bloß mal sehen. Ein Regenbogenspiel an der Wand. Eine regelrechte Regenbogenexplosion. Er macht eine Bewegung mit der Hand. Sie nickt. Stellt ihre Stiefel mit den Absätzen an die Wand. Hier ist es schön, sagt sie und meint es ernst.

Danke, sagt er. Echt schade, dass du es nicht gesehen hast.

Sie nickt. Sie ist froh, Parfüm aufgetan zu haben, es duftet schwer, da ihr in all ihren Sachen so warm geworden ist. Sehr weiblich. Er ringt seine Hände. Er hält den Atem an.

Du bist ganz blass, lügt sie. Er sieht mit bedauerndem Blick zu ihr auf, und die Tür zum Flur geht auf, seine Freundin steht da, aufgelöst. Ach du, sagt sie, oder. Sie korrigiert sich, hallo.

Er springt auf, aber dann steht er doch ganz still da. Händeringend zähneknirschend herzzerreißend; ich wollte nur kurz tschüss sagen, ich bin schon weg.

Okay, sagt sie.

Ihr Mund steht offen, sie hält den Atem an, als hoffte ihr Körper, die Lungen stünden offen wie der Mund und die Luft könnte den Weg von allein zu ihnen finden. Ein Eiszapfen, der nachgibt und abbricht, so geht sie. Hinter ihr bleibt ein Loch im Zimmer, es ist wie ein Rosttropfen, der durchs Bild läuft. Dort, wo sie stand. Vielleicht ist aber auch sein Zimmer als Ganzes eine Bühne, ein Nicht-Ort in der Welt, und sein Leben da, für sie: ein Nicht-Leben. Ein Sturz ohne Ende.

War schön, dich zu sehen, lügt er.

Das war schlechtes Timing, fragt sie ihn. Er nickt, sie überlegt, mich zu verlassen, ehe ich sie verlasse.

Tust du das denn.

Nein, antwortet er, tu ich nicht. Oder, nicht mehr als sonst auch. Das ist eigentlich alles ein langer Versuch, woanders hinzukommen. So fühlt es sich an. Sie nickt. Ja, sagt sie, wird wohl so sein.

Das Geräusch des Getreides, das aus dem Silo strömt; ein mahlender Kiefer, zehntausend Steine, ein Sturz von ganz oben. Der Silo ist rot vor Rost, es riecht nach kaltem

Zement und Heu. Der Boden hat Risse, in einer Ecke steht ein alter Ferguson. Sie hält einen Sack, und Arne schaufelt das Getreide hinein. Der Staub dringt durch die kleinsten Öffnungen. Die Schleimhäute sind erschöpft. Diese Blässe, wer ist weißer. Jetzt kann der Winter kommen, denkt sie. Diese Freiheit, allein durch die Hügel zurückzufahren. In Fünfzig- und Hundert-Kronen-Scheinen zu zahlen. Nicht leicht, mit dem Auto über die Hügel zu klettern. Ein Gefühl, niemandem mehr auf der Last zu liegen. Aber dann ist es doch so. Im Eingang Schuhe auf einer Zeitung. Ein bullernder Ofen, die Fenster sperrangelweit offen. Bist du da. Die Kirche, die den Untergang der Sonne zu früh einläutet, der Rasen, auf dem altes Brot und ein zerrissenes Hühnergerippe herumfliegt. Jetzt kann noch der Winter kommen. Jetzt kann der Winter auch noch kommen.

In dem kleinen Zimmer ihrer Wohnung in Aarhus, oben unterm Dach, ist es höchstens ein paar Stunden hell. Sie haben es nie geschafft, die Lampe anzubringen. An der Wand gleich neben der Tür ist ein Schalter, aber keine Leitung keine Fassung keine Birne. Sie geht in die Hocke und wühlt in einigen Kästen mit Werkzeug, Klebeband, findet eine Taschenlampe. Das hat was von einem Einbruch. Dieser Lichtkegel, der sich etwas zu schwach über Astlöcher bewegt, sie mit künstlichem Licht füllt und über alles hin und her huscht. Also hat sich meine Erinnerung getäuscht, denkt sie. Sie war fest davon überzeugt, hier herrsche mehr Ordnung, mehr Kontrolle. Keine Spur davon. Staubig ist es nicht, wahrscheinlich zu feucht für Staub. Etliche Plakate und einige ihrer Skizzen stehen zusammengerollt in einem Keramikkrug in der Ecke, deine Angelrute und ein Besenstiel und dann eine Tischdecke aus Papier. An der linken Wand hat sie einst die Regale angebracht. Oder sie haben. Die Regale sind schief und drohen damit, die Gläser mit Marmelade und Chutney, Saft, Shampoo abzuwerfen. Die Umzugskartons sind in die Knie gegangen. Es sollte nur für kurze Zeit sein. So ist es halt, alles immer: ein Übergang. Sie kriegt einen Fuß zwischen einen Turm aus Kartons und einen Korb mit Sportsachen, scheint ihr, und seine Schuhen und einige Jahrgänge des *New Yorkers*. Sie streckt sich über ein paar Kartons, um das Dachfenster zu öffnen. Die Luft ist nicht so kühl, wie sie angenommen hatte. Als ob die Luft sich weigerte, sich zu bewegen. Ein Glas mit Citrons confits. Eine Korbtasche mit verschlissenem Lederband. Ein Olivenbäumchen, ein Lorbeer, als ob das hier überleben könnte. Alles Mögliche, das meins ist, denkt sie. Aber ich kann das nicht nach Kopenhagen mitnehmen.

Aber genau das macht sie dann doch.

Warum auch nicht, geht doch.

Sie tragen den Tisch in die Sonne vorm Giebel.

Auf dem Weg haben sie eine geräucherte Makrele und ein paar Tomaten eingekauft. Ihre eigenen Tomaten sind noch hart und gelb. Oder anders: Ihre eigenen Tomaten sind einfach Pflanzen und Blüten. Sie hat das Holzwerk zweimal überstrichen. Ein glänzendes sattes Schwarz, wir müssen dran denken, die ersten Frühlingstage zu genießen, sagt sie.

Er nickt, den Mund voller Nägel, er legt neue Dachpappe auf die Scheune, wo es durchgeregnet hat, es ist Herbst. Und es gibt noch ein paar Tomaten, wie Herzen hängen sie im Treibhaus. Das Treibhaus schwitzt. Und Schnittlauch haben sie noch. Er holt Salz aus der Küche, sie schnippelt.

Sie sitzen in der Sonne. Sie geht in die Scheune, sie hört, wie er auf dem Dach über ihr arbeitet. Sie stellt sich unter ihn, schließt die Augen, spürt sein ganzes Gewicht, das auf ihr lastet. Er hämmert, es rieselt ihr auf den Kopf, ins Gesicht.

Würde er sie zermalmen.

Wenn das Dach zusammenbräche, würde er sie dann zermalmen.

Sie kneift die Augen zusammen und schaut hoch, im Dach ist ein Spalt. Sie meint, ihm eine kurze Sekunde lang in die Augen zu sehen. Dann geht sie hinaus. Sie reicht ihm einen Hammer, den er brauchte. Mehrere kleine Nägel. Sie reden nie wieder davon, was das für ein Blick war.

Ihm geht es ganz offensichtlich gut hier, denkt sie.

Dabei geht es *ihr* ganz offensichtlich gut hier. Ihn hier zu haben. Bei sich zu haben. Die Vorstellung, dass sie hier zusammen sind, dass fast nichts fehlt.

Ein Ort, der *uns* gehört.

Aber dann ist es ihr Name, der auf dem Kaufvertrag für das Grundstück steht.

Die Köpfschippe lehnt am Spalier. Es ist das Einzige, das schief steht. Alles andere zeigt geradewegs nach oben.

Sein Fahrrad liegt im Kies vor dem Staudenbeet und ähnelt einem schlafenden Tier. Er selber ähnelt einem ihrer allerersten Freunde. Man spürt wirklich, dass die Sonne wärmer geworden ist, sagt er, und legt eine Tomatenscheibe aufs Brot. Etwas ungeduldig, aber trotzdem, *hier*.

Sie wollen nicht mehr mitnehmen als absolut nötig.

Sie will gerne lange wandern.

Zwischen den Häusern ist es dunstig, der Markt ist abgespritzt worden. Wird warm heute, sagt sie. Wir müssen los, sagt sie, was sehn wir uns an, fragt sie.

Aber dann geht sie ganz alleine los an diesem Tag. Er hat noch was zu klären. Alles ist schläfrig. Am Abend erzählt er ihr, er habe unten auf dem Platz gesessen. Und sich das Leben angesehen.

Sie nickt. Ein andermal, sagt er. Morgen vielleicht. Aber dann: vielleicht morgen nicht. Denkt sie. Dass sie alleine fährt, dass sie ihn immer vermissen wird, dass er etwas will. Dass sie gemeinsam etwas wollen, eine Bewegung in dieselbe Richtung.

Ihr verstorbener Mann hat einen großen gelben Schal um den Hals. Er ist nicht rasiert, aber sie hat keinen Zweifel, dass er sich angestrengt hat.

Sie lächelt, geht durch den Raum wie ein Messer, das sich seinen Weg durch Fischhaut bahnt. Einen trocken knirschenden Umschlag aus Schuppenhaut, mühsam und scharf zugleich. Er gibt sich Mühe zu lächeln, ein nettes Gesicht zu machen. Sie umarmen sich, und sie lässt ihn gleich wieder los, schiebt ihn beinahe von sich, damit er sich nicht auf sie stürzt. Sie hält einen Zipfel des Schals fest: Was für ein schickes Teil, sagt sie. Und er neigt den Kopf und schaut sich den Schal an. Wie schwer es für ihn sei. Hier zu sein.

Du bist schon da, sagt sie.

Er nickt. Er ist ein Kind, das täglich von zu Hause auszieht, oder: Er ist das Meer in den Gezeiten, kommt heran und zieht sich zurück. Abwechselnd trotzig und gelenkt von etwas außerhalb seiner selbst, etwas in ihm – vielleicht ist es bloß das ganze Leben, das so ist; ewige Ankunft und

Abreise in einem Muster, über das man nicht selber Herr ist; einem Rhythmus, den man einfach: erdulden muss.

Sie wünschte, sie hätte den neuen Mann heute nicht dabei. Es ist, als würde er alles ernten, was vorher gesät wurde. Mich, denkt sie.

Er hat ihr nichts zu geben, das hat sie immer verstanden; es gibt keinen – guten Zeitpunkt. Der richtige Zeitpunkt war viel früher, es ist immer schwer, nach wie vor ein Ausnahmezustand.

Alles ist bereits zu spät.

Seit wann ist es so.

Ihr verstorbener Mann – sein Blick, der mit müheloser Bewegung alle Blumen und den ganzen Wein und sämtliche Bücherstapel vom Tisch wischt.

Viel Abschied ist hier in einem Raum versammelt.

Das ist dein großer Tag, sagt einer zu ihr. Ihr Magen zieht sich zusammen, dass er eine Katze erwürgen könnte. Sie kann nicht vergessen, dass den Schal eine andere für ihn gestrickt hat; und dass der neue Mann in seinem Leben nie so unglücklich gewesen ist. So neben sich stehend.

Ihr verstorbener Mann hat seinen alten Freund mitgebracht, er hat nichts verstanden. Oder er kann es nicht ertragen, sich selber in diesem Raum zu erkennen. Er hat eine Flasche Champagner in der Hand. Der ist für sie; der ist für dich, sagt er. Als wäre Champagner die Lösung des Rätsels. Und dann gehen sie wieder, alle beide, sie kommen nicht mehr mit. Sie bleiben nicht mehr hier.

Sie stürzt ein Glas Weißwein hinunter, begrüßt einen Mann mit russischem Namen. Seine Lippen haben etwas Vielversprechendes, hinterher kann man sie sich nicht mehr vorstellen, er ist da, indem man ihn sieht, und dann ist er weg; zerstörte Gesichter setzen sich in einem fest; unversehrte Gesichter vergisst man wieder.

Weil sie sich noch nicht als zertrümmerte verraten haben.

Alles, was sich nicht als zertrümmert verraten hat.

Man bekommt Lust, für immer hierzubleiben, sagt er. Was er aber meint, ist, er hat Lust, ein Daheim zu haben, ein Zuhause. Die Nacht ist warm. Die Sonne geht zwischen den Häusern unter, und alle Dächer sehen angestrichen aus. Verschiedene rote und ocker und braune Flächen, die sich ineinanderschieben. Sie haben nur die Schuhe, die sie an den Füßen tragen.

Ihre Rucksäcke stehen nebeneinander an der Wand.

Im Zimmer ist es kühler als draußen. Eine Nacht in jeder Stadt, lautet die Abmachung. Und dass sie nie mehr als drei Tage im Voraus planen dürfen. Regelmäßig verpassen sie ganz knapp ihren Zug. Immer kommen sie von etwas Besserem, und immer sind sie auf dem Weg zu etwas absolut Phantastischem. Trinken Kaffee im Bahnhofscafé in einer Koje mit gepolsterter Bank in rotem Leder. Das am Oberschenkel klebt. Ein Hund trottet vorbei, der seine Leine hinter sich herzieht. Über Lautsprecher ändern sie pausenlos das Gleis, *binario due, binario cinque, binario due*, und der Zug ist grundsätzlich verspätet. Zehn Minuten, zwanzig Minuten, je nachdem. Wir hätten noch was essen können, stellt er fest. Sie nickt; sie entdecken einen Supermarkt, der viel billiger ist. Ein geheimer Strand, der gar nicht so geheim ist, wie sich herausstellt. Aber manchmal schon. Das Buch, das sie liest, wird besser davon, dass es hier gelesen wird, es scheint zumindest so. Auf jeden Fall ein anderes.

Von Pompeji ist sie enttäuscht, nimmt sich vor, nichts zu sagen, denkt aber bei sich, in Berlin ist mehr Pompeji zu sehen als hier, die ganze Welt ist über die ganze Welt verstreut. Italien in Berlin. Ägypten in Berlin. Berlin in den USA. Die USA in Frankreich. Sie legt ein Laken zwischen ihre Beine. Es ist so warm hier. Wacht früh auf. Ein Lastwagen, der bremst. Im Hinterhof Gepolter, ein umkippender Metalleimer. Lust, Wasser zu trinken. Sie steht auf und duscht eben, legt sich wieder zu ihm, alles eine einzige ununterbrochene Bewegung. Sie zieht etwas durch den Raum.

Ich habe Angst, alles vergessen zu haben. Ich hab unsere erste Begegnung vergessen, ich hab vergessen, wie wir von der Hochschule und ins Sommerhaus deiner Eltern kamen. Ich kann mich nicht erinnern, wo ich deine Eltern zum ersten Mal sah. Ich kann mich nicht erinnern, wie es ist, mit dir zu erwachen. Ich kann mich nicht erinnern, wie es sich anfühlt, nach Hause in eine Wohnung zu kommen, die man mit einem anderen teilt. Mit dir. Eine Wohnung, die das Zuhause eines anderen ist. Ich kann mich nicht erinnern, wie es war, einem anderen Menschen so nah gewesen zu sein, beinah miteinander verwachsen; ich weiß nur noch, dass ich zur Tür sehen konnte und dass du sie mit dem Fuß zugeschoben hast, weil du näher dran warst. Ich kann mich nicht an meinen Ärger über deine Langsamkeit und Sorgfalt erinnern. Mit dem Frühstück. Mit Briefumschlägen. Ich kann mich nicht an meine Wut erinnern, als ich dich bewusstlos auf einem Sofa auffand. Wieder einmal. Ich weiß nur noch, wie ich dich so auffand. Ich weiß nur noch, wie langsam und sorgfältig du warst. Ich kann mich an deine Eltern erinnern. Das Gefühl, dass immer alles das *erste*

Mal ist. Das Sommerhaus, daran erinnere ich mich, aber die Tage dort mit dir habe ich vergessen, den Ginster, dass deine Mutter den Ginster mit einer Gartenschere beschneidet. Dass du flüsterst, dass ich es ihr nicht sagen dürfe, dass sie stattdessen ausgegraben werden müssten, dass der Beschnitt nur vergeudete Zeit sei. Und der Wald, die Abkürzung zur Wiese hinunter. Ich habe vergessen, wie weit es bis dahin war. Und das Gefühl – ausgeruht und mit Kopfweh aufzuwachen, weil ich so seltsam an dich gelehnt war, auch davon hab ich das Gefühl vergessen; und jetzt kann ich nicht verstehen, wie es kommt, dass du nun wieder hier liegst, so dicht neben mir, dass mein Körper eine Verlängerung des deinen ist. Dass soundsoviel *fehlt*. Dass soundsoviel etwas anderes ist und dass es dich immer noch gibt.

Der Staub der Ähren treibt in der Sonne, verschwindet im Schatten.

Sommer.

Der Pächter geht durch den Stall. In Licht und Schatten wird er abwechselnd sichtbar und unsichtbar. Er geht, als betriebe er ein Uhrwerk mit seinen Schritten. Wenn er ins Dunkle tritt, vergehen im Nu alle Geräusche des Stalls.

Aber dann wird er sichtbar im Dunkeln und ganz durchsichtig im Sonnenlicht. Dann ist es so. Und die blanke Zunge der Futterrinne auf jeder Seite des Mittelgangs, die Futterrinne sauber geleckt und blank nach Jahren, nach rauen Zungen.

Mit Getöse schießt das Tor zur Seite, die Sonne tost herein. Der Boden brennt vor Sonnenlicht, entflammt von den Beinen der Kühe, die die Schatten dazu bringen, sich panisch über den Stallboden zu strecken. Immer drei Kühe auf einmal drängen sich durch den Gang. Ihre Euter sind voll und fest, das Fell auf ihrem knochigen Rücken hängt; die Zitzen baumeln. Die Beine könnten brechen. Kühe sind per se zu schwer. Und ihre unruhige Fortbewegung ist weder Gang noch Trott. Sie sind alles andere als begeistert. Sie sind alles andere als nicht begeistert. Sie wirken, als müssten sie etwas überstehen, ehe jemand herauskriegt, dass sie mehr wissen, als gut ist. Und wie ein Fächer breitet sich diese Flut aus Tieren aus. Und jeder Körper findet seinen Platz. Sie sind wie in den Stall gegossen. Jede einzelne Kuh kennt ihren Platz, es erinnert an die Wellen am Strand, eine Selbstverständlichkeit der Bewegungen, eine Routine, ja, es erinnert an die Kräfte der Natur.

Immer noch glaubt sie, er komme da und er bereue es. Ein Freund ruft an und entschuldigt sich. Nicht so sehr im eigenen Namen, sondern in dem der Liebe. Dass es nun mal so sei; ungerecht. Gerechtigkeit hat nichts mit Liebe zu tun, Gerechtigkeit hat etwas mit Geschäften zu tun, mit Geld.

Die Zeit tut glücklicherweise ihre Arbeit, lügt sie.

Nein, sagt er nur. Das geht nicht weg, damit darfst du nicht rechnen.

Nein, sagt sie. Du weißt, wovon du redest, sagt sie. Jemand hat etwas in ihm vergessen. Kein Frühling kann das korrigieren. Die Kühe, die zum ersten Mal rauskommen, sich durch das Tor wälzen, durch den Hof und über die Straße. Die steifen Beine, die fast in tausend Stücke brechen und wie Knochenmehl unter den Bäuchen wirbeln; die durchweichte Wiese ganz oben am Weg. Wozu das Ganze. Und dann muss man sowieso hier sitzen, auf der Erde, wo der Stall war. Jetzt ist hier offenes Gelände, wo der Himmel direkt herunterkracht. Kühe rechnen sich nicht. Sie denkt: Ich denn. Sie ruft ihn in Kopenhagen an, sie steht auf und geht durch die Stadt. Und er hängt an jeder Straßenecke. Und ein anderer Mann hängt in ihren Gedanken. Und ihrer Haut. Und sie hat den Eindruck, dass immer mehr Fäden, die sie verbinden können, immer kürzer werden. Mehr lange Sätze, die als falsch offenbart werden. Mehr kurze, die Sinn ergeben.

Komm, ruft der Pächter und schiebt das Tor beiseite.

Komm, sagt sie ihm am Telefon. Aber er muss in Kopenhagen bleiben, die Arbeit erfordert es; und seine neue Freundin hat Probleme damit, dass wir uns sehen, sagt er. Dass du nicht einfach loslässt, ich würde natürlich gerne und so weiter.

Eine Zeit, die jemandes Körper bewohnt.

Eine Zeit dafür und eine Zeit für etwas anderes. Für einen unruhigen Monat oder nur eine unruhige Nacht. Eine magnetische Nacht. Ein überfülltes Bett allein. Dann bist du wieder hier. Dann sind die Schneebänder der Fächer, die die Kühe bildeten, die straffen französischen Zöpfe, einige Stimmen, mindestens drei raus und rein und alle durcheinander, Sätze, die immer kürzer werden.

Es ist ein Sonnenaufgang, der so und so viel Zeit braucht. Ein Licht, das den Horizont aufweicht. Etwas mit den Geräuschen macht.

Zweige im Gegenlicht.

Ein Himmel, der ein Himmel wird. Auf der Straße hat jemand einen Schuh verloren, er wird gefunden, aufgehoben und abgegeben.

Sitz still.

Ich bekomme einen Preis dafür, dass ich etwas aufgeschrieben habe, damit ich's nicht vergesse.

Ich bekomme einen Preis, und mir ist glasklar, dass du dich nie für mich interessieren wirst. Mir ist glasklar, dass du dich nie für etwas anderes als mich interessieren wirst.

Die Zweige sind ohnehin schon schwarz, aber das Gegenlicht macht es noch deutlicher. Dass ich zu früh aufgewacht bin und hier im Haus meiner Eltern stehe und einen Sonnenaufgang betrachte, der einen Sonnenaufgang nachmacht, den es schon mal gab.

Die Bucht von Aarhus: ein Morgen dort.

Die Schären, Sankt Anna Skærgård: ein Morgen dort.

Ich vermisse dich nicht, ich habe überhaupt nicht verstanden, dass es dich gibt, damit man dich vermisst. Mit andern Worten: dass du nicht hier bist. Und nun wieder die Zweige, die das Bild zerschneiden. Ein Licht, das von unten in den Himmel hinaufsickert. Ein Teebeutel, der die Serviette durchtränkt.

Eine Demut gegenüber einer Ordnung, gegen die man einfach nicht ankommt. Dieser Gedanke: dass alles nur vorübergehend ist. Dass der Stall vorübergehend ist. Dass meine Mutter vorübergehend ist. Dass wir all die Jahre zusammenleben und dass du dann anfängst zu zweifeln. Dass du es laut sagst. Mein Leben ist ständig vorübergehend. Ein Bild auf dem Weg in ein anderes. Es ist immer ein Übergang, nur ein Übergang. Dieses Insistieren, bis man bereit ist, auf etwas anderes zu insistieren. Es bleibt dabei, die Tulpen sehen eingekauft aus, wenn du mich nicht hast, um sie zu arrangieren.

Du wartest darauf, dass es anders wird. Du wartest darauf, dass dieser Übergang bald geschafft ist, wo du *lernst zu wohnen*.

Ich seh ja ein, solange es so ist, wie es ist, kannst du nicht herkommen. Weil du schon hier bist.

Oder weil du Lust bekommen würdest, hierzubleiben.

Unter dem Winter liegt eine Wanderung quer übers Feld. Ein Spaziergang durchs hohe Gras. Sandalen, nackte Beine, trockenes Süßgras, das von einer Seite zur andern flutet. Gras, das umknickt und sich wie eine gefallene Zunge hinter mich legt. Eine Ferse, die sichtbar wird, wenn ich sie anhebe, und dann ist wieder ein Bild niedergetreten. Gelbe Strohblumen, inselförmig. Und dann: wieder Gras. Und wild gewachsene Kiefern, die nichts anderes sind als eine Art in die Erde gesteckter Zweig. So sehen sie aus. Aber so war es früher, ich bin zehn Jahre alt, und wir haben das Stück Land eben vom Staat gepachtet. August, keine Ahnung, ob zu der Zeit das Weidenröschen blüht, aber ich erinnere mich an Weidenröschen, die blühen, es ist wie eine ganze Wand aus unruhigem Lila, die die Brombeeren erstickt. Nun ist es mal andersherum, nun sind es die Blumen, die die Brombeeren ersticken, und in einem anderen Bild sind es die Brombeeren, als Einziges, blaue Finger und rote Teigschüsseln. Es ist, als stimmten die lila Farbe der Brombeeren und die der Finger überein, als offenbarte sich der Brombeersaft als Blüte, als wären die Blüten zu harten Bällchen zusammengepresst worden, zu diesen Beeren, die nun reif und süß sind und sich, nun ja, offenbaren. Acht Kilo. Und genauso viel Zucker. Und noch mehr Gläser, und an den Scheiben läuft das Wasser herunter. Man sieht, wie der eine Fuß angehoben wird und der andere Fuß angehoben wird, vor das eine Bein gesetzt wird, das andere und das nächste und Gras, das sich neigt und vor uns zurückfällt. Und die nackten Beine versteckt, die sich dann wieder zeigen.

Heute übers Feld gehen, wo der Schnee knirscht, dort

im Sommer gehen. Dass es deine Augen sind, die meine Fußsohlen sehen. Dass die Landschaft eigentlich du bist. Dass du in einem Bett in Kopenhagen liegst, dass es Abend ist und dass du ihre Hand von deiner Brust hebst, da sie zuerst eingeschlafen ist. Oder nur der Gedanke daran. Oder der Gedanke an sie, die durch dasselbe Gras geht. Oder sich umdrehen und sehen, dass keiner dagewesen ist. Ich drehe mich um und schaue zurück. Zwischen dem Wald und mir liegt die Schneezunge und schwatzt von meinen Schritten, die von etwas anderem schwatzen. Von *was*, kann ich nicht richtig überblicken. Von dir, von dir könnte es sein.

Der Tag schleppt sich dahin. Meine Mutter setzt sich an einen Tisch, es ist später Nachmittag. Es gibt immer etliche Stapel, die sie durchsehen muss. So ist das mit ihr, sie arbeitet sich durch Papierstapel, die anwachsen, sobald sie schläft, sobald sie nicht hinsieht. Sie ist gut im Aufpassen, aber was hilft das.

Alle müssen mal ein bisschen schlafen.

Es wird bald dunkel, sagt sie zu mir und meint damit, ich solle ein bisschen Luft schnappen. Ich sehe von meinem Buch auf und hebe das Bein an, um nachzuprüfen, ob sie müde sind. Wenn man ganz still sitzt, spürt man seinen Körper nicht. Ich habe ein summendes Geräusch im Ohr. Was bedeutet es eigentlich, in einem Haus aufgewachsen zu sein, das immer vom Geräusch einer Uhr erfüllt war. Ob man davon krank werden kann. Die Kirchenglocken, die Sonnenaufgang und -untergang einläuten. Ob man deswegen wegzieht. Und weil man nicht daran denkt, das Geräusch vielleicht durch einen simplen Handgriff stoppen zu können. Ein Stromkabel oder was weiß ich. Ich glaube, dies Summen hier ist das Geräusch eines Hauses, ganz einfach, eher das Geräusch von rinnendem Sand als von Zeigern, von Fingern in Zeitungsstapeln, das Rascheln des Beutels mit dem Katzenfutter, eher das Geräusch eines Strohballens, der von hoch oben auf einen Betonboden geworfen wird, jeden Tag. Einer aufgehenden Tür. Es ist eine fortgesetzte Bewegung, die rückwärts zählt, so viel »zu Hause«, so viel »daheim«. So viel, so laut, so nahe, dass man es beinahe nicht sieht, beinahe nicht hört. Weil es dir in Fleisch und Blut übergegangen ist und es einfach deine Augen sind, um das Versteck zu finden, wo das gesprenkelte Huhn neuerdings seine Eier legt, um die Eier in eine Schüssel zu schlagen, um das wütende Huhn von seinem Platz zu bewegen, was sonst auch meine Mutter macht. Mit schwarzen Handschuhen.

Und dann die Gewissheit, dass die Bewegungen rückwärts zählen, nicht vorwärts, dass man hier schleunigst weg muss.

Man muss in seinem Zuhause, seinem Heim, eine Heimlosigkeit erfinden, um Platz für sich selbst zu schaffen. Und die Augen und die Eier und die Brombeeren sind da und das Geräusch runder Futterpillen, die in den Metallschalen klirren wie Hagel, Atemnot.

Meine Beine sind nicht müder als gewöhnlich. Ich habe immer müde Beine, wenn man erst mal angefangen hat, darauf zu achten, ist das wohl so. Ich strecke mich aus, so dass meine Fußsohlen die Armlehne des Sofas berühren, ich stöhne, die Katze ahmt meine Bewegungen nach. Willst du mit raus, frage ich meine Mutter, und sie hebt den Kopf, lugt auf den Schnee, der draußen fällt, schaut nur. Sie kann nicht, sie hat immer was zu erledigen. Ehe sie essen kann ehe sie schlafen kann ehe *darauf zu achten*. In diesem Leben ist kein Platz für sie. Aber es gibt halt kein anderes.

Platz.

Das kalte Licht vom Schnee, das ganze Weiß. Der Winter hat ihr das Gesicht aufgerissen, es klirrte im Wohnzimmer, wie wenn das Eis bricht und wogt unter einer blassen Sonne. Der Kronleuchter, der still über dem langen Esstisch hängt, auf dem die Papiere und Mappen wie gehäutete Tiere liegen, Ringbücher mit den glänzenden Metallrippen, ein Schlachthaus, Fleischerhaken, die von den Decken ins Zimmer hängen, durch die Seite, das Gedicht, an dem ich gerade schrieb. So empfindet man es ab und zu, dass man so nicht schreibt, dass man so nichts ersinnt. Man schreibt nur das hin, was es gibt. Das ist absolut kein Hokuspokus, in diesem Unternehmen steckt keinerlei Phantasie, nicht für einen lumpigen Heller. Alles dreht sich nur darum, sich zu betäuben, damit man es wagt, mit sich selber verschwenderisch zu sein, ohne all diese, ja, was eigentlich, Illusionen zu sehen. Ohne diese Geschichten. Es ist der Wunsch, die Welt zu sehen, wie sie ist, hier und jetzt. Vielleicht handelt es sich in erster Linie um den Mut, Schluss damit zu machen, Geschichten erzählen zu wollen.

Wenn die Sätze zu Haken werden, die in die Welt hineinragen. Ein Scheiterhaufen unter der Nostalgie; wenn man weiß, dass ein Zuhause ein Zustand ist. Die Versöhnung mit der Vorläufigkeit von allem, der Heimkehr zu dieser Vorläufigkeit. Eine Erkenntnis, dass die Flucht in die Vorläufigkeit der einzige denkbare Ort ist, an dem man sich aufhalten kann; dass sie in allem Vorläufigen der einzige Aufenthaltsort ist. Der einzige stabile, unsinkbare Ort; ein Beharren darauf, dass es für jeden Aussageort, jede Verzierung einen Satz gibt, der keine Verstellung, keine Eitelkeit erträgt; es ist, als ob die Natur die Arbeit übernähme, eine Geburt, vielleicht ähnelt es vor allem einer Geburt. Wie kann eine Frau so brüllen, wie kann man so etwas Brutales schreiben.

Aber das ist vielleicht das Einzige, das man kann, wenn alles andere heißt: sich selber blauen Dunst vorzumachen, die Welt herablassend zu behandeln, dich herablassend zu behandeln.

Wie kann ein Mensch so zynisch reden. Dabei ist es alles andere als zynisch. Dabei ist alles andere als genau das hier zynisch. Das ist vielleicht das Einzige, was man kann. Ein offenes Bewusstsein, das sich ständig in die Welt hineinbewegt. Entweder indem es etwas davon abschneidet oder umgekehrt, indem es die Welt in neue Muster zusammennäht, Erinnerung, Vorstellung, sinnliche Wahrnehmung, Reflexion. Beide Bewegungen sind gleich; ein Wunsch, sehen und sagen zu können, was ist.

Deshalb ist das vielleicht das Einzige, was ich sagen kann: Ich liebe dich. Deshalb ist das vielleicht das Einzige. Ich liebe dich nicht. Diese Sorte von Sätzen sind immer nur in einem Augenblick, an einem Ort wahr. Von hier aus gesagt, ist es wahr.

Ein Mensch, der in Liebe spricht, ist das Rührendste, was es gibt, falls man das kann. Den Menschen in den Worten spüren.

Meine Mutter kann nicht mit rauskommen, ihr Körper suggeriert ihr, dass man mit etwas fertig werden kann, dass man sein Leben auf die Art orchestrieren kann. Sie holt tief Luft, es ist wohl eher ein Seufzer, ein Nein. Und hatte ich nicht gewusst, dass es ein Nein werden würde. Doch, natürlich, das ist mein Geschenk: ihr die Möglichkeit zum Stöhnen zu geben. Auf die Art ist meine Mutter das ständig übersehene Kind. Auf die Art liebe ich sie. Ich bin dazu gezwungen. Wenn etwas bis ins Rückgrat hinein choreographiert ist. Jemand muss sie dauernd lieben; ich weiß nicht, ob das ein wahnwitziger Gedanke ist, aber so geht's mir: dass sie eine Liebe verdient, die konstant strömt, die immer da ist. Und mein Vater; mein Vater, ja, was ist mit ihm. Wo ist er.

Ich setze mir eine orangefarbene Mütze auf, gehe durch die Tür im Wirtschaftsraum hinaus. Ehe sie zufällt, höre ich, wie meine Mutter hinter mir herruft, ob ich nicht die Vögel füttern wolle. Wo ich doch jetzt angezogen sei. Ich nehme den Müllbeutel mit hinaus und knote den Abfallsack auf, die Müllleute sind die ganze Woche nicht da gewesen, sie kommen nicht voran. Drei Säcke stehen an der Mauer. Stopfe den Beutel hinein, und ich weiß nicht recht warum, ob es die Furcht ist, es könnte zerbrochenes Glas im Beutel sein; aber ich muss an die schönen Gläser denken, die ich einmal gesehen habe. Mundgeblasen vermutlich. Wo, weiß ich nicht mehr. In der Mitte des Stiels ein Knoten, ein Knie. Die würde ich gerne haben, das Glas war grün, und obwohl man sie nie zuvor gesehen hatte, würde man sie *wiedererkennen*, wenn man sie sähe.

Es schneit wieder. In Kopenhagen, das ist ein Gedanke, zu dem ich zurückkehre, in den Städten Paris, Wien, können Regen und Schnee nicht weg. Es gibt keinen Platz. Das Wasser steigt in den Straßen, der Schnee ballt sich, Schicht um Schicht. Klettert die Hausmauern hoch, schluckt Etage auf Etage. Keiner kann mehr atmen. Nur ein paar Türme ragen noch heraus. Und oben stehen die Kinder mit ihren Füchsen an der Leine. Dieses Bild – wie sie Tee oder warme Milch trinken, wie in zwei Säulen der Dampf aus den Nasenlöchern steigt, wie sie auf dem Schwanz der Wetterhähne auf den Dachrücken, auf den Dächern der Turmzimmer sitzen. Brüderlich teilen sie eine Apfelsine dort oben unterm Himmel.

Ich weiß nicht, was Katastrophen so anziehend macht.

Das wollte ich. Dort sitzen. Oder dort liegen, lebendig begraben. Dass die Scheiben zerbrechen, eine nach der anderen. Dass das Wasser hereinstürzt wie Pferde in einen Stall. Wenn keine Plätze vergeben sind und alles erfunden werden muss. Alles ist ein Kampf, und man kennt nicht einmal die Regeln dafür, wie man gewinnt. Wer kriegt am meisten, so was in der Art, geht mir durch den Kopf, und ich lüfte den Deckel einer der beiden blauen Tonnen mit Korn. Schaufle Sonnenblumensamen und Weizen in einen Eimer. Und nichts liegen lassen. Die Vögel warten auf den Zweigen der Bäume, acht Futterplätze hat unser Garten. So war es immer. Und es sind acht Schritte zwischen dem Futterraum und der Krippe im Stall. So passen so einige Dinge zusammen.

Wir sind bei Großmutter, sagt meine Mutter am Telefon, einen Monat, nachdem wir sie begraben hatten.

Wie lange gehört ein Ort einem Menschen.

Und hört eine Großmutter erst auf zu existieren, wenn alle Erbstücke verteilt worden sind.

Was bedeutet es, dass ich in ein Dorf zurückkehre, in dem der Pächter des Pfarrhauses den Stall abreißen ließ.

Als ich das kleine Dach wieder auf das Vogelhäuschen vor der Küchentür lege, fällt ein dunkles Stück Dachpappe ab und landet im Schnee. Ich hebe es auf und halte es mit den Lippen fest, während ich das Dach ordentlich befestige. Stecke es in die Tasche. Immer ist alles damit beschäftigt, etwas anderes zu werden. Ich vermisse dich nicht mehr, ich habe dich nie vermisst. Ich klopfe den Eimer ganz leer, ich drehe ihn um und schlage viermal mit der Schaufel auf den Boden. Im Schnee ist ein umgekehrter Sternenhimmel zu sehen. Dunkle Punkte auf Weiß. Die Fußspur eines Vogels ändert das Bild auch. Ständig ist die Landschaft neu. Ständig erinnert man sich an etwas anderes. Das, was zu einem kommt, und das, was verloren geht. Ich habe ein Gefühl von Heimweh, aber vielleicht geht es gar nicht so sehr um Heimweh. Vielleicht ist es das Gegenteil, das unheimliche Gefühl, dass eine Umkehrung stattgefunden hat. Dass das Heimweh in Wirklichkeit ein Heim ist, ein Zuhause, dass dieses magnetische Gefühl in Wirklichkeit ein Gefühl von *zu viel* Heim ist, zu viel zu Hause zu sein *irgendwo* in einem Gesicht, ganz in eine Landschaft zu fallen und zu bleiben. Ja, was bleiben, eigentlich. Unsichtbar. Oder einfach: sag selbst. *Hier*.

Die Landschaft hat sich losgerissen. Die verschiedenen Teile bewegen sich oder stehen still für sich. Der Hügel streckt sich von den Rhododendronbüschen vorm Ostgiebel und endet hinter der Wäscheleine und den Eichen an der Grundstücksgrenze. *Eine* Bewegung. Das Feld hinter dem Grundstück, wo sich der Schnee in Streifen legt, eine andere. Ein Sommer, ein Holzfeuer, das, wie man später versteht, ein Mensch ist. Lautes Lachen, dass man seine Zeit darauf verwendet, das Eine oder Andere vorzutäuschen. Die Kunst. Das Theater, das an Terrain gewinnt. Und ein Gefühl, dass man trotz allem eine Verantwortung hat. Sie sitzen am Tisch und bürsten Pilze mit Zahnbürsten ab.

Sie fragt sich, ob er noch weiß, dass er mal zu ihr gesagt hat, sie sei so dünn geworden, dass ihr Kopf im Verhältnis zu ihrem Körper zu groß erscheine. Dass sie *afrikanisch* aussehe.

Sie weiß noch, wie sie auf dem Autositz kauerte. Es war warm, die Sonne schien schräg ins Auto. Als sie das nächste Mal tankten, lief sie auf die Toilette der Raststätte und schaute nach, ob es stimmte.

Sie war immer darauf erpicht, so auszusehen, als äße sie mehr, als sie es wirklich tat. Aber sie aß doch. Ich *esse*. Sie hatte einen Eimer mit kaltem Wasser auf die Terrasse gestellt. Als sie das Auto auspackten, legte sie einen Karton Milch und einen Beutel gefrorene Erbsen in den Eimer und schob ihn unter die Bank in den Schatten.

Sie tranken eine Limonade auf der Terrasse, ehe die Mücken sie wieder ins Haus jagten. Sie wachten zu früh auf, oder sie wachten ständig auf, schliefen nie ein; der Ort weckte sie. Wenn ich hier alleine wäre, sagte sie zu ihm in der Nacht, wäre ich unglücklich.

Was bist du denn jetzt. Jetzt bist du hier mit mir.

Er beschloss, an diesem Abend nicht mehr zu weinen.

Er schlief.

Schläfst du.

Ich schlafe nicht vor dem Morgen ein, dachte sie, das weiß sie noch. Die Umgebung drang beharrlich durch die kleinen Fenster herein. Und sie schlief nicht, um sechs fing sie an, an seinem Ohr zu zupfen und sacht hineinzupusten. Er rieb sich ein paar Mal am Ohr, bis sein Körper nachgab und er die Augen aufschlug. Wo bist du gewesen, dachte sie bei sich, was hast du geträumt, fragte sie. Mmmh, machte er.

Sie steht auf der Terrasse und holt den Milchkarton aus dem Eimer, als er in Unterhose und Strickpullover erscheint, Holzschuhe an den Füßen, in der einen Hand eine Tüte Haferflocken, in der andern eine Packung Rosinen. So setzen sie sich auf die Bank, der Milchkarton hat über die ganze Terrasse getropft, jetzt steht er in einer Wasserlache auf dem Tisch. Sie ist kalt genug, sagt er und gießt sorgfältig die fettarme Milch über die Haferflocken. Sie schneidet einen Apfel und streut Haferflocken darüber. Er isst Haferflocken rituell, sie schläft rituell. Es hat sich etwas verwandelt; was als Ausnahme anfing, wurde zu einem Zustand der Ausnahme; der zu einem Zustand der Wiederholung wurde, der zur Liebe wurde. Die Ausnahme wurde zum Ritual und wurde alltäglich. Die Liebe wurde zum Ritual. Sex wurde zum Ritual. Was machen wir heute, sagt er. Sie denkt: *überleben*; ich denke an Kajakfahren, vielleicht Angeln, sagt er.

Zeit vergeht.

Ja, wiederholt er und nickt. Kaffee.

Dann wir müssen den Herd anfeuern, Brennholz holen und so.

Ach, Gott, ja, sagt er. Verlassener Hof, wa'.

Ja, ein verlassener Hof.

Er schlägt sich auf den Arm, Mücken, sagt er. Sie lacht.

Ein verlassener Hof, wiederholt sie.

Und du hast kein Auge zugemacht.

Nein, sagt sie. So kann man es ausdrücken. Sie lachen, man kennt dieses Lachen von irgendwoher, woher weiß man nicht mehr, aber man kennt es.

Alles Mögliche sagten wir uns, was schon gesagt war. Ich las aus einem Manuskript vor, und du hörtest zu, rutschtest auf deinem Stuhl hin und her. Ich weiß nicht, mir kamen Zweifel. Ob du eigentlich kapierst, dass ich *wirklich* war. Dass ich *da* war.

Ich habe den Eindruck, eine andere werden zu können. Wenn ich mich zusammennähme.

Aber dann ist es dein Eindruck.

Am Strand, im Sonnenschein, frierst du. Ich ziehe eine Decke über unsere Beine, lege mich wieder auf den Bauch, blättere in Duras' *Moderato cantabile* ein paar Seiten zurück. Fange da wieder an. So liegen wir hier also wieder. Was ist das, was unentwegt die Wirklichkeit ablöst. Es ist mein Eindruck.

Erwartung und Ablösung, es gibt nichts anderes.

Sie ruft an, um eine Verabredung abzusagen. Welche Entschuldigungen zählen. Der Körper zählt nicht. Das Wetter zählt nicht. Katastrophen zählen.

In Berlin wird es Frühling, schreibt ihr Vater. Hier ist man am richtigen Ort.

Sie antwortet ihm, schön, dass der Frühling im Anmarsch ist. Schön auch, dass sie an sie denken, und dass sie auch viel denke – ich denke auch richtig oft an euch.

Verwechslungen gibt es viel. Die Sätze, die anfangen, sich selbst zu verdächtigen. Mütter, die sich verdächtigen, weniger Frau als andere Frauen zu sein, weniger Mutter.

Und ein bisschen wie ich, denkt sie.

Ein Pärchen, das ununterbrochen ineinander verschlungen ist und die Gesichter im Kuss verflicht, glaubt, alles sei das *erste Mal*. Geröstete Kastanien, o Gott.

Frierst du. Sie kommen ins Hotel zurück, er hat getrunken. Auf dem Sofa zieht sie die Beine an und legt ihren Kopf auf seinen Schoß. Die Wärme, das Gefühl eines Zuhauses auf einer Reise in die Ferne. Ich bin müde, sagt sie. Er murmelt etwas vor sich hin. Streichelt ihr Haar. Stößt sie an. Still mal eben, flüstert sie. Lass mich in Frieden, denkt sie. Sie langt nach der Fernbedienung und wechselt den Sender. Sie schließt die Augen; ich versteh nicht, wie du jetzt müde sein kannst, sagt er. Er hebt ihren Körper an, legt ihn anders hin; legt ihn so, dass er ihn erreichen kann. Sie ist es müde, ständig woanders sein zu wollen, und es ist vor allem diese Müdigkeit, die in ihr steckt. Und am nächsten Tag sitzt ein Vogel auf dem Terrassengeländer. Er will weiterschlafen. Sie liegt einfach da und beobachtet den Vogel. So bleibe ich hier liegen. Er bewegt sich auf dem Geländer hin und her. Fliegt auf die Fliesen und hüpft dort herum, als suchte er etwas. Andere Orte. Er versteht nicht, dass man sich nach Hause sehnen kann, wenn man kein Zuhause hat, nach dem man sich sehnt. Ich bin doch da. Das sagte er, hatte er es nicht gesagt. Ungerührt. Aber dann ist einfach keine Logik in dieser Welt. Wer hat dir das eingeredet. Dass es etwas wie *Traumlogik* gibt. Was auch immer das sein mag. Es gibt den *wachen* und es gibt den *schlafenden* Zustand, und keiner von beiden lässt die Welt nach einem logischen Prinzip funktionieren.

Sie ist ständig müde.

Sie ist wieder wach, nie kann sie erwachen. Es gibt keine zwei Dinge auf dieser Welt, die auseinandergehalten werden können, denkt sie bei sich. Sie steht auf, ihre Beine sind steif und schmerzen, weil sie so seltsam gelegen haben. Sie schiebt die Glastür auf, damit der Ort ins Haus kann. Legt sich vorsichtig wieder hin. Der Vogel scheint immer wieder hereinhüpfen zu wollen. Er ist transparent. Irgendwie versteht man, wovor er Angst hat.

Sie wohnen im letzten Mietshaus vor dem Wald, wo die Einfamilienhäuser anfangen. Weißt du noch, wie wir uns kennenlernten, fragt er sie.

Er strahlt.

Ja, lügt sie.

Sie sehen sich einen französischen Film an, der in kalten Räumen spielt. Dunkelhaarige Schönheiten. Wasser. Mehr braucht man nicht zu wissen. Oder mehr interessiert sie nicht.

Aber du kannst dich besser dran erinnern, sagt sie und starrt in die blauen Räume.

Sie wohnen im letzten Haus, bevor man aus der Stadt kommt.

Die Möbel gehören alle ihr, sie weiß noch, wie sie zum ersten Mal dachte: Wenn ich ihn verlasse, bleibt ihm nichts als eine leere Hülle. Ihm gehört nur die Wohnung.

Die drei Schauspieler küssen sich. Alle denkbaren Kombinationsmöglichkeiten werden durchgespielt. Aber simpel.

Sie gehen in eine Bar und knabbern Nüsse. Als ob Nüsse die Lösung aller Probleme wären. Sie trinken bis zur Bewusstlosigkeit und voll sprühender Lebendigkeit. Lebensgefährlich, so verstehen sie sich, das ist sehr deutlich, als wäre das ganze Leben heftig, dabei ist es genau das Gegenteil. Gleichgültig.

Möchtest du Tee, fragt sie.

Nein, erwidert er, ohne weiter zu überlegen.

Möchtest du Wein, fragt sie.

Nein, erwidert er. Ich trinke nicht mehr, weißt du doch, ich habe radikal aufgehört.

Sie zuckt mit den Achseln, ihre Haut ist ein steifer Mantel. Sie seufzt und lehnt sich zurück. Sie streckt die Hand aus und langt ins Regal hinterm Sessel und zieht mit den Zähnen den Korken aus einer angebrochenen Flasche. Spuckt ihn in den Schoß. Gießt Portwein in sein Wasserglas und nimmt es selber.

Du siehst müde aus, sagt meine Mutter, als wir mit dem Spiel fertig sind. Wir haben Winter, deswegen bin ich blass, entgegne ich. Ich seh immer so aus, wenn ich nicht geschminkt bin. Im Winter. Schläfst du gut, versucht sie noch einmal und schiebt die grünen Kugeln in der Schachtel zurecht. Es klingt wie eine Kuhherde auf Betonboden. Ein Regen aus Hufen. Viele unruhige Bewegungen, verschmolzen in fiebriger Geschäftigkeit. Erde, zertreten zu Schlamm, ein Betonboden, der schäumt vor Lärm. Ein Topf mit Hufen, der überkocht. Ich schaue aus dem Fenster hinter ihr. Die Aussicht auf Lenes und Henriks Apfelgarten, dahinter ihr Haus. Der Garten steht da, als wäre er nie gestört worden.

Ist es jetzt drei Jahre her, frage ich.

Was.

Dass Lene gestorben ist.

Ja, sagt meine Mutter zu schnell. Ich schaue sie an. Sie senkt den Blick. Schiebt meine roten Glasperlen über die Platte auf das rot markierte Feld. Ihr ist gar nicht bewusst, dass sie ihre Krankheit mit aller Macht ignorieren will. Es geschieht automatisch, körperlich fast. Wärme umgibt sie, sie blüht auf, rasch, so als würde sie brennen. Als sie nach dem Deckel greift, stößt sie meine Teetasse um. Eine Zunge lauwarmen Tees läuft über den Tisch. Wir reagieren nicht und verfolgen seinen Lauf, wie er sich zum Tischrand schleppt. Es tropft, geräuschlos. Der Tee wird vom Teppich aufgesogen. Ruhig hebe ich die Tasse auf und gehe ein Tuch holen. Langsam, um die Decke um die Beine behalten zu können.

Als ich zurückkomme, hat sich meine Mutter nicht von der Stelle gerührt, nicht einmal ihre Augen haben sich bewegt. Ihr Blick klebt auf der Teelache, die auf der Tischplatte entstanden ist wie ein Loch in einer Eisdecke. Der Leuchter spiegelt sich darin, aber der Blick meiner Mutter ist auf eine größere Entfernung eingestellt, er will etwas sehen, was sich weiter weg befindet, unter der Lache. Unter dem Eisloch. Unter einem nassen Tisch. Ich werfe einen trockenen Lappen über die Lache, meine Mutter zuckt zusammen. Sie hat ihre Augen da unten vergessen, kann ich gerade noch denken.

Wie ungeschickt von mir, sagt sie. Man muss ja annehmen, ich könnte nicht schlafen.

Du bist ja nicht die Einzige, sage ich mir. Von dieser Art Schlaflosigkeit sieht man nicht blass und erschöpft aus. Nur einer von uns schläft, und es gibt immer einen, der schlafen kann und einen, der nicht schlafen kann.

Sie legt den Deckel auf das Spiel, ein Luftzug geht über meine Hand, als sie den Deckel festdrückt.

Wie schafft er das, Henrik. Allein zu sein, frage ich.

Tja, sagt meine Mutter. Wie schafft man das, wiederholt sie, vielleicht um Zeit zu gewinnen. Also, naja, er arbeitet wieder.

Ich nicke. Als ob das irgendetwas erklären würde. Es klingt wie angelesen. Und sie weiß genau, dass ich das hasse.

Aber er verkümmert langsam, glaube ich, sagt sie dann und sieht zu mir hoch. Vor Sehnsucht. Ist doch trotzdem komisch, dass man sich so überlebt. Dass die Dinge einen überleben. All die Reste, die nach den Menschen übrig bleiben, werden plötzlich so bedeutungsvoll. Eine Schubkarre im Garten, ein Korb unter einer Esche. Ein Wäschekorb.

Sie schüttelt den Kopf.

Du bist gesund, sage ich. Du bist fertig mit der Bestrahlung.

Ja, sagt sie nur und denkt, dass ich es eigentlich besser weiß. Es hat eben erst angefangen, es wird nie anders. Man legt so eine Trauer nicht einfach ab, man kann sie nicht totreden, man kann sie nicht vertuschen oder totschweigen. Es ist wie mit dir, es ist wie mit allen wesentlichen Dingen. Sie kehren wie ein Bumerang zurück, mit immer größerer Kraft treten sie auf dich ein, bis dir die Luft ausgeht.

Anfangs ist die Liste kurz, aber je älter ich werde, desto länger wird sie. Du stehst auf der Liste, meine Mutter steht drauf. Diese Tage, wenn man weiß, dass es nicht anders wird. Dass man verloren hat, verloren, verloren, verloren, wenn es so klingt; drei- oder viermal hintereinander. So ein Tritt in den Magen bist du.

Klar, sie fehlt ihm.

Ja, klar, wiederhole ich. Ich geh hoch und versuche zu schlafen, lüge ich. Meine Mutter hat sich auf dem Stuhl umgedreht, sie schaut zu Henriks und Lenes Haus hinüber, im ersten Stock brennt Licht. Nur im ersten Stock.

Ja, sagt sie.

Ja, sagt sie wieder und dreht sich zu mir um. Gute Idee. Nimm dir eine Decke mit hoch.

EIN BEGRÄBNIS

Wir waren zusammen. So drücke ich mich aus, wenn ich anderen von uns erzähle. Zusammen sein. Was das auch bedeuten mag, was das auch heißen mag. Eine Furcht in mir, der man auf diese Weise Paroli bieten kann, aber trotzdem. Das ändert nichts, man könnte genauso gut das Gegenteil von uns sagen. Dass wir nie zusammen waren. Wir wohnten soundsoviele Wochen zusammen, soundsoviele Monate und Tage. Was passierte da, kann man sich fragen. Ja, was. Dann waren wir nicht mehr zusammen. Dann ist es vielleicht auch eine Wahrheit, dass es gar nicht so kompliziert ist, sondern immer sehr einfach: Man ist zusammen, oder man ist nicht zusammen. Es ist keine Frage von Entschlüssen und Gefühlen oder etwas wie: Vereinbarungen. Es ist der Körper, der immer das letzte Wort haben wird. Das ganz Konkrete, wo man sich in der Welt befindet. Ob man in einem Raum zusammen ist oder in dem Raum nicht: zusammen ist. Die Körper schließen Vereinbarungen, die Gehirne tun gar nichts. Der Pächter des Eiskiosks am Badehotel Svinkløv, wo ich einmal in den Sommerferien gearbeitet habe, erzählte mir an einem verregneten Nachmittag, als sich keine Kunden blicken ließen, dass neunzig Prozent der Kommunikation über den Körper vor sich gehe. Aber das stimmt nicht. Das weiß ich jetzt. Alles wird über den Körper erzählt. Die Gedanken und die Worte, alles ist im Körper in den Lippen in den Fingern gebunden, die zittern oder still im Schoß liegen, wenn man zum Beispiel nichts mehr hat, nach dem man die Hand ausstrecken muss. Alles ist Bewegung oder Nicht-Bewegung. Etwas, das stürzt. Etwas anderes, das durch eine Landschaft wandert. Ein Körper, der durch eine Landschaft wandert, ein denkender Körper, ein lebendiger Mensch. So lange es dauert, lebendig. Dann kann man vermissen, und man kann jemanden lieben und ihn trotzdem verlassen.

Und dann auch dies: darauf bestehen, besorgt zu sein, aber nicht nostalgisch. Auf der Trauer bestehen und darauf, in ihr zu bleiben.

Schlicht darauf bestehen, einen Körper zu haben. Die Nostalgie merzt den Körper aus, sie betritt deinen Kopf wie ein böser Gast, ein plötzlicher Einfall, der Schwester einen Schreck einzujagen – weißt du eigentlich, dass du adoptiert bist; weißt du nicht, dass sie es dir nur nicht erzählen wollen, weil sie Angst haben, dass du traurig sein könntest, keine Eltern zu haben. Und dann die Korrektur des Einfalls. Im Nostalgischen gibt es keine Bewegung vorwärts, man ist unbesorgt, man hat sich um den Körper herumgeschummelt und um die Sorge, die sich daran knüpft, einen Körper zu haben, daran, sich in der Zeit, in der Landschaft vorwärtszubewegen. Kann eine Landschaft aufhören, kann man bis zu ihrem Rand gehen und darüber hinaus, hinunterstürzen, wie die Häuser stürzen die Tiere die Abhänge. Und die Wälder, auch sie, Sturzregen und Kleider auf Bügeln, an solchen Tagen, die noch ein bisschen mehr verlangen.

Die Trauer betreten und in ihr sein. Vielleicht glaubt man, dass die Rückwärtsbewegung, die man ins Nostalgische unternimmt, eine ungefährliche Bewegung seiund man deshalb sorglos sein könne, körperlos. Aber das ist das Besorgniserregendste, das ich mir vorstellen kann. Rückwärts in den Abgrund zu gehen ohne eigenen Körper, ohne Körper zu stürzen und zu sterben. Körperlos. Ich will darauf bestehen, in einer Welt, die unentwegt Nostalgie in mir hervorlockt – was für ein Kampf –, ein besorgter Mensch zu sein. Zur gleichen Zeit zurück- und voranzugehen. Das Nostalgische beruht auf der Furcht zu sterben, einfach nicht genug zu leben, nicht groß genug zu fühlen. Ich will versuchen, die Gefühle zu sehen, die sind, in der Trauer zu sein, die ist; und nur zurückzugehen, um hier zu sein. In meinem eigenen Körper, einem erschreckenden Gesicht.

Ich versteh's nicht, sagt er. Wenn du mich sowieso nicht haben willst.

Sind dir Zweifel gekommen, fragt sie.

Mir sind keine Zweifel *gekommen*, sagt er. Ich *war* die ganze Zeit im Zweifel; ich habe dich nie verlassen.

Na gut, sagt sie und nimmt ihre Tasche neben dem Stuhl. Sie denkt an die andere, ob er die jetzt sieht oder ob es nur eine Faszination war, wie er sagte.

Okay, willigt er ein, sammelt sich auf wie ein zerbrochenes Glas, so geht er durch die Stadt. Hebt immer mehr Scherben auf, tropft auf diese Weise quer durch die Stadt, schneidet sich unentwegt.

Sie überlegt sich, dass es vielleicht keine Faszination für eine andere Person ist, sondern eher ein Traum von etwas anderem, dass es etwas geben muss, das so eine Wirkung auf einen hat. Den Körper *unbesorgt* zu machen. Dass so ein Wunsch so viel zerstören kann.

Nun, da sie ein gemeinsames Leben mit ihm allmählich aufgibt, liebt sie ihn mehr denn je.

Sag was, erzähl mir was, sagt er.

Hast du die Schneeglöckchen gesehen, sagt sie und zeigt sie durch ein Nicken unter die Bäume des Platzes.

Und da, in den Beeten, sagt er. Es gibt so viele Anzeichen für den Frühling im Augenblick, nachts träumt man von ihnen und tagsüber wird man krank von ihnen. Sie nickt. Sie weiß, wovon er redet.

Und zum Sommer hin ist es die Hitze, sagt sie. Nachts träumt man davon …

… und tagsüber wird man krank davon, fährt er fort.

Ja.

Sie fragt ihn: Kennst du das Gefühl … Ein Gefühl, dass es ein Übergewicht von Dingen gibt, an die man sich erinnert. Dass man beinahe nicht anwesend sein kann und darf. Im Frühling. Weil er einen an alles Mögliche erinnert. An alle möglichen anderen Frühlinge. An andere, die man gemocht hat, wirklich geliebt, denkt sie. Das denkt er.

Er sieht sie mit einem sonderbaren Blick an. Sie kann nicht ganz erkennen, ob er böse ist oder entwaffnet. Aber dann erkennt sie den Blick wieder. Ein ganzes Farbenspektrum schnürt sich zu einem Strahl kalten Lichts zusammen. Ein Blick, der Glas schneiden kann:

Ja, sagt er fragend. Möchtest du mir was sagen. Willst du das. Willst du das wirklich. So denkt er, sie weiß es.

Sie schlägt die Augen nieder. Da sitzt sie auf einer feuchten Bank, ihr Rock wird nass, ihre Jacke reicht nicht bis auf die Oberschenkel wie seine. Da sitzt sie und redet über sich. Die Eifersucht, was sie aus ihr macht.

Was vermisst du eigentlich, fragt sie sich. Hockt da mit vier fünf unbrauchbaren Gedanken. Ich war ja nie froh, als wir zusammen waren. Was ist denn jetzt anders. Alles ist das Gleiche, nur schlimmer. Weil sie jetzt beide älter sind;

wir sind jetzt älter. Der Schmerz ist nur noch schlimmer, weil man älter und klüger geworden ist und weiterhin die gleichen Fehler begeht. Und langsam einsieht, dass es nie anders wird.

Er steht auf, tritt in die Erde. Sie will in die Wohnung zurück, ich geh nach Hause, wir können uns noch einen andern Tag sehen.

Mir geht oft durch den Kopf, nach Hause fahren zu können. Es hat wieder geschneit. Nicht sehr, aber alle Fenster haben einen weißen Kragen bekommen, die Dächer sind gepolstert. Diese Art Verpackung von Körper und Dingen. Ich habe keinen Schreibtisch, immer noch nicht. Ich glaube, das würde etwas ändern. Wenn ich einen Schreibtisch hätte. Dann könnte ich von ihm aufstehen, an so einem Freitagnachmittag. Heute zum Beispiel, ich könnte aufstehen und die Bücher Bücher sein lassen. Zu etwas anderem nach Hause gehen, heimkommen. Zu etwas, das *außerhalb* liegt.

Was es auch sein mag.

Ich habe ein schlechtes Gewissen, dass ich keine richtige Arbeit habe, aber jedes Mal, wenn ich mich daran versuche, jedes Mal, wenn ich eine Arbeit habe, denke ich immer nur daran, nach Hause zu kommen.

Eine richtige Ausbildung. Ein richtiger Mensch. Als gäbe es Menschen, die *eigentlicher* sind als andere, oder als würde man erst mit der Zeit ein *eigentlicher* Mensch und damit, dass man gewissermaßen etwas *wählt* und etwas *tut*. Dass Kinder zum Beispiel nicht so richtig gelten. Im Allgemeinen vielleicht auch Frauen nicht, jedenfalls nicht auf gleicher Ebene. Und die Arbeitslosen, die Obdachlosen, auch sie nicht.

Die Zeit, in der man zu leben glaubt; ich habe immer den Eindruck: Es ist eine andere, als wir glauben.

Mein Körper arbeitet daran, die Bilder, die Körper zu machen, die wie Stempel arbeiten. Finger, die arbeiten, wie Stempel. Tauschnee mit Rostspuren in alten Fensterrahmen, das ist wirklich. Ich besuche eine Lesung und gehe wieder, ich kann es kaum ertragen. Ich gehe früh, wie alle anderen fühle ich mich wie der einzige Überlebende eines Flugzeugabsturzes. Außerhalb von etwas zu stehen, die ganze Zeit, ausgeschlossen zu sein.

Wir machen aus, uns ganz *zufällig* zu treffen, und dein Gesicht versucht mich zu überreden, unser Treffen als unschuldig, fast ein wenig lustig anzusehen. Wenn etwas so präsentiert wird, finde ich, ist es keins von beidem. Nicht unschuldig und nicht lustig. Es ist nichts Unschuldiges an der Tatsache, einem Menschen etwas zu verschweigen, den man mag. Es handelt sich nicht um Fürsorge oder Nicht-Fürsorge. Liebe oder Nicht-Liebe. Es handelt sich darum, *Ich liebe dich* zu sagen, in dem einen Raum – und es ist wahr. Und im nächsten Augenblick, in einem anderen Raum, dasselbe einem anderen zu sagen, und es ist ebenso wahr. *Ich liebe dich*. Dass man die beiden Bilder, die beiden Liebeserklärungen nicht aufeinanderlegt; dass das Bild nicht verschwimmt oder im Grunde ekelerregend wird. Hohl. Dass man eine Mauer durch sich hindurchbauen kann, durch seine Sprache, so dass die Liebesäußerungen jeweils ihr eigenes Haus bekommen. Unbehelligt. Von etwas anderem als Abwesenheit. Mehrere parallele Leben und ausschließlich offene Türen, Möglichkeiten.

Was soll man mit Möglichkeiten.

Und dieses immer Wiederkehrende: Ich möchte doch nicht. Ich möchte doch niemanden verletzen.

Einerlei wie sehr man die Augen zusammenkneift, wie gerne man eine andere Wirklichkeit sehen will als diejenige, die die Augen sehen – man steckt in einem wilden Vorhaben. Das nichts mit Liebe oder Nicht-Liebe zu tun hat. Kinder, die das Wasser aus dem Goldfischaquarium gießen und die Goldfische gründlich abtrocknen, bevor sie sie ins Bett legen. Unter die Decke. Der Wunsch, einen freien Blick über die Landschaft zu haben; Fichten, die man fällt, obwohl sie alle diese Nester mit den gefleckten Eiern tragen, ganz nah am Stamm, ein paar Meter hoch, Leben in Etagen, das umstürzt.

Man erstickt daran, dass man nicht weit sehen kann, sagst du zu mir, meinst aber, ich habe Lust, etwas *anderes* zu sehen.

Ich bin mir nicht ganz sicher, aber ich glaube, den Gedanken hatte ich hier zum ersten Mal. Dass die Menschen, die einen verlassen, letztendlich unsere Richter werden.

Ich beschloss, mein Fahrrad nach Hause zu schieben, denn ausnahmsweise schien ich den Eindruck zu haben, dass alles in dieser Welt zu schnell ging. Die Steinplatten legten sich immer zu spät vor meine Füße. Ich weiß noch, dass ich mich darauf konzentrieren musste zu glauben, sie seien da. Auch Geräusche können diese Verspätung haben, überlegte ich. Vielleicht auch Gefühle. Ein bisschen wie Durst: Erst wenn man zu trinken angefangen hat, weiß man, dass man durstig ist.

Später, einige Monate später, sitze ich vor denselben unwahrscheinlichen Wohnungen, auf demselben Badesteg an

Islands Brygge am Kopenhagener Südhafen und überlege, ob ich jemals in dich verliebt *war*. Im ersten Winter und im ersten Sommer. Ob ich es eigentlich schaffte, dich zu lieben. Wahrscheinlich nicht. Aber ich hatte ständig das Gefühl, du könntest mich retten.

Das kannst du wohl eigentlich immer noch. Wenn ich mich ändern würde, wenn ich eine andere würde statt dies langweilige: mehr und mehr ich selber.

Kann schon sein, dass ich sentimental bin, aber ich bin nicht halb so nostalgisch wie du.

Auch wenn man die Augenblicke, für die man lebt, nicht mehr angeben kann, kann man die Augenblicke angeben, trotz denen man lebt. Das ist doch eine Art Trost, ich versuche es so zu sehen.

Sie gehen die unebene Straße hinauf. Sie hakt sich bei ihm unter. Einer der zahllosen Versuche in jenem Sommer.

Weil es jetzt anders ist, weil: wir jetzt klüger sind.

Er zeigt auf ein Café, sie zuckt mit den Achseln. Sie setzt sich drinnen an einen Tisch, während er Kaffee bestellt.

Ich denke an die Geschichte mit den *Dingen*, sagt er dann. Dass du so traurig bist, wenn du etwas kaputt gemacht hast.

Sie schaut zu ihm hoch, denkt nach; ach ja, sagt sie dann. Ihre Finger halten inne. Ja, vielleicht, ich weiß nicht. Stimmt schon, ich hab es nie als sinnvoll empfunden, wenn meine Eltern sagten, es seien doch nur tote Dinge. Dass man darüber nicht traurig sein dürfe. Wenn man so ein Verbot gegen jede Trauer erlässt, die nicht rational ist. Welche Trauer bleibt dann noch übrig. Wenn man erst einmal die Trauer aussortiert, die in keinem Verhältnis steht. Aber so kann man doch nicht unterscheiden. Es handelt sich doch alles um Tod, nicht.

Tod, wiederholt sie.

Er denkt nach; du und deine dramatische Seite. Und liebt sie dafür. Das sieht sie. Er legt seine Hand auf ihre, die unruhig hin und her wandert.

Wie einen sonderbaren Pilz sieht sie die andere Frau in seinen Augen.

Sie pustet ein paar Mal in seinen Kaffee, bevor sie daran nippt. Vielleicht kommt er deshalb nicht richtig weiter, vielleicht kann er deswegen keine andere lieben. Weil sich pausenlos die Erinnerungen aufdrängen. Jedes Mal, wenn er drauf und dran ist zu lieben, sie wirklich zu lieben, oder die andere, kann er es doch nicht.

Nicht vergessen oder nicht lieben, das fließt für ihn zusammen.

Sie kann es nur so betrachten: Es gibt die, die lieben, und die, die nicht lieben. Die, die können, und die, die nicht können. Und dann ist da noch die tragische Gruppe derer, die lieben können, es aber nicht tun. Weil sie sich verwirren lassen, weil sie die Dinge verwechseln. Das Vergessen einerseits und das Wählen andererseits.

Er muss sich blind und schieläugig machen, um sich einzubilden, jetzt weiter zu sein, vergessen zu können; was wär das für ein Mensch, den er anzubieten hätte. Er wäre blind und taub und ohne Vergangenheit.

Schuld zu empfinden, sich an etwas zu erinnern, sich an sie zu erinnern im Angesicht der neuen Frau.

Eine Schuld, ein Selbst zu sein.

Und nun versucht man es wirklich. Und man darf bloß nicht darüber reden, man darf bloß nicht alles erzählen, woran man denkt, sie, an die man denkt, dann geht das schon. Mit dem Ekel, dass man so gedankenlos sein kann; dabei tut man nichts anderes als denken.

Sie steckt die Hand in die Tasche und reibt mit dem Daumen am Schlüssel herum, befühlt die Schlüsselzähne, wie man eine Wunde im Mund befühlt, wie man die Zunge über die ungewöhnliche Stelle gleiten lässt.

Ich sollte keinen Kaffee trinken, denkt er wie immer, wenn er Kaffee trinkt; ich krieg davon Depressionen.

Du solltest keinen Kaffee trinken, sagt sie wie nebenbei.

Du hast recht. Dann werde ich so …

… ängstlich, sagt sie.

Ja, sagt er. So nennt man das: ängstlich.

Sie hatte ein Nachthemd an. Sie stieg die Treppe hinunter und trug dieses lange Nachthemd mit den Pfauen, erzählt sie ihm, soweit ich mich erinnere, waren es Pfauen. Oder … doch, es waren Pfauen. Acht, wenn man sich die Mühe machte, sie zu zählen. Mit Schwanzfedern, die ineinander übergingen und in verwaschenen Farben strahlten. Und ich habe immer gedacht, die lebendigen Pfauen, die im Käfig hinter Toggerbo, wenn wir abends da lang fuhren, oder im Herbst, wenn wir dort auf Pilzsuche gingen, das seien die verkehrten. Weil ihre Farben zu kräftig waren. Zu dunkel.

Er nickt. Vielleicht sagt er sich, sie solle sich nicht so viel erinnern, nicht so viel Zeit aufwenden für die Erinnerung.

Die Ängstlichkeit, die mit der Erinnerung verbunden ist.

Die Ängstlichkeit, die damit verbunden ist, sich nicht zu erinnern.

DIE LANDSCHAFT

Aber der Schnee. Der nicht aufhören will zu fallen. Meine Mutter zieht einen Teebeutel aus der Kanne. Am Rand ihres Tellers drückt sie die letzten Tropfen schwarzen Tees heraus; hebt ihn dann über den Tisch, indem sie die Hand darunterhält, um das Tischtuch zu schonen, die Hand ist ein Schatten auf einer Rasenfläche, unter einer Wolke, treu folgt sie über die Landschaft. Auf dem Teller schiebt sie ein Stück Ingwerkuchen zur Seite, damit es nicht nass wird.

Was war das noch, was du wegen des ganzen Schnees nicht erledigen kannst.

Bahnen von Schnee, die in verschiedenen Bändern fallen, wie viel Wind, wie viel Gestöber. Schneegürtel, die sich ineinander verheddern.

Auch eine Art, eine Landschaft zu durchqueren.

Eine Art, das Geräusch zu unterbrechen, das Geräusch von fallendem Schnee.

Pläne und aufgeschobene Arbeit.

Wir haben uns beide in eine Decke gewickelt. Sie ist an der Reihe, sie runzelt die Stirn und lehnt sich über den Tisch. Am ersten Tag der großen Ferien flocht sie unsere Haare zu straffen französischen Zöpfen, damit das Salzwasser ihnen nichts anhaben konnte. Oder damit sie sie nicht andauernd kämmen musste, wenn ein Gummiband vom Pferdeschwanz gerutscht war, weil das Wasser das Haar in ein glattes Seil verwandelt hatte. Mit der Spitze des Zeigefingers dreht sie eine Glaskugel in der Vertiefung des Spielbretts, so dass das Licht den farbigen Strich im Glas anders trifft.

Ist das meine hier.

Mmmh, mache ich. Sie nimmt sie auf und hebt sie im Schwung über das Brett. Ein Planet in seiner unvermeidlichen Bahn. Über die leeren Plätze senkt sie die Perle, wie um etwas zu beweisen. Oder zu entschuldigen.

Sie ist Meisterin im Sternhalma, *so*, sagt sie und blickt auf. Erst auf mich, dann wendet sie sich auf ihrem Stuhl um und schaut auf die Straße. Im Schnee sind keine Spuren zu sehen, noch nicht, Autos sind nicht unterwegs. Das Geräusch des fallenden Schnees, und das Ungeräusch. Der Lärm und der Nicht-Lärm.

Du bist dran, sagt meine Mutter. Sie schenkt Tee nach, ihr Blick wird alt. Die Stimmen des Schnees werden vom Wind unten an der Biegung am See verschluckt.

Du bist dran, wiederholt sie. Ich berühre eine Glaskugel mit dem Finger und setze sie in einer Bahn über das Brett. Nicht die, versuch's mit einer andern, aber auch die Bahn endet nach vier Zügen in einer Sackgasse. In den Minuten, in denen ich an der Reihe bin, hört man nur das Geräusch des fallenden Schnees. Ein Satz, der die ganze Welt zusammenheften kann, eine Art zu gehen, die zwei Orte verbindet.

Bist du sicher, dass du das willst, fragt sie mich. Verstanden, es muss einen besseren Zug geben.

Ja, antworte ich.

Sie stellt ihre Tasse hin und zieht eine grüne Glaskugel über das ganze Spielbrett bis in mein Feld. Ich liebe dich, denke ich.

Ich frage, ob wir nicht in der Küche essen könnten. Die Dunkelheit hier draußen ist schwer. Mein Gesicht ist warm vom Schlaf, der nie Schlaf wurde. Ein langer Tag. Nach dem Tag Erschöpfung. Mein Vater, der nach Hause kommt, seine Schritte durchs Wohnzimmer zum Klavier. Man hört, wie er die Autoschlüssel aus der Hand legt, und sieht, wie sie sich im schwarzen lackierten Holz ein paar Sekunden lang spiegeln.

Dann liegen sie still da. Der See unterm Eis ist offen, aber der Winter ist ein Deckel auf allem Lebenden und Toten: wie der Schnee, der sich legt, auf alle Lebenden und Toten.

Weißt du noch, sage ich leise, als wir den großen Fisch im See fanden.

Meine Mutter hebt den Kopf, sie entfernt die Kerne aus einer Salatgurke, indem sie einen Teelöffel erst über die eine Gurkenhälfte zieht, dann über die andere. Sie hat sichere Hände. Mit Fisch ist es das Gleiche, sie entfernt die Gräten mit einer umfassenden Bewegung, mühelos.

Joah, sagt sie. Glaub schon. Letzten Winter. Oder im Winter davor. Ja, das muss es gewesen sein.

Er hing da im Eis, sage ich, und meine Hände halten inne, ich sehe sie mir aufmerksam an, wie sie auf dem Schneidebrett liegen.

Ich halte den Atem an.

Wir wissen beide, dass es im Winter davor gewesen sein muss, denn im letzten konnten wir uns nicht sehen. Ich hatte mich, so drückte sie sich damals aus, *entschieden*. Seitdem ist sie krank geworden, seitdem hat sie wohl ihre Enttäuschung vergessen, Farben, die aus dem Holz gewaschen werden, wenn es lange genug im Garten liegt. Es verschwindet nicht, es bleibt, wie dieser Winter: nur heller. Immer heller, ein Preis auf meinen Kopf, der immer höher steigt. Ein Wettkampf, bei dem man vergaß, die Zeit zu stoppen.

Das muss es wohl gewesen sein, sage ich. Letztes Jahr. Warum sagt er nicht guten Tag, frage ich.

Sie zieht die Augenbrauen nach oben, sieht plötzlich so traurig aus.

Er ist manchmal so, was soll ich sagen …

Sie dreht die Gurken um, schneidet sie in lange Streifen und hackt sie klein. Hebt das Brett über eine Schüssel mit Joghurt und schiebt sie mit der stumpfen Seite des Messers hinein.

Abgespannt, schlage ich vor.

Abgespannt, ja. Vielleicht abgespannt.

Ich zerquetsche drei Knoblauchzehen in der Presse und reiche sie ihr. Die Schalen werfe ich für sie weg. Tag, Papa, rufe ich ins Wohnzimmer. Er hat sich ans Klavier gesetzt. Es muss gestimmt werden, da ist immer ein Ton, der nicht klingt. Er spielt, als wollte er jemandem etwas Wichtiges mitteilen.

Und was war jetzt mit dem Fisch.

Ja, ich weiß nicht. Ich musste gerade an ihn denken.

Ja, aber das sah auch ziemlich heftig aus. Er war ja richtig festgefroren.

Ich nicke. Witzig, ich finde plötzlich, es ist urlange her.

Na, ist es ja auch, sagt sie. Spült das Brett und trocknet es ab. Abgespannt, ja, du hast wahrscheinlich recht.

Er gibt mir einen Kuss auf die Wange. Möchtest du Rotwein, fragt er. Ja, sage ich, um ihm eine Freude zu machen. Oder um mich zu beruhigen. Vermutlich deswegen. Beim Essen trinke ich drei Gläser. Sie machen eine zweite Flasche auf. Sollen wir nicht noch eine Flasche aufmachen. Doch, warum nicht.

Was machst du eigentlich, fragt sie mich, als wir uns abends die Zähne putzen. Nützt doch nichts. Ich zucke mit den Achseln. Ich hätte nicht kommen sollen.

Aber natürlich. Gut, dass du gekommen bist. So, wie's dir geht.

Ich zucke wieder mit den Achseln. Ich sage mir, es hat was Feines, das die ganze Zeit zu wiederholen.

Könntest du ein bisschen vorsichtig sein mit der Platte. Die bedeutet mir viel.

Ich pass schon auf.

Danke, sagt sie. Meinst du, du kommst jetzt öfters nach Hause.

Ja, lüge ich.

Sie lächelt. Füllt die Spülmaschine. Richtet sich auf und stützt sich am Küchentisch ab, nickt. Gut, sagt sie. Gut. Du weißt ja, du bist immer willkommen.

Ich nicke. So ist es jetzt. Aber wer ist das, der willkommen ist. Das ist die Frage, mit er ich mich jetzt rumschlage. Ich bin eine andere. Sie weiß nicht, wen sie da einlädt. Sie weiß nur, wen sie vermisst. So gesehen sind wir uns ähnlich. Ich vermisse auch etwas, das es nicht gibt. Ich behandle die Platte wie ein rohes Ei. Lege eine Serviette darüber, bevor ich die kleinere Platte daraufstelle. Reiße eine Plastiktüte mit Tomaten auf, die ich in eine Schale lege. Was man vergessen hat, ist sicher genauso wirklich wie das, woran man sich erinnert. Wenn nicht noch wirklicher. Es ist nicht dran herumhantiert worden. Ist das komisch mit dem Kopftuch, frage ich sie. Oder sieht das zu sehr nach Suzanne Brøgger aus.

Nein, find ich nicht. Steht dir. Ein bisschen Farbe tut dir ganz gut.

Sagte sie, ich sei immer willkommen.

Da ist ein Gefühl der Wiederholung, das unmöglich wird. Ein Gedanke: dass es auf diese Weise keine Regeln gibt. Dass es für die eine Trauer einen Ort auf der Welt gibt und für die andere Trauer einen andern. Dass man unentwegt mehrere Menschen entdeckt, die man vermisst.

So – ich drehe mich zu ihr um und halte ein rotes Tuch um den Kopf. Das passt gut zu dir, sagt sie.

Ich betrachte mich in den Fenstern, die am Abend zu Spiegeln werden. Wenn sie nicht mehr beschlagen sind.

Du schläfst nicht.

Nein, ich schlafe nicht. Meine Mutter setzt sich aufs Sofa gegenüber. Und steht gleich wieder auf, legt Holz im Ofen nach. Öffnet die Luftklappe. Der Wind zieht Flammen aus der Glut.

Sie setzt sich und legt sich eine Decke über. Keine Ahnung, was sie will. Ich liege auf dem bezogenen Sofa, das in ein Bett verwandelt wurde, die Rückenpolster sind am Fußende zu einem Berg aufeinandergestapelt.

Ich versteh nicht, warum du nicht oben in deinem Zimmer schläfst, das Bett ist gemacht, geheizt ist auch.

Das Feuer, sagte ich. Ich liege gern hier, hier kann ich den Holzofen brennen sehen.

Sie nickt und schaut mit mir ins Feuer. Wir denken beide an meine Großmutter, wie sie hier lag, in ihrem letzten Winter. Ich bin überzeugt, dass meine Mutter daran denkt. Wie sich meine Großmutter einfach nicht mit der Ofentür aus Glas abfinden konnte und uns dauernd rief und sagte, es brenne.

Es *muss* auch brennen, sagten wir. Aber das Feuer bleibt im Ofen, da kann nichts passieren.

Warum haben wir ihr Bett nicht einfach ins Arbeitszimmer gestellt, frage ich ins Blaue hinein.

Meine Mutter zuckt mit den Achseln. Von ihr hab ich das, sage ich mir. Meine Schultern sind ein Echo der ihren.

Ich glaube, sie hat die ganze Nacht Angst gehabt. Wie konnten wir sie bloß hier liegen lassen, frage ich ins Wohnzimmer hinein. Die ganze Nacht Angst.

Sie hat sich doch dann beruhigt, verteidigt sich meine Mutter.

Vielleicht, sage ich. Oder ihr Gesicht wurde müde. Ich betaste mein eigenes Gesicht, als wollte ich es mit den Fingern sehen. Ob es müde war vom Wehmütig-Aussehen. Hat es sich aufgeklart. Schwer zu sagen.

Um wen trauerst du eigentlich, fragt sie auf einmal.

Ich bin nicht mal überrascht über ihre Frage.

Weiß nicht, sage ich nur, gefasst. Hast du dir mal den Apfelbaum angeguckt, frage ich.

Das Feuer kommt zur Ruhe. Der Sturm hat sich gelegt. Es ist ruhiger so.

Welchen, fragt sie. Sie zieht sich ein Kissen unter den Kopf und streckt sich auf dem Sofa aus.

Ich kann nicht umhin, mir ihren Körper unter der Decke vorzustellen. Wie den Abguss eines Körpers.

Meinen Apfelbaum, sage ich leise.

Hast *du* einen Apfelbaum, fragt sie. Welcher ist denn das.

Weißt du das nicht mehr, an dem einen Nachmittag. Jeder bekam einen Baum. Das war doch deine Idee. Ich hab mir zuerst einen ausgesucht, ich glaube übrigens nicht, dass die andern überhaupt Interesse hatten. Ich glaube, es war ihnen fast egal.

Oh, sagt meine Mutter. Jetzt erinnere ich mich wieder, vage. Der niedrige Baum. Den man vom Fenster aus sehen kann.

Ja, der. Ich nicke.

Die Beine meiner Mutter, ihre blaue Brust. Man sieht durch die Brust die Bewegung des Herzens.

Ich bin mir nicht ganz sicher, ob ich weiß, um wen du trauerst.

Nein, sage ich nur. Es ist ja auch schwer, wenn ich es nicht mal selber weiß. Der Baum da, hast du bemerkt, dass er immer noch Äpfel trägt.

Ah, ja. Das ist gut für die Vögel.

Wie heißen die. Es sind rote Äpfel. Dunkelrot. Aber nicht Ingrid-Marie, die würde ich erkennen.

Ist es Jakob oder der Neue, fragt sie.

Ich drehe mich auf den Rücken und schaue durchs Zimmer, die Decke ist von Balken durchschnitten. Wann kann man eigentlich Zweige in die Vase stellen, frage ich. Fangen Apfelzweige an zu blühen, wenn man sie jetzt reinholt.

Das glaube ich nicht. Es müssen erst Knospen da sein. Ab März, dann geht's. Dann springen sie auf. Sie spricht vom Frühling, März April Mai; ich höre nichts mehr, ich bin schon eingeschlafen.

Dieses Buch wurde vom Statens Kunstfond gefördert.
STATENS KUNSTFOND

Erste Auflage Berlin 2019

Copyright © 2019
MSB Matthes & Seitz Berlin Verlagsgesellschaft mbH
Göhrener Straße 7 | 10437 Berlin
info@matthes-seitz-berlin.de

Copyright © der dänischen Originalausgabe
Én af os sover: 2012, Rosinante

Alle Rechte vorbehalten

Umschlaggestaltung: Dirk Lebahn, Berlin
Satz: Michael Rosenlehner, Berlin
Druck und Bindung: Pustet, Regensburg
Printed in Germany

ISBN 978-3-95757-687-3

www.matthes-seitz-berlin.de